U0029213

詩經新繹

雅頌編

大雅・三頌

吳宏一

目錄

毛詩卷第十六

文王之什詁訓傳第二十三

大雅　　鄭氏箋

文王。文王受命作周也。受命。受天命而王天下。制立周邦。○王于況反。◯文王在上。於昭于天。在上。在民上也。於。歎辭。昭。見也。箋云。文王初爲西伯。有功於民。其德著見於天。故天命之以爲王。使君天下也。崩。謚曰文。○於音烏。下同。見。賢遍反。周雖舊邦。其命維新。乃新在文王也。箋云。大王聿來胥宇而國於周。王迹起矣。而未有天命。至文王而受命。言新者。美之也。○大音泰。有周不顯。帝命不時。有周。周也。不顯。顯也。顯。光也。不時。時也。時。是也。箋云。周之德不光明乎。光明矣。天命之不是乎。又是矣。文王陟降。在帝左右。言文王升接天。下接人也。箋云。在。察也。文王能觀知天意。順其所爲。從而行之。◯亹亹文

《朱熹集傳》藝文印書館本

詩卷第十九　　朱熹集傳

頌四 頌者宗廟之樂歌大序所謂美盛德之形容以其成功告於神明者也蓋頌與容古字通用故序以此言之周頌三十一篇多周公所定而亦或有康王以後之詩魯頌四篇商頌五篇因亦以類附焉凡五卷

周頌清廟之什四之一

於音烏穆清廟肅雝顯相息亮反濟濟子禮反多士秉文之德對越在天駿奔走在廟

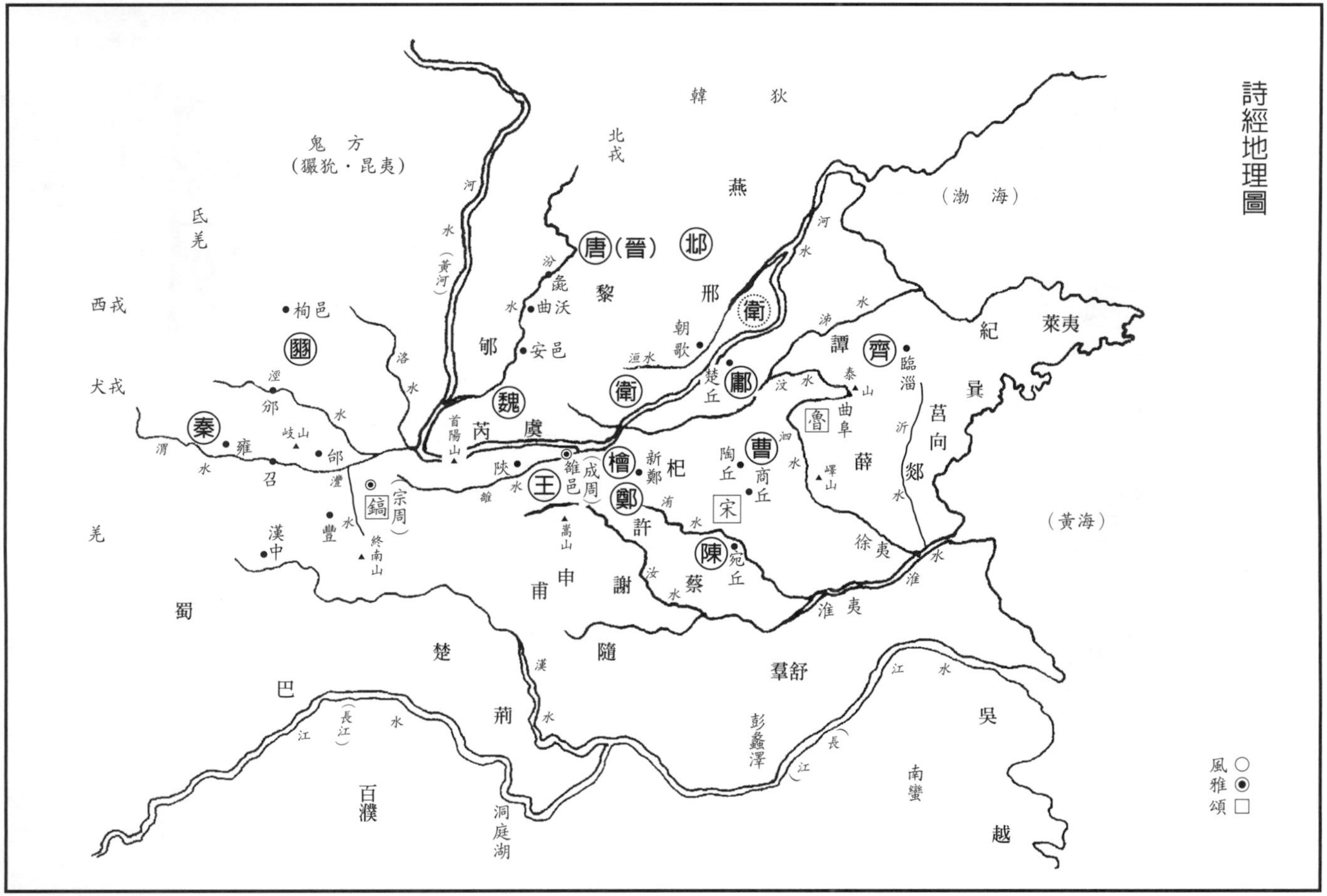

韓
狄
北戎
燕
鬼方
（玁狁・昆夷）
氐羌
西戎
犬戎
羌
蜀
巴
百濮
（渤海）
（黃海）
河水（黃河）
唐（晉）
邶
鄘
衛
汾
堯
曲沃
安邑
郇
黎
邢
朝歌
洹水
楚丘
栒邑
豳
涇
郊
岐山
郃
洛水
秦
雍
渭水
召
灃水
鎬
（宗周）
豐
漢中
終南山
首陽山
芮
魏
虞
陝
雒水
雒邑
（成周）
王
嵩山
檜
新鄭
鄭
杞
許
洧水
汝水
陳
宛丘
蔡
謝
申
甫
曹
陶丘
商丘
宋
泗水
魯
曲阜
嶧山
泰山
汶水
濟水
譚
齊
臨淄
沂水
莒
向
郯
薛
徐夷
淮水
淮夷
紀
萊夷
㠱
楚
隨
漢水
荊
羣舒
彭蠡澤
長江
江水
（長江）
洞庭湖
吳
南蠻
越
風
雅
頌

詩經地理圖

（吳宏一／繪製）

大雅

大雅解題

〈大雅〉不但與〈國風〉有別，和〈小雅〉亦同中有異。大小二〈雅〉雖多為周王朝士大夫宴饗或會朝之作，但〈小雅〉尚有少數詩篇，如〈鴻雁〉、〈白駒〉、〈黃鳥〉等篇，具有民歌性質，而且作品之中，以厲王、宣王、幽王西周末年著成者為多，而〈大雅〉的詩篇，則大多作於西周前期，幾乎全是士大夫階層王公貴族的作品。其中〈文王〉一篇為最早，《呂氏春秋》曾經引用它，以為是周公所作，時間約在公元前一〇四六年前後。根據鄭玄《詩譜》的說法，從〈文王〉篇以下，到〈卷阿〉等十八篇，是文王、武王、成王、周公時代的作品，稱為「正大雅」。因為這些作品，都「據盛隆之時，而推序天命，上述祖考之美，皆國之大事」。從〈民勞〉篇以下，到〈召旻〉等十三篇，是厲王、宣王、幽王時代的作品，稱為「變大雅」。因為這些作品，都是「美惡各以其時，亦顯善懲過，正之次也」。這個說法，雖然後來學者有很多不同的意見，但總的來說，它畢竟陳述了許多客觀存在的事實。

〈大雅〉介在〈小雅〉和〈周頌〉之間，主要是西周貴族朝會燕饗的樂歌，它已經完全沒有〈小雅〉中那些歌謠式民歌的色彩，卻有些作品近乎〈周頌〉，敘述委曲而詩風剛健，歌頌傳說中周族先祖和開國英雄的功業。頗有些題材，與祭祀、軍事、農事有關。〈大雅〉和正變美刺的關係最為密切，「正大雅」中的〈生民〉、〈公劉〉、〈緜〉、〈皇矣〉和〈大明〉等五篇，都是敘事長詩，有人視之為周朝開國的「史詩」，說它們取材於古史，塑造英雄形象，富於神話色彩，甚至把「變大雅」中的〈崧高〉、〈烝民〉、〈韓奕〉、〈江漢〉和〈常武〉等篇，也包括在內。它們像不像西方詩歌史上所謂的「史詩」，有沒有希臘神話中的英雄色彩，是見仁見智的事，但它們在頌美之餘，確實也提供了周初建國過程中，以及「宣王中興」前後很多社會政治經濟的傳說和史料。「變大雅」中有一些是諷諫詩，應該是厲王、幽王時代士大夫批評朝政、直陳時弊的作品。語直而意切，也是《詩經》的名篇。這些詩篇，有的有作者署名，有的可以看出來是出自史官或太師之手，足以證明是公卿或士大夫的獻詩。典雅的語言風格，確實與〈國風〉、〈小雅〉有所不同。

為了便於讀者參考核對，茲據《史記·周本紀》等資料，列東周平王以前周族世系如下：

一、滅商以前（× 表示夫婦）

帝嚳 × 姜嫄 — 后稷（棄）……不窋 — 鞠 — 公劉 — 慶節 — 皇僕 — 差弗 — 毀隃 — 公非 — 高圉 —

— 亞圉 — 公叔祖類 — 古公亶父（太王）× 太姜 — 季歷 × 太任 — 文王（昌）× 太姒

二、滅商以後（約當公元前一〇四六年至七七一年）

① 武王 BC1046-1043在位（周公）
② 成王 BC1042-1021
③ 康王 BC1020-996
④ 昭王 BC995-977
⑤ 穆王 BC976-922
⑥ 共（恭）王 BC922-900
⑦ 懿王 BC899-892
⑧ 孝王 BC891-886
⑨ 夷王 BC885-878
⑩ 厲王 BC877-841（末年出奔彘）
（共和時代）BC841-828
⑪ 宣王 BC827-782
⑫ 幽王 BC781-771
平王 BC770-720（由鎬京遷都雒邑，東周即春秋時代開始）

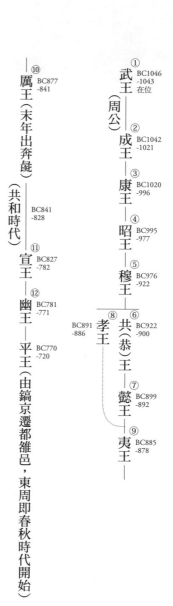

文王

一

文王在上，
於昭于天！❶
周雖舊邦，
其命維新。
有周不顯，❷
帝命不時。❸
文王陟降，❹
在帝左右。

二

亹亹文王，❺
令聞不已。❻
陳錫哉周，❼
侯文王孫子。❽

【直譯】

文王神靈在上方，
啊啊顯現在天上！
岐周雖是舊邦國，
它天命有新氣象。
擁有岐周很光耀，
上帝授命很適當。
文王神靈的往來，
都在上帝的身旁。

勤勉不倦的文王，
美好聲名不曾停。
一再賜福在周初，
賜文王子孫功名。

【注釋】

❶於，同「烏」，嗚呼，嘆詞。昭，顯耀。
❷不，「丕」的異體字。大的意思。不顯即「丕顯」，周人成語。
❸不，同「丕」，大的意思。時，是、善、適當。
❹陟降，升降上下。有往來之意。
❺亹亹（音「偉」），勤勉的樣子。
❻令聞，美名。
❼陳，「申」的借字，重、一再。哉，在，亦有初創之意。
❽侯，作動詞用。一說：侯，維。孫子，子孫。周人成語。

文王孫子，
本支百世。❾
凡周之士，
不顯亦世。❿

三

世之不顯，
厥猶翼翼。⓫
思皇多士，⓬
生此王國。
王國克生，
維周之楨。⓭
濟濟多士，
文王以寧。

四

穆穆文王，
於緝熙敬止！⓮

文王的子子孫孫，
嫡系旁支傳百代。
所有周國的卿士，
顯達也世世代代。

世世代代的顯達，
他們還小心翼翼。
希望輝煌眾卿士，
都生在這王國裡。
王國能生養他們，
都成周國的棟樑。
濟濟一堂眾卿士，
文王因此得安康。

莊嚴肅穆的文王，
啊啊光明又謹慎！

❾本，本宗。支，旁系。
❿不顯，丕顯。亦世，奕世、累世。
⓫翼翼，敬謹的樣子。
⓬思，語詞。皇，同「煌」，美盛。
⓭楨，骨幹、棟樑。
⓮於，烏、嗚呼，嘆詞。緝熙，光耀不停。止，語詞。

假哉天命，⑮
有商孫子。
商之孫子，
其麗不億；⑯
上帝既命，
侯于周服。⑰

五

侯服于周，
天命靡常。⑱
殷士膚敏，⑲
祼將于京。⑳
厥作祼將，㉑
常服黼冔。㉒
王之藎臣，㉓
無念爾祖。

偉大啊上天授命，
擁有殷商的子孫。
殷商的子子孫孫，
他們人數不下億；
上帝既然已授命，
賜給周王來管理。

賜殷商臣服於周，
表示天命沒固定。
殷商卿士都聰敏，
卻將祭酒到周京。
他們將灌酒助祭，
仍然穿戴殷衣冠。
周王進用的忠臣，
莫再憶念你祖先。

⑮ 假，大。

⑯ 麗，數目。不億，不止一億。

⑰ 意同「維服于周」。

⑱ 靡常，無定數、無常規。

⑲ 士，卿士。指殷商遺臣。膚，美、大。敏，勤快。

⑳ 祼，音「灌」，古代一種灑酒於地，用以降神的祭儀。京，周京。

㉑ 將，奉、進酒。

㉒ 常，尚、仍。黼，音「輔」，殷人禮服。冔，音「許」，殷冠。

㉓ 藎，音「盡」，忠誠。

·冔·

六

無念爾祖，
聿脩厥德。㉔
永言配命，
自求多福。
殷之未喪師，㉕
克配上帝。
宜鑒于殷，㉖
駿命不易。㉗

七

命之不易，
無遏爾躬。㉘
宣昭義問，㉙
有虞殷自天。㉚
上天之載，㉛
無聲無臭。
儀型文王，㉜

莫再憶念你祖先，
卻要修正那德行。
永遠來配合天命，
自己尋求多福蔭。
殷商尚未亡國時，
還能配合上帝意。
應該借鑑於殷亡，
維繫天命不容易。

天命不容易維繫，
不可遏止你自己。
要宣揚正義消息，
想想殷亡是天意。
上天的事不可知，
無聲可聽無味聞。
只有效法周文王，

㉔ 聿，音「育」，語助詞。厥，其。
㉕ 師，此指群眾，天下。
㉖ 鑒，銅鏡。作動詞用，借鑑。
㉗ 駿命，天命。易，容易。一說：更改。
㉘ 遏，中斷。爾躬，你自身。
㉙ 義，善。問，聞。
㉚ 虞，度、思慮。有虞，虞虞，想了又想。
㉛ 載，事。
㉜ 儀型，法式。作動詞用，效法。

萬邦作孚。[33]

萬國諸侯都信任。

[33] 作，則。孚，信服。

【新繹】

〈毛詩序〉：「〈文王〉，文王受命作周也。」說這是歌頌周文王「受命作周」的詩歌。什麼叫「受命作周」？《鄭箋》云：「受天命而王天下，制立周邦。」文王，姓姬，名昌，商紂時，為西方諸侯之長，號稱西伯。紂王無道，西伯卻任用賢能，在政治、經濟、軍事各方面，都為推翻殷商和建立周朝，奠定了堅實的基礎。到他兒子武王才起兵滅商，建立周朝，追尊他為文王。據王先謙《詩三家義集疏》，此詩「受命作周」，也就是稱文王「受天命而稱王改元」的意思。像《呂氏春秋．古樂篇》、《後漢書．翼奉傳》等，都有周公作此詩以戒成王的說法。因此朱熹《詩集傳》認為這是「周公追述文工之德，明周家所以受命而代商者，皆由於此，以戒成王。」周王追求文王之德，其用意就在於深戒成王。

《詩經》中歌頌文王的詩篇不少，此詩列為〈大雅〉之首，所謂「四始」之一，是周族祭祀時必頌的樂歌，安世鳳《詩批釋》即云：「此詩似專為樂官而設，如後世朝會樂章之類。」所以陳子展《詩經直解》說：「作為樂章，用在宗室明堂，用在天子朝廷朝會，用在諸侯兩君相見，隱然為周之國歌。」此言洵為的論。春秋時期，流行賦詩明志的風氣，這首詩和〈皇矣〉、〈假樂〉、〈板〉、〈抑〉、〈烝民〉等篇，是《左傳》引見較多的例子。

詩共七章，每章八句。第一章寫文王受命，與天帝合德，表明詩為祭頌文王而作。「不顯」

、「不時」的「不」，即「丕」之古字。這兩句有人作疑問句讀：「有周不顯？」、「帝命不時？」也講得通。第二章言文王子孫賢德昌盛，可以繼世垂統。「陳錫哉周」之「哉」，有「初」之意，指周國初創時期。第三章言周國人才之多，可以繼世為輔。第四章言周王已受天命，殷商子孫已臣服於周。第五章寫殷士歸順，助祭於周京，雖仍殷衣冠而心已朝周矣。「無念爾祖」，就殷士言。第六章言「殷之未喪師」，即殷未喪師亡國之時，殷士德猶未失，可以配天。藉警殷士，亦以自警。朱熹所謂周公追述文王之德以戒成王者，以此之故。第七章承應首章作結，又言宜以殷為鑑，以文王為法。

此詩內容，旨在強調周王自始就能承天之命，受天之祜，〈周頌．昊天有成命〉云：「昊天有成命，二后受之。」〈大雅．大明〉云：「維此文王，小心翼翼。昭事上帝，聿懷多福。」〈小雅．信南山〉云：「曾孫壽考，受天之祜。」都在闡述此一信念。他們相信，只要像文王修德敬天，就一定能受到上天的保佑。

此詩修辭，極為講究。每四句承上語作一轉韻，委屬鉤連，甚至中間換韻處亦相承不斷，所謂頂真、蟬聯之格。後世曹植〈贈白馬王彪〉、顏延之〈秋胡行〉等等，亦用此法。足見此詩對後代文學之影響。明代孫鑛《孫月峰先生批評詩經》云：「全只敘事談理，更不用景物點注，絕去風雲月露之態。然詞旨高妙，機軸渾化，中間轉折變換，略無痕迹。讀之覺神采飛動，骨勁而色蒼，真是無上神品。」對此詩的表現技巧有很高的評價。

晚近以來，受了西洋詩歌史中英雄「史詩」觀念的影響，有人覺得〈大雅〉的詩篇之中，有六篇恰好是寫周王從后稷、公劉、太王、王季、文王到武王六人，他們帶領族人逐漸發展的過程，因而認為這是周人自述開國的史詩。觀點很新，也很能啟發讀者作進一步的思考。這六篇依周王時代先後，依序是〈生民〉、〈公劉〉、〈緜〉、〈皇矣〉、〈文王〉、〈大明〉。它們的先後順序，和今傳《詩經》的編次不同。這個問題，前人已有解釋，像范家相的《詩瀋》就說，這是因為〈大雅〉亦有正、變之分，以及「周人尊后稷以配天」、「文王為周室開王之始」等等的緣故。至於〈文王〉、〈大明〉列於〈大雅〉之首，蓋因二者用之於大朝會、受釐陳戒之際，樂莫大焉。以樂譜《詩》，自宜居首。這似乎可言之成理，但所論各篇內容題旨，是否得當，則有待商榷。例如〈大明〉篇的重點，究竟是在寫武王或文王，或兼寫文王、武王，事實上都值得討論。

大明

一

明明在下，❶
赫赫在上。❷
天難忱斯，❸
不易維王。
天位殷適，❹
使不挾四方。❺

二

摯仲氏任，❻
自彼殷商，
來嫁于周，
曰嬪于京。❼
乃及王季，❽
維德之行。❾

【直譯】

光明功德在人間，
顯赫神靈在天上。
天命實難預測它，
不易做主是人王。
上天立起殷強敵，
使他不再霸四方。

摯國任姓二姑娘，
從那遙遠的殷商，
來嫁給我們周國，
在京師做了新娘。
就是和王季婚配，
兩人品德也相當。

【注釋】

❶ 下，下方、人間。
❷ 赫赫，顯盛的樣子。
❸ 忱，信賴、預測。斯，語詞。
❹ 位，古同「立」。適，「敵」的借字。
❺ 挾，控制。
❻ 摯，國名，在今河南省。仲氏，排行第二的兒女。任，姓。古人稱女子，先氏而後姓。
❼ 嬪，作動詞用，婦來嫁。嫁後行廟見之禮。
❽ 王季，太王之子，文王之父。
❾ 行，行列。有並行、同等之意。

大任有身，❿
生此文王。

三

維此文王，
小心翼翼。
昭事上帝，⓫
聿懷多福。⓬
厥德不回，⓭
以受方國。⓮

四

天監在下，⓯
有命既集。
文王初載，⓰
天作之合。⓱
在洽之陽，⓲
在渭之涘。⓳

太任後來懷了孕，
就生了這個文王。

就是這個周文王，
小心謹慎人善良。
明白稟承上帝意，
於是獲得眾福祥。
他的德行不邪曲，
因此受諸侯仰望。

上天監視著下方，
這天命已經歸向。
文王即位的初年，
上天為他配新娘。
就在洽水的北邊，
就在渭水的岸旁。

❿大（同「太」）任，即摯仲氏任。有身，懷孕。
⓫昭事，誠心服事。
⓬懷，招來、獲得。
⓭厥，其。回，邪僻。
⓮方國，四方邦國。
⓯在下，下方、人間。同注❶。
⓰初載，初立。初立之年。
⓱合，配偶。
⓲洽，洽水，源出陝西合陽。陽，水之北。古莘國在此。
⓳渭，渭水。涘，涯、水邊。

文王嘉止，⑳
大邦有子。㉑

五

大邦有子，
俔天之妹。㉒
文定厥祥，㉓
親迎于渭。
造舟為梁，㉔
不顯其光。㉕

六

有命自天，
命此文王，
于周于京。
纘女維莘，㉖
長子維行，㉗
篤生武王。㉘

文王非常讚美她，
大國有位好姑娘。

大國有位好姑娘，
像天上仙女一樣。
按禮下聘都吉祥，
親迎直到渭水上。
聯接船隻當橋樑，
大大顯示他榮光。

有命令從天上來，
命令這個周文王，
在周京建立新邦。
繼妃是莘國美女，
太姒長女是排行，
隆重生下周武王。

⑳嘉，讚美。一說：嘉禮。止，語詞。
㉑子，此指女兒。
㉒俔，音「倩」，好比。
㉓文定，訂婚。一說：文，卜辭。
㉔是說並舟而為浮橋。
㉕不顯，丕顯。
㉖纘，音「纂」，繼。繼太任之事。一說：同「孅」，美。莘，國名。見注⑱。
㉗長子，長女。指太姒。一說：指文王。
㉘篤，實、厚。

保右命爾，㉙
燮伐大商。㉚

七

殷商之旅，㉛
其會如林。㉜
矢于牧野，㉝
維予侯興。
「上帝臨女，㉞
無貳爾心。」㉟

八

牧野洋洋，㊱
檀車煌煌，㊲
駟騵彭彭。㊳
維師尚父，㊴
時維鷹揚，
涼彼武王。㊵

上天保佑命令您，
協同諸侯伐大商。

殷商的軍隊浩大，
他們集合旗如林。
武王誓師在牧野，
說是我諸侯當贏。
「上帝監視著你們，
你們切莫有二心。」

牧野沙場多寬廣，
檀木兵車多閃亮，
駟騵戰馬多強壯。
只見太師呂尚父，
時像蒼鷹般飛揚，
輔佐在武王身旁。

㉙右，同「佑」，助。爾，您。指武王。
㉚燮，通「襲」，伐。一說：和。
㉛旅，軍隊。
㉜會，集合。一說：通「旝」，旌旗。
㉝矢，通「誓」，誓師。牧野，殷都郊外之地。在今河南淇縣境。
㉞臨，面對、監視。
㉟「爾無貳心」的倒文。無，勿、莫。
㊱洋洋，廣闊的樣子。
㊲檀車，兵車。
㊳騵，音「原」，赤身白腹的馬。彭彭，強盛的樣子。
㊴師，太師，官名。尚父，人名，即呂尚，俗稱姜太公。
㊵涼，音「亮」，佐助。

肆伐大商，41
會朝清明。42

肆力討伐大殷軍，
會合清早見天明。

41 肆，疾猛。
42 會朝，清早會兵。

【新繹】

〈毛詩序〉說〈大明〉的題旨是：「文王有明德，故天復命武王也。」詩從天命無常說到文王的出生、婚姻，最後說到武王的誓師伐商，詩中雖然涉及王季、文王、武王三代，但寫作重點仍在文王身上。寫其父母王季、太任之德，是說明文王之明德，其來有自；寫文王的婚姻，及其與太姒的結合，是說明武王的出生背景，並強調一切都是天意。文王有德，受殷之命為西伯，商紂無道，諸侯欲去之而文王弗許，至武王始起兵討伐紂王，所以〈毛詩序〉說：「天復命武王也」。可能因為如此，加以詩中最後兩章武王伐紂的描寫，非常精彩，因此有人以為此篇重點在寫武王，其實是不對的。看看前一篇〈文王〉，後面〈緜〉、〈棫樸〉等篇，也都是重點在文王身上，即可了然。朱熹的《詩序辨說》和《詩集傳》，將此詩與〈文王〉連在一起，說：「此亦周公戒成王之詩」，顯然與他據詩直尋本義的一貫主張不合，所以姚際恆《詩經通論》嘲笑他：「此敘周家二母以及文王、武王之事，亦所以告成王歟？」

據《逸周書．世俘解》，此詩當作於周武王滅殷後不久，即西周初年。約當公元前一〇四六年。又據馬瑞辰《毛詩傳箋通釋》，此詩篇名原作《明明》，蓋取首句為篇名。後來題為〈大明〉，蓋對〈小雅〉有〈小明〉篇而言。

上篇析論時已經說過，有人把這首詩和〈生民〉、〈公劉〉、〈緜〉、〈皇矣〉、〈文王〉等六篇，視為周人自述的開國史詩，這是利用西洋「史詩」的觀念來詮釋《詩經》中的周初作品，觀點新，可給舊經典注入新生命，但過於拘限理論，難免有失之穿鑿附會處。茲不贅論。

詩共八章，其中四章每章六句，另外四章每章八句。第一章言天命無常，商之亡，周之興，皆由天意。「天位殷適」二句，舊說皆謂天子之位，本屬殷商嫡子所有，今則教令不行於四方，可見天命之無常。于省吾《詩經新證》以為古「位」、「立」同字，「適」亦通「敵」，二句意為：上天立一殷紂之敵，使其不再擁有天下。文意較順，故從之。第二章寫文王父母王季、太任，皆積德行。第三章頂真上章，直寫文王修德，昭事上帝，因而四方歸附。

第四、第五兩章，頂真蟬連而下，寫文王婚娶之事。第四章寫娶渭北莘國之太姒，係天作之合；第五章寫文王親迎于渭，以示婚禮之隆重。古代婚禮層序有六：納采、問名、納吉、納徵、請期、親迎。故「文定厥祥」句，蓋謂親迎之前，諸事皆稱順利。

第六章寫武王之生，承上啟下。補敘前二章，言文王之娶莘國太姒，「于周于京」，皆「有命自天」，固為秉承天命。太姒不僅「俔天之妹」，長得漂亮，而且排行居長，地位顯赫。一說：纘者，繼也；行者，死也。「纘女維莘，長子維行」二句，乃謂：莘國太姒實為文王之繼妃，文王即位後，繼娶太姒為元妃，蓋以長子伯邑考早亡之故。簡言之，文王有德，其「于周于京」，改國號為周，改豐邑為京，及繼娶武王之生母，皆天命也。詩寫武王之生也，委曲如此。

第七、第八兩章，寫武王受天之命，誓師攻伐殷商大軍於牧野之經過。第七章寫牧野之戰，殷紂大軍旌旗如林，武王誓師之必死決心，想見當時戰局之緊張；第八章開頭三句，以疊詞寫牧

【釋讀】

珷征商，隹（唯）甲子朝。歲鼎（貞）克聞，夙又（有）商。辛未王在柬問𠂤（師），易又（右）事（史）利金，用乍（作）旜公寶障彝。

【語譯】

周武王征伐商紂，在甲子那天的清晨。（史官報告說）歲星當頭，預測可以打勝仗，很快即可佔有商都。第七天辛未日，武王在管地軍隊中，賞賜右史利青銅，用來製作旜（檀）公寶貴的祭祀用禮器。

·利簋銘文·

野之上，兵車戰馬廝殺之慘烈，以「時維鷹揚」寫姜太公之馳騁沙場，輔佐武王。一切歷歷如繪，極為精彩。

最後兩句「肆伐大商，會朝清明」，據《毛傳》云：「會，甲也。不崇朝而天下清明。」可知會朝、甲朝、不崇朝，都是不過一朝（一個早上）的意思，極言武王誓師擊潰殷紂大軍之疾速。這個描述，拿來對照《尚書．牧誓》：「時甲子昧爽，王朝至于商郊牧野。」又《尚書．武成》：「粵五日甲子，咸劉商王紂。」另外，《史記．周本紀》也說：「甲子昧爽，武王朝至于商郊牧野，乃誓。」對照這些信史，可知〈大明〉所寫，在甲子日這一天的清晨，不用整個早上，周武王就在商郊牧野之地把殷紂消滅了，確係紀實之作。

最特別的是，《逸周書．世俘篇》除了記載周武王「越五日甲子，朝至，接于商，則咸劉商王紂」之外，還說紂王甲子夕自焚而死。這些記載，以往常被疑為後人偽託，現在因為幾十年前在陝西臨潼零口的周代遺址，發現了西周銅器「利簋」，上面刻有「珷征商，隹甲子朝。歲鼎，克聞夙又商」等金文，譯成白話，即：「周武王發兵去征伐商紂，在甲子日的清晨。歲星當頭，預測可以打勝仗。（史官）報告說一個早晨即可佔有商都。」宋代女詞人李清照的丈夫趙明誠《金石錄．序》曾說：「史牒出入後人之手，不能無失，而刻辭當時所立，可信無疑。」史書典籍經過輾轉傳抄刊刻，難免失真，但銅器銘文早已鑄刻，無法改易。這不但足證〈大明〉所記真實，而且也證明了連《毛傳》之注：「會，甲也。不崇朝而天下清明。」原來也都有憑有據。

緜

一

緜緜瓜瓞，❶
民之初生，
自土沮漆。❷
古公亶父，❸
陶復陶穴，❹
未有家室。

二

古公亶父，
來朝走馬。❺
率西水滸，❻
至于岐下。❼
爰及姜女，❽
聿來胥宇。❾

【直譯】

連緜不絕瓜藤長，
周族最初興起時，
從杜遷往漆水旁。
古公亶父創業忙，
掏出土窰挖地窖，
尚未娶妻沒有房。

古公亶父避戎狄，
來時清晨趕著馬。
沿著豳西漆水邊，
一直來到岐山下。
於是娶了姜氏女，
一起來勘察新家。

【注釋】

❶ 瓞，音「蝶」，小瓜。
❷ 土，通「杜」，水名。漆，水名。俱在今陝西省境。沮，通「徂」，到、往。
❸ 文王之祖。古公是號，亶(音「膽」)父是字。武王追尊為太王。
❹ 陶，通「掏」，挖。復，通「𥨊」，穴、窰洞。
❺ 朝，早。來朝，一大早來。
❻ 率，循、沿。滸，水岸。
❼ 岐，山名。在今陝西岐山縣。
❽ 爰，乃、於是。姜女，姜姓之女。指太王之妃太姜。
❾ 聿，發語辭。胥，相、視察。宇，住處。

三

周原膴膴，⑩
堇荼如飴。⑪
爰始爰謀，
爰契我龜。⑫
曰止曰時，⑬
築室于茲。

四

迺慰迺止，⑭
迺左迺右。
迺疆迺理，⑮
迺宣迺畝。⑯
自西徂東，
周爰執事。⑰

五

乃召司空，⑱

岐周原野真肥沃，
種的苦菜如甘飴。
於是開始相商議，
刻我龜卜問凶吉。
都說居住很適宜，
可以建房在這裡。

於是安心住下來，
向左向右同開荒。
劃定疆界分田畝，
開溝築壟各成行。
從西到東一大片，
大家都為工作忙。

於是找人管工程，

⑩ 膴膴（音「武」），肥沃的樣子。飴，音「怡」，糖漿。

⑪ 堇荼，音「謹突」，兩種苦菜的名稱。

⑫ 契，指鑽刻龜甲，用以占卜。

⑬ 止，停留、居住。時，合宜。

⑭ 迺，乃、於是。

⑮ 疆，作動詞用，劃定田界。理，整地。已見〈小雅・信南山〉篇。

⑯ 宣，疏導溝渠。畝，築田壟。

⑰ 周，普遍。一說：周人、周地。

⑱ 司空，官名。古代管工程建築的官員。

・堇・

乃召司徒，⑲
俾立室家。
其繩則直，⑳
縮版以載，㉑
作廟翼翼。㉒

六

捄之陾陾，㉓
度之薨薨。㉔
築之登登，㉕
削屢馮馮。㉖
百堵皆興，㉗
鼛鼓弗勝。㉘

七

迺立皋門，㉙
皋門有伉。㉚
迺立應門，㉛

於是找人管人事，
讓他們興建宮室。
他們繩墨畫得直，
捆紮夾版立牆壁，
修建宗廟真整齊。

鏟土入籠聲仍仍，
投土版內聲轟轟。
搗實泥土聲登登，
削平土牆聲彭彭。
百堵土牆齊動工，
高大鼓聲吵不贏。

於是建郭外城門，
郭外城門真雄壯。
於是建宮殿正門，

⑲司徒，官名。古代管人事徒役的官員。
⑳繩，古代用以測量劃直線的準繩。
㉑縮版，束緊牆版。載，立。
㉒翼翼，對稱嚴整的樣子。
㉓捄，音「俱」，填土的動作。陾，音「仍」，狀聲之詞。
㉔度，音「惰」，測量、試投。薨，音「轟」，狀聲之詞。
㉕築，搗土。
㉖屢，通「婁」、「塿」，隆起的土堆。
㉗堵，古代土牆長高各一丈叫版，五版叫堵。
㉘鼛，音「高」，大鼓。弗勝，指鼓聲壓不過以上築牆的各種聲音。
㉙皋門，古代王都的外城門。
㉚有伉（音「抗」），伉伉，高壯的樣子。
㉛應門，王宮的正門。

應門將將。
迺立冢土，㉜
戎醜攸行。㉝

八

肆不殄厥慍，㉞
亦不隕厥問。㉟
柞棫拔矣，㊱
行道兌矣。㊲
混夷駾矣，㊳
維其喙矣。㊴

九

虞芮質厥成，㊵
文王蹶厥生。㊶
予曰有疏附，㊷
予曰有先後，
予曰有奔奏，㊸

宮殿正門真堂皇。
於是建土神祭壇，
戎狄醜虜都逃亡。

一直未消那怨恨，
也不斷絕他音問。
柞樹棫樹拔除了，
道路通行無阻了。
昆夷戎狄嚇跑了，
只見他喘氣逃了。

虞國芮國結同盟，
文王感動其本性。
我說有歸順諸侯，
我說有左右參謀。
我說有文臣宣傳，

㉜ 冢土，大社、土地廟。
㉝ 戎醜，敵寇。攸，乃、將。行，遁逃；一說：戰俘排列成行，待血祭於廟前。
㉞ 肆，故、因此。殄，斷絕。
㉟ 隕，斷絕、喪失。問，音問、消息。
㊱ 柞、棫，音「坐欲」，兩種有刺的樹木。
㊲ 兌，開通。
㊳ 混夷，一作「昆夷」，即鬼方。古代西北方的異族。駾，音「退」，驚逃。
㊴ 喙，張嘴喘氣。
㊵ 虞、芮，與岐周鄰近的兩個國家，俱在今山西省境內。因爭田地而起糾紛，來請周文王調停。
㊶ 蹶，音「檜」，動、感動。生，性。
㊷ 疏附，胥附、相歸附。
㊸ 奔奏，奔走宣揚之臣。

予曰有禦侮。44

我說有武將禦寇。

44 禦侮，抗拒外敵之臣。

【新繹】

〈毛詩序〉：「〈緜〉，文王之興，本由大王也。」大王即太王，亦即古公亶父。他是文王的祖父。在他以前，周族都城在豳（今陝西彬縣東北），因為受到外族戎狄的威脅，所以他帶領族人遷到岐山之下的周原。從此周族就在此地定居發展。周族的興盛壯大，可以說是從他開始的。太王避狄遷岐的這個傳說，《毛傳》據《孟子》、《莊子》的記載，有頗詳細的描述。所以〈毛詩序〉解釋題旨，把此詩和前後幾篇連在一起，都說是歌頌文王之作，但特別在此篇中強調：文王之興，是在他祖父太王奠定的基礎上發展起來的。

朱熹仍然和前兩篇一樣，說「此亦周公戒成王之詩」。姚際恆雖然還是嘲笑他，但朱熹其實說得並不錯，這首詩如果真的是周公所作，那麼他戒成王，告以太王創業之艱難，自是順理成章之事。只是朱熹一向據詩尋義，而此詩未曾提及成王片言隻字，所以難免有人要質疑他。

此詩共九章，每章六句。第一章從太王遷居岐山寫起。太王因避戎狄之亂而遷往岐山之事，古書記載多矣詳矣，不須多說。「自土沮漆」，自杜水而漆水，即由始祖后稷所居之邰城，而遷往公劉所居之豳邑，此太王以前周族早期之都邑所在。太王初至岐山時，尚未與太姜結婚，此讀下面〈皇矣〉一篇第二章可知。第二章寫太王偕其妃太姜，至岐山視察選擇新居之地。第三章言太王所卜居之地，係岐山下土地肥美、適合種植之周原。第四章寫定居後整理田地，忙於興作。

第五章言營造宗廟；第六章言作宮室，第七章言立門、社。寫其營造興作，自第三章至第七章，或用「爰」，或用「迺」，或用「乃」，或用「之」，或用「立」，貫穿其間，各具特色。「爰」、「迺」、「乃」三者意相近而用法不同，真見詩人用筆之妙。

以上七章，敘太王遷岐興周之始，寫周原新居營建之事，詳矣備矣，至第八章而筆勢一轉，用一「肆」字承上啟下，將近百年為戎狄混夷所脅迫之恨，由太王說到文王。第八章言文王修德，仍與外族往來，伐木開路之後，戎狄混夷反而奔逃四散。第九章寫文王外和鄰邦，內用良臣，一片興隆氣象。第八章連用四「矣」字，第九章連用四「予曰有」句，俱見修辭之巧。「虞芮質厥成」寫虞、芮二國爭田相質，至周受文王感化而結友好，事詳《毛傳》，此文王明德之一例。足見周室之興，先有太王之奠基，方有文王之文治武功。

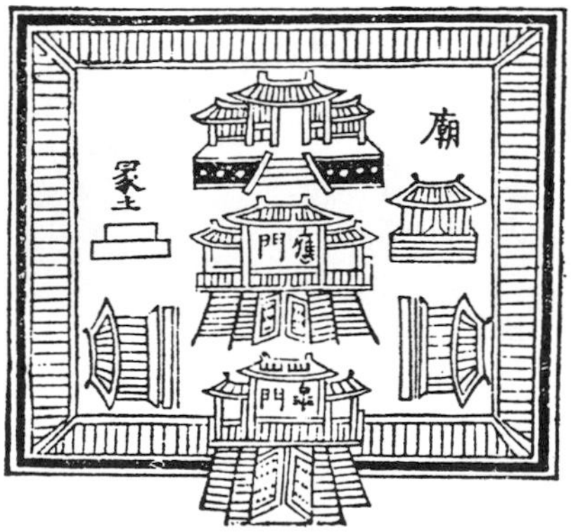

・皋門、應門・

棫樸

一

芃芃棫樸，❶
薪之槱之。❷
濟濟辟王，❸
左右趣之。❹

二

濟濟辟王，
左右奉璋。❺
奉璋峨峨，
髦士攸宜。❻

三

淠彼涇舟，❼
烝徒楫之。❽

【直譯】

茂密的棫樹樸樹，
砍成柴堆焚燒它。
儀容莊嚴的君王，
左右群臣趨向他。

儀容莊嚴的君王，
左右群臣捧玉璋。
手捧玉璋真堂皇，
英俊卿士個個強。

疾行那涇水的船，
眾人打槳划著它。

【注釋】

❶ 芃芃，同「蓬蓬」，草木茂盛的樣子。棫，叢生小樹，已見〈緜〉篇。樸，棗樹的一種。

❷ 槱，音「友」，堆積木柴，焚燒來祭神靈。

❸ 辟，音「必」，君王。

❹ 趣，同「趨」，趨向、奔向。

❺ 奉，同「捧」。璋，一種形如半圭、可作信物的玉器。一說：此指璋瓚，一種用以助祭的酒器。

❻ 髦士，俊士。已見〈小雅・甫田〉篇。

❼ 淠，音「譬」，舟行。涇，水名。在陝西境內，渭水支流。

❽ 烝徒，眾船夫。楫，當動詞用，划槳。

周王于邁，⑨
六師及之。⑩

四

倬彼雲漢，⑪
為章于天。⑫
周王壽考，
遐不作人。⑬

五

追琢其章，⑭
金玉其相。
勉勉我王，
綱紀四方。

周王出征到遠方，
六軍處處跟隨他。

高遠的是那雲河，
散布文彩在天空。
周王年老享高壽，
哪有人才不靠攏。

精心雕琢那文彩，
金玉其質它表象。
勤勉不倦我周王，
張綱立紀定四方。

⑨ 于邁，遠行。指出征。
⑩ 六師，六軍。一軍一萬二千五百人。周制：天子六軍。
⑪ 倬，音「灼」，高遠的樣子。雲漢，銀河。
⑫ 章，文彩。
⑬ 遐不，何不。作人，作育英才。一說：遐，永遠。句謂永遠不用造就人才，人才自來歸附。
⑭ 追琢，雕琢。

·璋瓚·

【新繹】

〈毛詩序〉說〈棫樸〉的題旨是：「文王能官人也」。「官人」一詞，語出《尚書·皋陶謨》，

《大戴禮》、《逸周書》甚至《左傳・襄公十五年》也都曾出現此一詞語，可見為古人所常用。它的意思是舉賢授職，就是選拔人才，授以適當的官職。這對統治者而言，是國之大事。古人有言，國之大事，在祀與戎。國家大事，主要是祭祀和戰爭。這兩件大事都需要人才。這首詩說周文王在祭祀時和出征時，都有很多人才在他左右，跟從他，為他效力，所以說是「能官人也」。

這是古文學派經師的說法。今文學派的說法，稍有不同。據王先謙《詩三家義集疏》所引齊詩之說，如《春秋繁露》的〈郊祭〉、〈四祭〉等篇，則指此詩是寫文王郊祭伐崇之事。古代天子興師出征前，必先郊祭以告天，而後乃敢征伐。文王發兵伐崇，就如此詩所寫，先行郊祭。這樣說來，漢代經師的意見，古文學派如毛詩，認為此詩是歌頌文王能任用賢才，無論是祭祀或戰爭，所用人才都能克盡職責；今文學派如齊詩，認為此詩是寫文王征伐崇國之前，舉行郊祭。二者的不同，只在於一者泛泛說，一者落實講而已。

宋儒朱熹《詩集傳》據詩尋其本義，反復說這是歌詠文王之德，那也只是泛泛而說。至於清代姚際恆《詩經通論》說的「此言文王能作士也」，顯然是受到〈毛詩序〉所謂「官人」以及《孔疏》、《朱傳》注解的影響。詩中「遐不作人」一句，《孔疏》云：「作人者，變舊造新之辭。」《朱傳》亦云：「作人，謂變化鼓舞之也。」所謂「變舊造新」、「變化鼓舞之」，接在經文「周王壽考」之下，是否就是「作士」、培育人材之意，是值得商榷的。筆者就以為這一句不妨譯作：「永遠不用造就人」，較合文氣。是強調文王受到萬方推崇，人材自動來歸附。〈毛詩序〉說的「文王能官人」，其實也是引申而來，原意仍在藉祀與戎二事歌頌文王之德。所以只強調「作士」即培育人材，反而偏離詩的本題了。

詩共五章，每章四句。除了第二章用賦筆之外，其餘四章都以興開端，這在〈大雅〉之中，比較少見。首章以砍棫樸為薪柴起興。蓋國之大事，在祀與戎；戎者，天子出征發兵之前，據古禮（見《禮記．王制》），必「類乎上帝」。類，是祭天的祭名。類祭依乎郊祀，亦用燔柴，升禋以告上帝，故詩以棫樸之「薪之槱之」起興。堆柴焚燒，即郊祀祭天之意。「辟王」，意同君王，顧廣譽《學詩詳說》有云：「以尊言，曰辟王；以實言，曰周王；以親言，曰我王。」第二章承上，寫群臣奉璋，亦與發兵有關。按《周禮．典瑞》云：「牙璋以起軍旅」，一說：郊祀祼祭時，王用圭瓚，臣用璋瓚。《鄭箋》即云：「祭祀時，王祼，以圭瓚。諸侯助祭，亞祼，以璋瓚。」可知詩中之「左右」、「髦士」，指助祭之諸侯、卿士；灌祭所持之酒器，為玉製之璋瓚。此章言文王之祀事，深慶得人。第三章則藉涇舟起興，以「烝徒楫之」喻六軍之隨周王出征。王先謙云：「此文王之伐崇也。上章奉璋，下章伐崇，以見文王之先郊而後伐也。」上章言祀事之得人，此章言戎事之得人。以上三章言文王之用人，人盡其才，亦盡其用，以下二章則轉為直接歌頌文王之德。第四章以「雲漢」天河起興，喻文王之明德高壽。第五章以追琢其外、金玉其質為喻，歌頌文王內外兼修，足可安定天下。

旱麓

一

瞻彼旱麓，❶
榛楛濟濟。❷
豈弟君子，❸
干祿豈弟。❹

二

瑟彼玉瓚，❺
黃流在中。❻
豈弟君子，
福祿攸降。❼

三

鳶飛戾天，❽
魚躍于淵。

【直譯】

遙望那旱山山麓，
榛樹楛樹真茂密。
和樂平易的君子，
求福也和樂平易。

鮮亮那圭瓚玉勺，
黃色黍酒在其中。
和樂平易的君子，
福祿由天來奉送。

鷂鷹高飛上青天，
游魚跳躍出深淵。

【注釋】

❶ 旱，山名。在今陝西南鄭縣西南。麓，山腳。
❷ 榛、楛（音「互」），兩種古人用作燔祭的樹名。
❸ 豈弟，同「愷悌」，和易。見前。
❹ 干，求。祿，福。
❺ 瑟，燦然。玉瓚，古代天子諸侯祭祀時用來舀酒的玉器。一名圭瓚。
❻ 黃流，指圭瓚內流動的黍酒。
❼ 攸，所、乃。降，降臨。
❽ 戾，至、上。

・圭瓚・

豈弟君子，
遐不作人。❾

四
清酒既載，❿
騂牡既備。⓫
以享以祀，
以介景福。⓬

五
瑟彼柞棫，⓭
民所燎矣。
豈弟君子，
神所勞矣。⓮

六
莫莫葛藟，⓯
施于條枚。⓰

和樂平易的君子，
哪有人才不收編。

清酒已經裝滿樽，
紅毛公牛已備妥。
用來獻神來祭祖，
用來祈求大福祚。

鮮亮那柞棫柴木，
人們燒來祭神呀。
和樂平易的君子，
天神下來慰問呀。

茂茂密密的葛藤，
蔓延到樹枝樹榦。

❾ 遐不，何不。作人，作育英才。亦有人才自來歸附之意。已見上篇。
❿ 載，擺設。已見〈小雅．信南山〉篇。
⓫ 騂牡，毛色純赤的公牛。已見〈小雅．信南山〉篇。
⓬ 介，匃（古「丐」字）、求。景福，大福。
⓭ 柞、棫，兩種樹木名。已見〈緜〉篇。
⓮ 勞，讀去聲，有慰勞、保佑之意。
⓯ 莫莫，茂密的樣子。已見〈周南．樛木〉篇。
⓰ 施，音「亦」，延及。

豈弟君子，
求福不回。⑰

和樂平易的君子，
求福不邪曲攀纏。

⑰回，迂迴、邪曲。一說：回，同「違」，不回即不違先祖之道。

【新繹】

〈毛詩序〉云：「〈旱麓〉，受祖也。周之先祖，世修后稷、公劉之業。大（太）王、王季申以百福干祿焉。」受祖，是說祭祀祖先而得福，《孔疏》云：「言文王受其祖之功業」，魏源《詩古微》云：「祭祖受祐」，這些解釋當然都不成問題，但太王、王季「申以百福干祿」，是何意義，則歷來學者說法頗有不同。有人以為既然是太王、王季申以百福干祿，則詩中之愷悌君子，應指太王、王季；有人以為「百福干祿」不成詞，不成文理，應是「百福千祿」之誤；也有人引用〈大雅·假樂〉篇的「干祿百福」為證，說古文自有此種互文的例子，不可謂其「不辭」。紛紛擾擾，其實都無關宏旨。要之，太王、王季可修后稷、公劉之業，文王亦可修后稷、公劉之業；太王、王季可申以百福干祿，文王亦可申以百福干祿。朱熹《詩集傳》謂此詩「亦以詠歌文王之德」，「亦」字可想。它不僅連前後數篇之詠文王而言，實亦連周王前後數代而言。

詩共六章，每章四句，以「豈弟君子」貫穿全篇。首章旱麓，即旱山山腳。據王應麟《詩地理考》，旱山在漢中郡南鄭附近，為沱水所出。詩以旱山發詠，應在文王為西伯之時，岐周始得擴大境土至此。首章前二句，以旱山之榛楛起興，據《毛傳》說，這是陰陽和，山藪殖，故君子得以干祿樂易於此。筆者以為配合第二章以下所言，皆與祭祖受福有關，似宜解作：取旱山之榛楛，「薪之槱之」，亦燔柴祭天祈福之意。第二章則言祼祭時，君子（即周王）持圭璋玉勺，灌酒致祭，故稱「瑟彼玉瓚，黃流在中」。黃流，據《鄭箋》，指「秬鬯」而言；一稱「鬱鬯」。它是用鬱金香草和黑黍釀成的酒，古人用以祭祀。這種酒盛在以黃金為飾的玉製酒器圭瓚之中，只見一片金黃晃動，色彩瀏亮；故稱之為「黃流」。第三章另以鳶飛魚躍起興，言周王「遐不作人」。「遐不作人」已見上篇〈棫樸〉，歷來學者多解為作育人材，然與上下文氣實不連貫。各章皆言祭祖受福，為何此句獨以培養人才為說？故筆者以為此句仍當作受祖之福、人才自來解釋才對。於上篇〈棫樸〉，接應「倬彼雲漢」二句，言周王受福，年雖老大而猶燦如星河，此篇則承應鳶飛魚躍二句，言周王受福，人雖平易而眾望所歸，皆不尋常。方玉潤《詩經原始》曾云：「前後均泛言福祿，中間乃插入作人、享祀二端。蓋享祀是此篇之主，而作人則振原致福之由。」此亦一解。第四章呼應第二章，言以清酒騂牡祭祀，此太牢之禮，示其隆重。第五章呼應第一章，接寫燔柴之祭，焚燒柞棫，烟氣升天，示其崇敬。第六章更進而反寫攀附榛楛柞棫之葛藤，燔柴之時棄而不用，蓋言周王之祭先祖，雖求福而亦不用此邪曲攀附之物，示其修先祖之業，不違先祖之道。

清人徐與喬《增訂詩經輯評》云：「首二章以得天言，三章以作人言，後三章以得神言。」所評極為簡要。如果把第三章的「以作人言」併入前兩章的「以得天言」，如此則前三章就得天言，後三章就得神言，似乎更為恰當。

思齊

一

思齊大任，❶
文王之母。
思媚周姜，❷
京室之婦。❸
大姒嗣徽音，❹
則百斯男。❺

二

惠于宗公，❻
神罔時怨，❼
神罔時恫。❽
刑于寡妻，❾
刑于兄弟，
以御于家邦。❿

【直譯】

想起端莊的太任，
她是文王的先母。
想起柔順的太姜，
她是周王的冢婦。
太姒繼承好名聲，
有了上百的子孫。

順從於祖宗先公，
祖宗神靈無所怨，
祖宗神靈無所痛。
示範於嫡妻元配，
示範於兄弟同輩，
進而擴大到國內。

【注釋】

❶ 齊，通「齋」，莊敬。大任，即太任，王季之妻，文王之母。

❷ 媚，柔順。周姜，即太姜，古公亶父（太王）之妻，王季之母。

❸ 京室，周京王室。指太王。

❹ 大姒，即太姒，文王之妻。徽音，美名。

❺ 形容子孫繁盛。百，言其多。斯，其。男，泛指子孫後代。

❻ 惠，順從。宗公，宗廟先公。

❼ 罔時，無所。

❽ 恫，音「通」，病痛。

❾ 刑，通「型」，作動詞用，示範。寡妻，嫡妻。

❿ 御，統治。

三

雝雝在宮，⑪
肅肅在廟。
不顯亦臨，⑫
無射亦保。⑬

四

肆戎疾不殄，⑭
烈假不瑕。⑮
不聞亦式，⑯
不諫亦入。

五

肆成人有德，⑰
小子有造。⑱
古之人無斁，⑲
譽髦斯士。⑳

雍雍和和在宮中，
恭恭敬敬在廟堂。
不明顯處也親臨，
不厭倦時更保養。

一直大患不傷身，
瘟疫疾病不流行。
不聽善言也自律，
不聽規勸也自警。

因此成人有品德，
兒童子弟有造就。
好古的人不厭倦，
稱讚俊才好優秀。

⑪ 雝雝，同「雍雍」，和順的樣子。

⑫ 不顯，丕顯。見前。不亦，即亦。下同。

⑬ 射，音「亦」，厭倦。保，安養百姓。

⑭ 肆，故、因此。戎疾，大病；一說：西戎入侵。不殄，不絕。

⑮ 烈假，通「癘瘕」，病疫。瑕，通「遐」，遠去。

⑯ 式，敬謹。

⑰ 肆，故。同注⑭。成人，成年之人。

⑱ 造，作為、造就。

⑲ 古之人，猶今言「今之古人」，頌文王之辭。

⑳ 斯士，指上文「成人有德，小子有造」。

【新繹】

〈毛詩序〉說這首詩的主題，是「文王所以聖也」，只有簡單的一句話，卻說明了周文王所以被稱為聖王的原因。《孔疏》說此詩「言文王所以得聖，由其賢母所生。文王自天性當聖，聖亦由母大賢。故歌詠其母，言文王之聖有所以而然也。」《朱傳》也說：「此詩亦歌文王之德，而推本言之」，蓋「上有聖母，所以成之者遠；內有賢妃，所以助之者深。」可見這種說法，不但三家詩沒有異議，唐宋以下的學者，亦無不信從。他們都以為，文王之所以成為聖王，除了他本身的天性修養之外，也得之於聖母賢妻的幫助。

詩共五章，每章六或四句。全用賦筆。第一章由周室三母說起，重點雖在文王妻子太姒身上，卻遠推到文王的母親太任和祖母周姜。周姜，即太姜，是文王的祖母，太王（古公亶父）的元妃。請參閱上文〈緜〉篇。是她跟太王帶領周族遷往岐周的，所以稱為「周姜」，為「京室之婦」。太任，是文王的母親，王季的妻子。〈大明〉篇說她嫁給王季之後，「乃及王季，維德之行」。可見對文王而言，太姜和太任都是聖母。太姒是文王的賢內助，也請參閱〈大明〉篇。這裡說她「嗣徽音」，是說她繼承了太姜和太任的優點，有能有德，更重要的是古人所期許於女性的，繁衍子孫。「則百斯男」，極言其多，是一種誇張的形容。

第二章以下，全述文王之德，所謂內外兼修，人神共仰。第二章言其事神治人，皆盡所能。「刑于寡妻」三句，即所謂修身、齊家、治國之道。第三章言其雍容肅穆，無論宮室宗廟，內外如一。第四章言其修德之效，而第五章言其教化之功。就修德之效而言，如「戎疾不殄」二句，

《朱傳》即解「戎疾」為「大難」，「不殄」為不滅絕，並謂「如羑里之囚，及昆夷玁狁之屬」。此言能禦外患。「不聞亦式」二句，則言能自律自儆。就教化之功而言，士大夫之成年人，人人皆講德行；未成年之子弟，個個皆得培養。《鄭箋》：「古之人，謂聖王明君也。」王先謙《詩三家義集疏》云：「稱古之人者，周之學制，剏自公劉。見〈泂酌〉篇。」則末二句，實稱文王善述先王之業。

牛運震《詩志》說：「此詩本為文王作，卻於篇首略點文王，而通篇更不再見，渾融入妙。」又評云：「篇格整齊，理致醇粹，潔肅精微，此頌文德之深者，氣體亦甚高。」這也正是〈大雅〉的一種風格特色。

皇矣

一

皇矣上帝，
臨下有赫。❶
監觀四方，
求民之莫。❷
維此二國，
其政不獲。
維彼四國，
爰究爰度？❸
上帝耆之，❹
憎其式廓。❺
乃眷西顧，
止維與宅。❻

【直譯】

偉大輝煌呀上帝，
俯看天下很分明。
觀察東西南北方，
尋求人民的安定。
就是這夏商兩朝，
其行政不得民心。
就是那四方諸侯，
哪可推求可承應？
上帝考察它們後，
厭惡殷商的規模。
於是回頭往西看，
看上的就是岐周。

【注釋】

❶ 有赫，同「赫赫」、「赫然」，有夠顯明，顯赫光明的樣子。
❷ 莫，古「寞」字，平靜、安定。魯詩、齊詩作「瘼」，病痛。亦通。
❸ 爰，何、哪裡。究，推求。度，謀、審度。
❹ 耆，通「稽」，考察。
❺ 式廓，大而無當。
❻ 止，定、此地。指岐周。與宅，一起居住。

二

作之屏之，❼
其菑其翳；❽
修之平之，
其灌其栵；❾
啟之辟之，❿
其檉其椐；⓫
攘之剔之，
其檿其柘。⓬
帝遷明德，⓭
串夷載路。⓮
天立厥配，⓯
受命既固。

三

帝省其山，⓰
柞棫斯拔，⓱
松柏斯兌。⓲

砍伐它呀摒棄它，
那直的倒的枯樹；
修剪它呀整齊它，
那叢生成行的樹；
開拓它呀芟除它，
那些河柳和椐樹；
排開它呀剔光它，
那些山桑和柘樹。
上帝轉向明德王，
貫穿山林通道路。
上天立給他配偶，
接受天命已鞏固。

上帝視察那岐山，
柞樹棫樹已拔光，
松樹柏樹已成行。

❼ 作，通「柞」，砍除。屏，通「摒」，棄。

❽ 菑，音「姿」，翳，音「亦」，這裡都指枯樹。直立的叫菑，倒地的叫翳。

❾ 灌，叢生的灌木。栵，音「力」，成行生的樹。一說：砍了又生的樹。

❿ 辟，同「闢」，有芟除的意思。

⓫ 檉，音「稱」，椐，音「居」，兩種細長的樹名。

⓬ 檿，音「衍」，柘，音「這」，兩種材質好的樹名。

⓭ 明德，明德之人。指太王。

⓮ 句謂既啟山林，道路貫通。一說：串夷，混夷。載路，一路敗走。

⓯ 配，妃、配偶。指太姜。

⓰ 省，音「醒」，視察。山，指岐山。

⓱ 柞、棫，樹名。已見〈緜〉篇。

⓲ 兌，音「對」，直立、條暢。

帝作邦作對，[19]
自大伯王季。[20]
維此王季，
因心則友。[21]
則友其兄，
則篤其慶。
載錫之光，[22]
受祿無喪，
奄有四方。[23]

四

維此王季，
帝度其心，[24]
貊其德音。[25]
其德克明，
克明克類，[26]
克長克君。
王此大邦，[27]

上帝興周配明王，
從太伯王季興旺。
就是這位季歷王，
順乎天性愛兄長。
能夠友愛他兄長，
能夠增加他吉祥。
於是賜他這榮光，
他也受祿無淪喪，
囊括天下定四方。

就是這位好王季，
上帝忖度他心理，
傳布他的好聲譽。
他的德行能明辨，
能辨是非分善惡，
能做師長做君王。
統治這個周大國，

[19] 作邦，建國。作對，配明君。
[20] 大伯，即太伯，太王的長子。王季，即季歷，太王的幼子。
[21] 因心，順其本性。
[22] 載，乃、則。錫，賜。光，光榮，指王位。
[23] 奄有，擁有、盡有。
[24] 度，音「惰」，揣測。
[25] 貊，通「莫」，廣布。《廣雅．釋詁》：「莫，播也。」
[26] 類，作動詞用，分類、辨別。一說：善。
[27] 王，作動詞用，音「旺」，統治。

克順克比，㉘
比于文王。
其德靡悔，
既受帝祉，
施于孫子。㉙

五

帝謂文王，
「無然畔援，㉚
無然歆羨，㉛
誕先登于岸」。㉜
密人不恭，㉝
敢距大邦，㉞
侵阮徂共。㉟
王赫斯怒，㊱
爰整其旅，㊲
以按徂旅。㊳
以篤于周祜，

能順民心能親近，
一直延續到文王。
他的德行沒憾恨，
既受上帝的福祿，
又能傳給他子孫。

上帝告訴文王說：
「不要這樣的盤桓，
不要這樣的貪戀，
首先要登上對岸」。
密國人不夠恭順，
竟然敢抗拒大周，
入侵阮國到共國。
文王勃然大震怒，
於是整頓他勁旅，
來遏制途中敵軍。
來鞏固周國福祚，

㉘ 比，親附。「比」字或疑本當作「从（從）」。
㉙ 施，音「亦」，延及、傳給。孫子，子孫。
㉚ 無然，不要如此。畔援，盤桓、徬徨。一說：跋扈。
㉛ 歆羨，貪求。
㉜ 誕，發語詞。先登于岸，爭先據勝之意。
㉝ 密，國名。在今甘肅靈臺西。
㉞ 距，同「拒」，抵禦。大邦，指周國。
㉟ 阮、共，周的兩個屬國，都在甘肅涇川附近。徂，往。
㊱ 赫，勃然大怒的樣子。
㊲ 旅，軍隊。
㊳ 按，阻止、遏制。徂旅，正在途中的敵軍。一說：旅，指莒國。密人侵犯阮國、共國後，又進攻莒國。

以對于天下。

六

依其在京，㊴
侵自阮疆，㊵
陟我高岡：
無矢我陵，㊶
我陵我阿；㊷
無飲我泉，
我泉我池。
度其鮮原，㊸
居岐之陽，㊹
在渭之將。㊺
萬邦之方，㊻
下民之王。

七

帝謂文王：

來回應天下民心。

憑靠發兵在周京，
從阮邊界凱歌還。
登上我岐周高岡：
不要陳兵我丘陵，
這是我們的陵嶺；
不要喝我們泉水，
這是我們的泉井。
測量那青青草原，
定居岐山的南面，
就在渭水的旁邊。
他是萬國的榜樣，
他是下民的君王。

上帝告訴文王說：

㊴ 其，指文王發兵之事。京，周京。
㊵ 阮疆，阮國的邊境。
㊶ 矢，陳兵、踐踏。
㊷ 阿，大土山。
㊸ 度，測度。一說：越過。鮮原，草原。一說：地名。
㊹ 在岐山之南。陽，山南水北。
㊺ 將，側、旁。
㊻ 方，法則、榜樣。

「予懷明德，
不大聲以色，47
不長夏以革。48
不識不知，
順帝之則」。
帝謂文王：
「詢爾仇方，49
同爾弟兄。
以爾鉤援，50
與爾臨衝，51
以伐崇墉」。52

八

臨衝閑閑，53
崇墉言言。54
執訊連連，55
攸馘安安。56
是類是禡，57

「我懷念你的明德，
不要疾言而厲色，
不用長荊和鞭策。
要自然不知不覺，
順從上帝的法則」。
上帝告訴文王說：
「徵詢你對等強國，
會同你親近諸侯。
用你攻城的雲梯，
用你攻城的戰車，
來攻打崇國城池」。

臨衝戰車多緊密，
崇國城池真崇宏。
捉拿俘虜不曾停，
割下左耳真從容。
這是祭天是祭地，

47 是說對臣民不疾言厲色。聲，喜怒之聲。色，喜怒之色。

48 是說不用嚴打刑求。長，常。夏，夏楚。革，鞭打。

49 仇方，對等的國家。仇，匹、讎，對手。

50 鉤援，古代攻城用的雲梯，上有掛鉤攀繩。

51 臨衝，衝撞城牆的樓車和戰車。

52 崇墉，崇國的城堡。崇，古國名。在今陝西省境內。

53 閑閑，緊迫的樣子。

54 言言，高大的樣子。

55 訊，俘虜。

56 攸，所。馘，音「國」，左耳。古代戰爭以割下敵人左耳計功。

57 類，同「禷」，出師時祭祀天神。禡，音「罵」，出師後在駐地祭神。

是致是附，58
四方以無侮。
臨衝茀茀，59
崇墉仡仡。60
是伐是肆，61
是絕是忽，62
四方以無拂。63

這是招降是歸附，
諸侯因而莫敢侮。
臨衝戰車多強盛，
崇國城池真雄偉。
這是討伐是襲擊，
這是殺絕是消滅，
諸侯因而不違背。

58 致，招來。附，安撫。
59 茀茀（音「弗」），強盛的樣子。
60 仡仡（音「亦」），同「屹屹」，高大的樣子。
61 肆，突擊、偷襲。
62 忽，消滅。
63 拂，違命。

【新繹】

〈毛詩序〉：「〈皇矣〉，美周也。天監代殷，莫若周；周世世修德，莫若文王。」不但漢代經師不分今古文學派沒有異議，就連宋代朱熹《詩集傳》也說：「此詩敘大王、大伯、王季之德，以及文王伐密伐崇之事也。」它接受神授君權的觀念，先後敘寫了岐周王朝的興起過程：首先寫古公亶父太王的開闢岐山；其次寫太伯的讓位，王季的明德，傳位給文王；最後寫文王伐崇伐密的勝利。有人稱之為「一篇周本紀」，是周人自述的開國史詩之一。

據《史記．周本紀》云：「古公有長子曰太伯，次曰虞仲。太姜生少子季歷。季歷娶太任，皆賢婦人。生子昌，有聖瑞。古公曰：我世當有興者，其在昌乎！長子太伯、虞仲知古公欲立季歷以傳昌，乃二人亡，如荊蠻，文身斷髮，以讓季歷。古公卒，季歷立，是為公季。公季脩古公遺道，篤於行義，諸侯順之。」公季，就是王季。因為詩第三章云：「帝作邦作對，自大伯王季」，第三、四章又云：「維此王季」，所以有人以為此詩重點在寫王季。又因為詩第五章、第七章都有「帝謂文王」之語，所以有人（例如姚際恆）主張此詩重點仍在文王。

詩共八章，每章十二句，是《詩經》的長篇之一，重在敘事，全篇瀰漫君權神授的思想。第一、二兩章寫古公亶父得天之助，將代商而起，西徙於岐山之下，是謂太王。第二章寫其墾闢山林，定居於岐，是周興之始。第三、四兩章，寫王季的明德，既友愛兄長、又澤及子孫。第三章「自大伯王季」一句，夾寫太伯，單表王季友愛，而太伯讓國之德自見。第四章「王此大邦」，前後只用七「克」字，而王季治國之能自明。以下四章，皆寫文王伐密伐崇之事，連用「帝謂文王」句，特筆提起，文勢縱放，卻極具條理。第五、六兩章寫伐密。《朱傳》：「密，密須氏，姞姓之國。在今寧州。」即今甘肅靈臺一帶。其所入侵之阮國、共國，則在涇州，今甘肅涇川附近。阮國當時為周之屬國，故文王派兵遏制密軍，並加警告。第六章所記警告密人不得侵擾之語，義正而詞嚴，見文王之果決。第七、八兩章寫伐崇。崇國位在豐、鎬之間。《史記・周本紀》對文王伐崇侯虎之事，描述頗為詳細，可以對照。崇侯虎譖西伯昌（即文王）於商紂，紂王乃囚西伯於羑里。後西伯得赦歸，三年，伐崇侯而作豐邑。詩寫伐崇之過程，有「是類是禡」之語，類即類祭，出征前郊外焚柴以祭天；禡是馬祭，亦稱師祭，〈小雅・吉日〉中稱之為「伯」，指出師途中，於所征之地，下馬以祭其神。這兩種都是周代軍禮中的祭名。伐崇時又類祭，又禡祭，可以想見戰爭的勞苦。詩中多用排比及疊詞，整齊之中見錯落之美，真可謂有聲有色，活靈活現。姚際恆《詩經通論》因此認為〈毛詩序〉之說，不切詩意。他說此篇與上篇〈思齊〉一樣，

「皆詠文王」，不是泛泛的「美周」，而是重在描寫文王的德行和事功。

孫鑛《批評詩經》評此詩有云：「長篇繁敘，規模閎闊，筆力甚馳騁縱放，然卻有精語為之骨，有濃語為之色，可謂兼終始條理。此便是後世歌行所祖。」說後世歌行受此篇影響者，重點有二：一則繁敘之中，必須始終條理；二則筆力之外，必有精語濃語。詩人於此，不可不知。

靈臺

一

經始靈臺，❶
經之營之。
庶民攻之，❷
不日成之。

二

經始勿亟，❸
庶民子來。❹
王在靈囿，❺
麀鹿攸伏。❻

三

麀鹿濯濯，
白鳥翯翯。❼

【直譯】

規劃開始建靈臺，
規劃它呀營建它。
百姓人眾趕修它，
不到幾天完成它。

規劃開始不求快，
庶民如子自動來。
文王遊樂在靈囿，
母鹿躺著不驚怪。

母鹿小鹿肥又亮，
白鳥羽毛真美好。

【注釋】

❶ 經，測量規劃。經始，始建。靈臺，觀測天象的樓臺，相傳周文王所建。在今陝西西安市附近。
❷ 攻，修建。
❸ 亟，同「急」。
❹ 子來，像兒子一般前來。
❺ 靈囿，靈臺下的苑囿。囿，音「右」，古代帝王遊樂的園林，常畜養禽獸。
❻ 麀，音「攸」，母鹿。
❼ 白鳥，鶴、鷺之類。翯，音「鶴」，羽毛光潔的樣子。
❽ 靈沼，靈臺下的池塘。
❾ 於，同「烏」，嘆詞。下同。牣，音「刃」，滿、充滿。

王在靈沼，❽
於牣魚躍。❾

文王遊樂在靈沼，
啊！滿池魚跳躍。

四

虡業維樅，❿
賁鼓維鏞。⓫
於論鼓鐘，⓬
於樂辟廱。⓭

鐘磬版架有崇牙，
懸掛大鼓和大鐘。
啊！合律鐘鼓聲，
啊！遊樂在離宮。

五

於論鼓鐘，
於樂辟廱。
鼉鼓逢逢，⓮
矇瞍奏公。⓯

啊！合律鐘鼓聲，
啊！遊樂在離宮。
鼉皮大鼓聲膨膨，
盲人樂師齊歌頌。

❿ 虡，音「巨」，懸掛鐘磬的木架兩旁的柱子。業，虡架橫木上的大版。樅，音「匆」，業上的鋸齒，名「崇牙」。

⓫ 賁（音「墳」）鼓，大鼓。鏞，音「庸」，大鐘。

⓬ 論，通「倫」，有條理、合音律。

⓭ 辟廱，音「璧雍」，文王的離宮。後用作周朝貴族舉行禮樂及接受教育的場所。廱，亦作「雝」或「雍」。

⓮ 鼉，音「駝」，一種形似蜥蜴、背尾有鱗甲的巨獸。皮可製鼓。逢逢（音「彭」），鼓聲。

⓯ 矇，音「蒙」，有眼珠卻看不見的盲人。瞍，音「叟」，沒有眼珠的盲人。古代樂師多為盲人。奏公，奏功、奏樂歌頌。

【新繹】

〈毛詩序〉：「〈靈臺〉，民始附也。文王受命，而民樂其有靈德，以及鳥獸昆蟲焉。」意思是說文王受命伐崇之後，人民開始歸附他，以為他有靈德，可以澤及鳥獸昆蟲。所以文王在豐鎬之間、長安附近營建靈臺靈囿，人民都樂意幫助他，與他同樂。這種說法，漢唐經師沒有異議，但從宋代起，有不少人提出質疑。例如朱熹《詩序辨說》就說：「民之歸周也久矣，非至此而始附也。」姚際恆《詩經通論》也說：「〈小序〉謂民始附，混謬語。文王以前，民不附乎？大王遷岐，何以從之如歸市也？」他們的懷疑都有其道理，但他們忽略了「民始附」的時間問題。

這首詩編次在〈皇矣〉篇之後，並非沒有原因。〈皇矣〉篇寫到文王伐密伐崇之事。密在今甘肅靈臺縣附近，崇則在豐邑、鎬京之間。據《尚書大傳》云：「文王受命三年，伐密須。」《左傳．僖公十九年》亦云：「文王聞崇德亂而伐之，軍三旬而不降。退修教而復伐之，因壘而降。」對照〈皇矣〉篇，文王初受命時，會「王赫斯怒，爰整其旅」，去伐密救阮，後來伐崇時，「退修教而復伐之」，崇國人才願意投降，可見豐鎬之間的崇國子民，是後來才甘心歸附文王的。〈毛詩序〉所說的「民始附也」，就是指此而言。陳奐《詩毛氏傳疏》說得很清楚：「〈皇矣〉言伐崇，而〈靈臺〉即言作豐。於伐崇觀天命之歸，而於作豐驗民心之所歸往，皆文王受命六年中事。」

詩共五章，每章四句，分詠靈臺、靈囿、靈沼及辟廱鐘鼓之樂。毛詩原作五章，一章一韻，有其道理。有人就章法論，分為四章，似可不必。說見下。

詩寫文王受命修德，營造靈臺靈囿靈沼，與民同樂。據《三輔黃圖》，三靈俱在長安西北。第一章言靈臺經營之始，

·靈臺·

因「庶民攻之」，不日即成。攻者，趕工之謂也。此臺原作觀測天文氣象用。臺而謂之靈者，《朱傳》云：「言其倏然而成，如神靈之所為也。」第二、三兩章言靈囿靈沼之擴大關建。「經始勿亟」句，承上而來。靈臺，一臺而已，可以不日而成，靈囿則為天子畜養鳥獸、觀賞遊獵之所，有臺閣池沼苑囿山林等等，佔地甚廣，即使庶民如子，自願前來修建，亦不可能數日而成。故經始之初，文王即告以勿急，深恐勞民，此見文王之愛民如子，而「庶民子來」，仍然不召自來、踴躍興作者，亦足以見民情之視其如父。第二章寫母鹿靜臥，第三章寫鳥白魚躍，皆言靈囿、靈沼先後修建完成之後，君民遊觀之樂。前人云：鹿善驚，今乃伏；魚沉水，今乃躍，總是形容其自得不畏人之意。此之所謂「寫物理，得妙趣。」第四、五兩章寫辟雍鐘鼓之樂。鐘鼓，天子之樂，第四章寫鐘鼓之陳設，虡、業、樅分指懸掛鐘鼓之木架、橫版與崇牙。第五章寫鐘鼓之演奏，鼉鼓，鼉皮大鼓；矇瞍，盲眼樂師。而所謂「於樂辟廱」者，言於辟雍宮中聽天子之樂。辟雍，自為禮樂之地。其狀如璧，臨水旋丘，故曰辟雍。有人說是天子之離宮，有人說如後世之學宮。《孟子．梁惠王上》篇云：「文王以民力為臺為沼，而民歡樂之，謂其臺曰靈臺，謂其沼曰靈沼，樂其有麋鹿魚鼈。古之人與民偕樂，故能樂也。」觀乎此，則詩中所謂辟雍者，固文王水上之離宮。

詩中提到的幾種樂器，請參閱〈周頌．有瞽〉等篇。

・天子辟雍圖・

下武

一

下武維周，❶
世有哲王。
三后在天，❷
王配于京。❸

二

王配于京，
世德作求。❹
永言配命，
成王之孚。❺

三

成王之孚，
下土之式。❻

【直譯】

後能踵武是周邦，
世世代代有明君。
三位先王在天上，
武王受命在鎬京。

武王受命在鎬京，
先王德行要遵循。
永遠說順應天命，
成就先王的威信。

成就先王的威信，
做了人間的榜樣。

【注釋】

❶下武，是說後代能繼承前人的志業。下，後。武，足跡。步武、踵武，都是繼承的意思。一說：下武，天下最威武的。維，是。
❷三后，三王。指太王、王季、文王。一說：指太王、文王、武王。
❸王，指周武王。一說：指成王。配，受命。
❹世德，累世積德。作，則。
❺成，成就、完成。孚，信。一說：成王，實稱，指周成王。
❻下土，對上天而言，指人間。式，法式、榜樣。

永言孝思，
孝思維則。❼

四

媚茲一人，❽
應侯順德。❾
永言孝思，
昭哉嗣服。❿

五

昭茲來許，⓫
繩其祖武。⓬
於萬斯年，⓭
受天之祜。⓮

六

受天之祜，
四方來賀。

永遠說是盡孝思，
孝思就是法先王。

愛戴這武王一人，
應當啊順從美德。
永遠說是盡孝思，
明白啊繼承先業。

明白這未來願望，
追隨那祖先腳步。
啊！這萬年國運，
受到上天的祝福。

受到上天的祝福，
四方諸侯來朝賀。

❼ 則，效法。
❽ 媚，愛。一人，古人對天子的稱呼。指武王。一說：指成王。
❾ 應，當。侯，維，語助詞，與下文的「哉」同義。
❿ 嗣服，繼承先祖的事業。服，事、功業。
⓫ 來許，來者、後進。
⓬ 繩，繼、持續。武，足跡。
⓭ 於，同「烏」，嘆詞。
⓮ 祜，保佑、祝福。

於萬斯年，
不遐有佐！⑮

啊！這萬年國運，
哪裡會不來輔佐！

⑮不遐，胡不、豈不。遐，通「胡」，何。

【新繹】

〈毛詩序〉說此篇主題是：「繼文也。武王有聖德，復受天命，能昭先人之功焉。」繼文的意思，據《鄭箋》云：「繼文王之業而成之。」陳奐《詩毛氏傳疏》說得更清楚：「文，文德也。文王以上，世有文德，武王繼之，是之謂繼文。」可見這是一篇歌頌周武王能繼承先王志業的詩。一直到清末，信從此說的學者頗多，像吳闓生的《詩義會通》，因為詩中有「三后在天，王配于京」之句，還如此加以闡述：「此詩歌武王之功，而歸美于文王，嘉其能繼文有天下也。武王之功大矣，而詩人推本于三后，但以嗣服繩武為言，所謂孝思也。」

不過，也由於詩中有「成王之孚」等語，有人（像《朱傳》）以為「成王」為實稱，成王，即指周成王，所以懷疑詩之著成，可能在康王以後；有人（像陸奎勳《陸堂詩學》）甚至援引經傳，以為「此康王即位而諸侯朝賀之作」；還有人（像嚴粲《詩緝》）以為世修文德，以武為下，故釋「下武」為偃武修文之意。事實上，詩義自明，有人一時想偏了，有人則求之過深。

詩共六章，每章四句。第一章說周王最能繼述先人的志業。「下武維周」的「下武」，是後先接踵的意思。「下」指後代，「武」即足跡、腳印。踏著前人的腳印前進，即繼承先人志業之意。周族徙居岐周之地，所謂「王配于京」，是自古公亶父始。故「三后在天」的三后，即三位先王，配合上文〈緜〉、〈皇矣〉等篇看，自指太王、王季、文王而言。繼文王而起者為武王，故詩頌武王無疑。第二章以下，全是頌美武王之辭。章與章之間，前後首句跟上、頂真複沓，蟬聯而下，是一大特色。第二章之「世德」、「配命」，言武王能述先德、配天命。第三章之「成王之孚，下土之式」，二句相對成文，《鄭箋》云：「孚，信也。」蓋言武王成就先人之志業，足為天下法式，此即所謂「孝思」。或謂「成王」指武王之子姬誦，固亦可通，然大可不必。第四第五兩章承上，稱頌武王能盡孝思，受天之祜。第五章首句「昭茲來許」，三家詩作「昭哉來御」，與第四章末句「昭哉嗣服」相承接，有承先啟後之意。「繩其祖武」句，呼應首章「下武維周」，同此。第六章以四方來賀、必有輔佐作結。首尾相貫，組織完整。

文王有聲

一

文王有聲，
遹駿有聲。❶
遹求厥寧，❷
遹觀厥成。
文王烝哉！❸

二

文王受命，
有此武功。
既伐于崇，❹
作邑于豐。❺
文王烝哉！

【直譯】

文王擁有好名聲，
真的大大有名聲。
真的求得國安定，
真的看到他成功。
文王是好國君啊！

文王接受了天命，
擁有這樣的戰功。
已經討伐邘和崇，
又建新都在豐京。
文王是好國君啊！

【注釋】

❶ 遹，同「聿」，發語詞，肯定的口氣。駿，大。
❷ 厥，其。指上文文王之治國。
❸ 烝哉，君哉。烝，音「征」，歎美之詞。
❹ 于，國名，古作「邘」。在今陝西河南交界。崇，國名，見〈皇矣〉篇。文王伐邘、崇之事，見《史記．周本紀》。
❺ 豐，古「酆」字，邑名。在今陝西西安豐（一作「灃」）水西。

三

築城伊淢，❻
作豐伊匹。❼
匪棘其欲，❽
遹追來孝。❾
王后烝哉！❿

四

王公伊濯，⓫
為豐之垣。⓬
四方攸同，⓭
王后維翰。⓮
王后烝哉！

五

豐水東注，⓯
維禹之績。⓰
四方攸同，

築城挖好護城河，
新建豐京好適合。
不是急於他私欲，
真的追述祖先德。
君王是好國君啊！

君王功業好明顯，
就像豐京的城垣。
四方諸侯都同心，
君王就是它骨幹。
君王是好國君啊！

豐水滾滾向東流，
是禹治水的成果。
四方諸侯都同心，

❻ 伊，為。淢，音「序」，通「洫」，城溝、護城河。
❼ 匹，相配、相稱。
❽ 匪，非。棘，急。欲，欲望。
❾ 追，追述。來孝，歷來祖先的德業。
❿ 后，與王皆古代對君王的通稱。
⓫ 公，同「功」，功業。濯，美顯。
⓬ 垣，音「元」，城牆。
⓭ 攸，所。同，同心。一說：會同、朝見。
⓮ 翰，同「幹」，骨幹、楨幹。已見〈小雅．桑扈〉篇。
⓯ 豐水，水名。源出秦嶺，流經豐邑東北入渭水。
⓰ 績，功績。一說：績，通「蹟」，指夏禹留下的古跡。

皇王維辟。⓱
皇王烝哉！

六

鎬京辟廱，⓲
自西自東。
自南自北，
無思不服。⓳
皇王烝哉！

七

考卜維王，⓴
宅是鎬京。㉑
維龜正之，㉒
武王成之。
武王烝哉！

大王就是那楷模。
大王是好國君啊！

營建鎬京和辟雍，
諸侯從西又從東。
諸侯從南又從北，
沒有誰敢不服從。
大王是好國君啊！

稽問龜卜是周王，
定都遷居這鎬京。
是靠龜卜決定它，
是靠武王完成它。
武王是好國君啊！

⓱ 辟，法則、楷模。
⓲ 鎬京，地在陝西西安西，豐水東岸。周武王滅殷後，遷都於此。辟廱，見〈靈臺〉篇。
⓳ 同「無不思服」。無不臣服於周。
⓴ 「維王考卜」的倒裝句。考卜，求卜問卦。考，稽、求。
㉑ 宅，定居。
㉒ 龜，龜卜。正，貞、定。是說得吉兆。

八

豐水有芑，㉓
武王豈不仕？㉔
詒厥孫謀，㉕
以燕翼子。㉖
武王烝哉！

豐水水邊有芑菜，
武王豈能不來採？
留給他子孫謀略，
來安保照顧後代。
武王是好國君啊！

㉓ 芑，音「啟」，水芹，一說：粟名，可用以祭祀。見〈小雅．采芑〉篇。
㉔ 仕，事、採。
㉕ 詒，遺、留。孫，子孫。
㉖ 燕，安。翼，庇護。子，子孫。

【新繹】

〈毛詩序〉說此詩題旨是：「繼伐也。武王能廣文王之聲，卒其伐功也。」繼伐是繼續出征作戰的意思。《鄭箋》云：「繼伐者，文王伐崇，武王伐紂。」據《尚書大傳》，文王受命之後，一年斷虞、芮之訟，二年伐邘，三年伐密須，四年伐犬戎，五年伐耆，六年伐崇，幾乎年年出征作戰，以征伐為武功。伐崇，不過是文王最具代表性的最後一戰而已。他生前雖然沒有出兵伐紂，但他想不想伐紂呢？據《朱子詩傳遺說》的記載，朱熹回答學生徐寓這樣的提問，回答是：「一似果實，文王待他十分黃熟自落下來，武王卻似生擘破一般。」意思是：想是想的，只是當時時機尚未成熟。所以漢代的經師才會說武王的伐紂，是「繼伐」，是「能廣文王之聲，卒其伐功也」。這裡的「文王之聲」，指的是文王的心聲。這首詩最後一章說：「詒厥孫謀，以燕翼子」，要將良謀留給子孫，說的也就是這個道理。

詩共八章，每章五句。前後四章，每章末句各以「文王烝哉」、「武王烝哉」作結，來貫穿全篇。中間四章，則以「王后」稱文王，以「皇王」稱武王，易文成章，以求變化。「王后」之「后」，自作帝王講，然對照上篇〈下武〉之「三后在天」，或者「后」是當時「先王」之稱。此詩寫武王繼述文王之武功，即以二人征伐之結果為寫作重心。前四章寫文王伐崇以後，建都豐邑之事，後四章則寫武王伐紂以後，建都鎬京之事。前者寫文王之建豐邑，重在「遹追來孝」，追求前王之美德；後者寫武王之遷鎬京，重在「詒厥孫謀」，顧慮子孫之安危。中間以豐水作為豐、鎬兩京移轉之關鍵。文王所建之豐邑，在豐水之西；武王所建之鎬京，在豐水之東。故第五章言「豐水東注」，蓋已暗示文、武王朝之遞移。其所以稱文王為王后，稱武王為皇王，大概亦此之故。其於文王，強調伐崇作豐之武功，特寫其城池城垣；其於武王，則強調伐紂徙鎬之文治，特寫其辟雍龜卜。文王言其武功，武王言其文德，更見錯綜之美。

末章「豐水有芑，武王豈不仕」二句，其旨難詳。芑者，苦菜也，一名水芹，或疑為杞柳之類，其作用為何，實不得而知。王夫之《詩經稗疏》云：「其生也必於水次，高木成林，故武王依之立國。蓋故國喬木之意。若區區一草，何足紀哉！」豈然乎？豈其然乎？筆者以為下篇〈生民〉第六章中，曾說「恒之穈芑，是任是負，以歸肇祀」，則芑應與穈一樣，都是一種可供祭祀的粟，是周族始祖后稷以來就具備的祭品之一。如果沒錯的話，那麼末章「豐水有芑，武王豈不仕」二句，應該是說：豐水水邊也有芑米，武王怎麼會不採來祭拜祖先呢！顯然也和「遹追來孝」有關。

生民

一

厥初生民，❶
時維姜嫄。❷
生民如何，
克禋克祀，❸
以弗無子。❹
履帝武敏歆，❺
攸介攸止。❻
載震載夙，❼
載生載育，
時維后稷。❽

二

誕彌厥月，❾
先生如達。❿

【直譯】

當初誕生周始祖，
就是姜嫄有邰氏。
誕生周人怎麼樣，
能誠心燒香祭祀，
來祛除無孕不祥。
踩神腳印感應敏，
她便有身工作停。
於是懷孕和調理，
於是分娩和哺育，
這就是周祖后稷。

當她產期滿十月，
首生順利如羊胎。

【注釋】

❶ 厥，其。民，指周族人。

❷ 時，是、此。姜嫄（音「原」），一作姜原，傳說她是有邰氏之女，后稷之母。

❸ 克，能。禋，音「因」，一種焚柴升煙以祭天神的祭祀。

❹ 弗，通「祓」，祛除邪祟不祥。無子，不孕。

❺ 履，踩到。帝武，上帝腳印。敏，通「拇」，大拇趾。歆，感應。

❻ 攸，乃、於是。介、止，都是休息的意思。

❼ 載，乃、則。震，通「娠」，懷孕。夙，通「肅」，生活規律。一說：當作「孕」，形近而訛。

不坼不副，⑪
無菑無害。⑫
以赫厥靈，⑬
上帝不寧。
不康禋祀？⑭
居然生子。

胞衣不破也不裂，
臨產無災也無害。
因為顯示那靈異，
深恐上帝不滿意。
不滿意燒香祭祀？
居然生下這兒子。

三

誕寘之隘巷，⑮
牛羊腓字之。⑯
誕寘之平林，⑰
會伐平林。⑱
誕寘之寒冰，
鳥覆翼之。
鳥乃去矣，
后稷呱矣。⑲
實覃實訏，⑳
厥聲載路。㉑

當她棄他在窄巷，
牛羊庇護乳育他。
當她棄他在林野，
恰好有人砍樹下。
當她棄他寒冰上，
大鳥張翼覆蓋他。
大鳥後來飛走了，
后稷呱呱哭著了。
實在又長又響亮，
他的哭聲滿路上。

⑧時維，此即、這就是。后稷，周族的始祖。
⑨誕，發語詞，當。下同。彌，滿。厥，其。月，預產期。
⑩先生，首胎。達，羊子、小羊（鄭玄說）。是說生產順利，像小羊出生一樣。
⑪坼，音「策」，同「拆」，破。副，音「劈」，裂。
⑫菑，同「災」。
⑬赫，顯示。
⑭「禋祀不康」的倒裝句。一說：不康、不寧的「不」字，皆同「丕」。
⑮寘，同「置」，棄置。
⑯腓，音「肥」，庇護。字，哺乳。
⑰平林，廣闊的林野。已見〈小雅・車舝〉篇。
⑱會，值、恰巧遇到。
⑲呱，音「孤」，兒童哭啼聲。
⑳覃，長。訏，音「虛」，大。
㉑厥，其。載，滿。

四

誕實匍匐，㉒
克岐克嶷，㉓
以就口食。
蓺之荏菽，㉔
荏菽旆旆，㉕
禾役穟穟，㉖
麻麥幪幪，㉗
瓜瓞唪唪。㉘

五

誕后稷之穡，㉙
有相之道。㉚
茀厥豐草，㉛
種之黃茂。㉜
實方實苞，㉝
實種實褎。㉞
實發實秀，㉟

當他成長爬行時，
能分辨認識事物，
來找合口東西吃。
所種的大豆農稼，
豆葉似旗迎風展，
禾穗成行盡低垂。
麻和麥子真茂密，
大瓜小瓜實累累。

當后稷種五穀時，
有其助長的門道。
拔除那豐盛野草，
改種嘉穀黃又好。
確實萌芽又含苞，
確實抽芽又長苗。
確實發莖又結穗，

㉒匍匐，在地上爬行。

㉓克，能。岐嶷（音「匿」），連詞，分辨事物。一說：岐嶷，站起身來。

㉔蓺，「藝」的古字，種植。荏菽，豆類植物。

㉕旆旆（音「沛」），旗在飄揚的樣子。

㉖禾，禾穗。役，列。穟穟（音「遂」），禾穗下垂的樣子。

㉗幪幪（音「蒙」），茂密的樣子。

㉘瓞，音「迭」，小瓜。唪唪（音「奉」），多豐碩。

㉙穡，音「瑟」，農稼、五穀。

㉚相，讀去聲，視。一說：助長。

㉛茀，音「弗」，同「拂」，拔除。

㉜黃茂，金黃色而成長快的嘉穀。

㉝方，萌芽。苞，含苞。

㉞褎，音「又」，禾苗漸長。

㉟發，抽莖。秀，結穗。

實堅實好。
實穎實栗，㊱
即有邰家室。㊲

六

誕降嘉種，
維秬維秠，㊳
維穈維芑。㊴
恒之秬秠，㊵
是穫是畝。㊶
恒之穈芑，
是任是負。㊷
以歸肇祀。㊸

七

誕我祀如何？
或舂或揄，㊹
或簸或蹂。㊺

確實飽滿又美好。
確實垂穗又成栗，
就往有邰成家室。

當上天降下嘉穀，
這是黑黍是黑秠，
這是赤穈是白芑。
遍地的黑黍黑秠，
這樣收割堆田裡。
遍地的赤穈白芑，
這樣抱著或背起。
帶回家裡開始祭。

當我祭時又怎樣？
有的舂米或舀米，
有的簸糠或揉細。

㊱ 穎，禾穗下垂。栗，穀粒成熟。
㊲ 有邰，古國名。在今陝西武功西南。此即姜嫄祖居地。一說：有邰，能養。
㊳ 秬，音「巨」，黑黍。秠，音「丕」，一實二米的黑黍。
㊴ 穈，音「門」，紅苗。芑，音「啟」，白苗。都是良穀。
㊵ 恒，通「亘」，遍。
㊶ 畝，此作動詞，堆在田裡。
㊷ 任，懷抱、肩挑。負，背負。
㊸ 歸，同「饋」，在家調理，準備祭祀。肇，始。
㊹ 舂，用杵在臼中搗米。揄，從臼中舀出米。
㊺ 簸，揚箕去糠。蹂，通「揉」，搓細。一說：用腳搓揉。

·荏菽·

釋之叜叜，46
烝之浮浮。47
載謀載惟，48
取蕭祭脂。49
取羝以軷，50
載燔載烈，51
以興嗣歲。52

八

卬盛于豆，53
于豆于登。54
其香始升，
上帝居歆。55
胡臭亶時，56
后稷肇祀。
庶無罪悔，57
以迄于今。

淘洗它時聲溲溲，
蒸熟它時氣騰騰。
又要商議要卜問，
拿出香蒿塗牛脂。
牽出公羊來路祭，
又用火燒用火烤，
來求來年的吉利。

我們盛在木豆裡，
盛在木豆瓦登中。
它香氣開始上升，
上帝安然來享用。
濃烈香氣真應時，
后稷開始此祭祀。
大概沒有得罪神，
因而流傳到如今。

46 釋，淘米。叜，同「叟」。叟叟，淘米聲。
47 烝，同「蒸」。浮浮，熱氣上騰的樣子。
48 惟，思慮、卜問。
49 蕭，香蒿、艾草。祭脂，祭祀用的牛羊脂膏。
50 羝，音「低」，公羊。軷，音「拔」，祭拜路神。
51 燔，用火燒。烈，架在火上燒烤。
52 興，求得。嗣歲，來年的豐收。見〈小雅．瓠葉〉篇。
53 卬，我、我們。一說：卬，同「仰」，高舉。豆，古代盛肉用的木製食器。
54 登，古代盛肉汁用的瓦製食器。
55 居歆，安享。
56 胡臭（同「嗅」），濃烈的香氣。亶，誠、實。時，應時、合時。
57 庶，庶幾、或可。

·登·

【新繹】

〈毛詩序〉：「〈生民〉，尊祖也。后稷生於姜嫄，文武之功，起於后稷，故推以配天焉。」這是說后稷是周族的始祖，他的生母是姜嫄。《史記．周本紀》姜嫄作「姜原」，並且兼採眾說，說她是帝嚳的元妃。元明以來的學者，已有人不採信帝嚳元妃之說，現代研究者更認為「感天而生子」的姜嫄，應是上古堯舜時代母系社會轉向父系社會過渡時期的一個代表人物。詩中所寫后稷教人培植穀物的種種傳說，也反映出當時農業已與畜牧業分離的事實。周人以農立國，我們在此更可得到印證。

上文已經說過，有人把此詩視為周人自敘開國史詩六篇之一，它所寫的時代最早，所寫的人物最具神話色彩。至於此詩作者，歷來都託之周公。朱熹《詩集傳》就說：「周公制禮，尊后稷以配天，故作此詩，以推本其始之祥，明其受命於天，固有以異於常人也。」意思是說制禮作樂的周公，為了推崇德配天命的始祖后稷，所以作此追述后稷初生時的種種靈異事迹。

詩共八章，其中一、三、五、七章，每章十句；二、四、六、八章，每章八句。全篇二百九十六字，記敘后稷從出生到教人種植穀物、配天敬神的事迹。前三章先描述后稷出生的靈異情形。第一章寫姜嫄「履帝武敏歆」，踩踏上帝大拇腳趾的腳印，感應而生子；第二章寫后稷出生時的靈異，胎衣不坼不裂；第三章寫姜嫄屢棄其子，而后稷不死的靈異，「實覃實訏，厥聲載路」，為此作一小結。「履帝武敏歆」，自是神話傳說，聞一多以為古人野合而有身，每借神怪之事以諱言之，所謂履神之迹，當亦此類。「實覃實訏」者，不止言其啼聲之長大，亦言其人之日漸長大也。這三章如能對照《史記·周本紀》及〈魯頌·閟宮〉等篇來看，會更為清楚。

其次三章，從第四章到第六章，記敘后稷有農藝天賦，長大以後，教周人耕作，並敬天祀神。第四章言其自幼「克岐克嶷」，即知農藝之事；第五章言其教人稼穡之道，因而受封於邰；第六章言其豐收之後，教人敬天祭祖。末句「以歸肇祀」，承上啟下，最為關鍵。三章之中，遣詞用字，善用重字疊詞，連用「實」、「維」、「恒」等字，都能曲盡形容之妙。

第七第八最後兩章，鋪敘祭祀場面，言其祭祀之誠，並以迄今不衰作結。第四章寫農稼之豐美茂盛，第五章寫穀物之成熟過程，第六章寫嘉穀之不同種類，皆有層次條理，至第七章寫祭祀之歷程，第八章寫祭祀之虔誠，更見詩人鋪敘之能事。真所謂不惟記其事，兼能貌其狀，有境有態，極為傳神。

《詩經》中寫周王祭天，常以先祖后稷配天（上帝）而祭，這是因為后稷的功德無限大，所以周人以為他可以德配上帝。不但〈大雅·雲漢〉篇寫周王大旱祈雨如此，像〈周頌·思文〉篇說的：「思文后稷，克配彼天。」也是如此。《孔疏》闡釋得很清楚：「〈思文〉詩者，后稷配天之樂歌也。周公既已制禮，推后稷以配所感之帝，祭于南郊。既已祀之，因述后稷之德可以配天之意，而為此歌焉。」周公之制禮作樂，蓋亦由此可見一斑。

行葦

一

敦彼行葦，❶
牛羊勿踐履。❷
方苞方體，❸
維葉泥泥。❹
戚戚兄弟，❺
莫遠具爾。❻

二

或肆之筵，❼
或授之几。❽
肆筵設席，❾
授几有緝御。❿
或獻或酢，⓫
洗爵奠斝。⓬

【直譯】

團團那路邊蘆葦，
牛羊不要踩到地。
正在含苞正成形，
只見葉兒軟似泥。
相親相愛諸兄弟，
不要遠離要聚集。

有人為他擺筵席，
有人為他端茶几。
擺設筵席加坐墊，
端來几案多侍役。
有人敬酒或回敬，
有人洗盃或暫停。

【注釋】

❶ 敦，古「團」字，叢聚的樣子。行，音「杭」，道路。
❷ 踐履，踩踏。
❸ 方，正、當。苞，抽芽。體，成形。
❹ 泥泥，柔嫩的樣子。一說：茂盛的樣子。
❺ 戚戚，親近的樣子。
❻ 莫遠，莫使疏遠。具，皆、俱。爾，古「邇」字，近、親近。
❼ 肆，陳設。筵，席。古人席地而坐。
❽ 几，小矮桌。古人席地而坐時，可作憑靠之用。
❾ 設席，在座位上再鋪上草蓆，表示尊重。
❿ 緝，續、多。御，侍役、侍者。

三

醓醢以薦，⑬
或燔或炙。
嘉殽脾臄，⑭
或歌或咢。⑮

肉汁肉醬來進供，
獻上燒肉或烤肉。
佳肴牛胃加牛舌，
有人唱歌或敲鼓。

四

敦弓既堅，⑯
四鍭既鈞。⑰
舍矢既均，⑱
序賓以賢。⑲

天子雕弓已拉緊，
四枝金鏃已調勻。
發箭都要中目標，
依序賓客比輸贏。

五

敦弓既句，⑳
既挾四鍭。㉑
四鍭如樹，㉒
序賓以不侮。㉓

天子雕弓已拉滿，
已經夾緊四箭鏃。
四鏃中的如樹立，
依序賓客不輕侮。

⑪ 獻，主人敬酒。酢，客人回敬。

⑫ 爵，古代的一種酒杯。主人要再敬客人前，須先洗酒杯。斝，音「甲」，商周之際流行的一種酒杯。奠斝，是說喝完酒，把酒杯放回席前。

⑬ 醓，音「坦」，多汁的肉醬。醢，音「海」，肉醬。薦，進獻。

⑭ 殽，同「肴」。嘉殽，佳肴、好菜。脾，通「膍」，牛胃。臄，音「決」，牛舌。

⑮ 咢，音「扼」，敲鼓。

⑯ 敦弓，雕弓。天子所用。

⑰ 鍭，音「侯」，金屬做箭頭的矢。鈞，均，勻稱。

⑱ 舍矢，發箭、放箭。均，全中。

⑲ 賢，射箭優勝者。

⑳ 句，通「彀」，把弓拉滿。

㉑ 挾，夾緊。表示即將發射。

㉒ 如樹，是說四箭都射中目標，如樹豎立。

㉓ 不侮，不給射輸的人難堪。

六

曾孫維主，㉔
酒醴維醹。㉕
酌以大斗，㉖
以祈黃耇。㉗

周王曾孫是主人，
準備美酒夠醇厚。
斟酒時用大酒勺，
來祈禱老人長壽。

七

黃耇台背，㉘
以引以翼。㉙
壽考維祺，㉚
以介景福。㉛

黃髮老人駝著背，
要來引導來扶持。
長壽年高是吉祥，
用來祈求大福祉。

㉔ 曾孫，主祭者自稱。主，主人。
㉕ 醹，音「如」，濃酒。
㉖ 大斗，長柄的酒勺。
㉗ 耇，音「苟」，老人。黃耇，頭髮由白轉黃，皮起皺紋。見〈小雅·南山有臺〉篇。
㉘ 台背，老人背部多傴僂，或多黑紋如鮐魚之背，故稱。
㉙ 引，在前引導。翼，從旁扶持。
㉚ 壽考，長壽。祺，吉祥。
㉛ 介，丐、求。景，大。

【新繹】

〈毛詩序〉說：「〈行葦〉，忠厚也。周家忠厚，仁及草木，故能內睦九族，外尊事黃耇，養老乞言，以成其福祿焉。」這是古文學派漢代經師的說法，認為這首詩寫的是周王及其親族之間的宴會。因為周室兄弟稟性忠厚，能夠內睦族人，外尊長者，能夠養老乞言，所以受天之福。所謂忠厚，從何見之？首章開頭二句：「敦彼行葦，牛羊勿踐履」，說周王仁民愛物，連路旁叢生的蘆葦野草，都不讓牛羊踐踏踩傷它，更何況是對待族人兄弟或黃髮老人呢！「養老乞言」的「乞言」，據《鄭箋》云，意即「從求善言可以為政者，敦史受之。」顯然也是就周王的立場而言，說王者為政，應該察納善言。

同樣是漢代經師，今文學派的說法稍有不同，或者說更為集中。據王先謙《詩三家義集疏》所引，代表魯、齊、韓三家詩說的王符《潛夫論．德化篇》、班彪〈北征賦〉、趙曄《吳越春秋》等等，它們都引「敦彼行葦，牛羊勿踐履」二句，說明這是專詠公劉的遺德。「牛羊勿踐履」那兩句話就是他說的。王先謙還下結論說：「據諸說，足證漢人舊義大同。蓋公劉舉射饗之禮，出行，有此故事。詩人美之，因此名篇。」「公劉舉射饗之禮，出行，有此故事。」意思是：公劉有一次出行，在野外舉行射饗之禮，不讓所射之牛羊踐踏行葦，顯示他的仁民愛物。這句話很重要，可是歷來學者卻多忽略了。

宋代朱熹對於漢代經師的說法，基本上認為是「逐句生意，無復倫理」，不贊同的。所以他在《詩集傳》中只說：「疑此祭畢而燕父兄耆老之詩。」當然更不可能認為是頌美公劉之作。

明清以後，宗漢宗宋，雖然各有門戶，但贊成《朱傳》的似乎比較多，而承襲漢儒舊說的較少。其中主張三家詩「舉射饗之禮」的更少。幸而有何楷獨具慧眼。何楷《詩經世本古義》以為公劉是后稷的曾孫，與詩中「曾孫維主」句合，因此主張「公劉有仁厚之德，行燕射之禮，以篤同姓，詩人美之。」並認為這是《詩經》中最古的詩作之一。後來清代的吳闓生《詩義會通》也說舊〈序〉「大體無誤」，蓋詠公劉之作。筆者早年從孔達生（德成）師讀《儀禮》，也認為此說可以成立。只可惜很多人誤解了第一章，不知道它原來說的就是大射之禮。

這首全寫射饗之禮的詩，共七章。前兩章每章六句，其餘每章四句。分章斷句，各家不同，此依《毛詩》；《鄭箋》則分八章，每章四句。《朱傳》云：「毛首章以四句興二句，不成文理，二章又不協韻；鄭首章有起興而無所興。皆誤。」事實上各家分段，各有道理，或依文理，或依韻協，不必定其優劣。

第一章開頭二句，前人說是藉牛羊勿踐行葦起興，其實不然，而是用賦筆直寫周王與其同姓兄弟在野外田獵，為舉行大射禮作準備。大射禮為天子祭前擇士之禮，一則射牲以備祭祀，一則選士參與祭禮。開頭二句即寫天子射牲於苑囿草澤之中，牛羊獸群被天子及其隨從挽弓射殺，競相奔逃，因而踐踏了路邊的蘆葦雜草。周王見了，竟有不忍之心，覺得正在含苞初萌的草兒，不該踐踏它。就因為有此不忍之心，才能敬老尊賢，也才能仁民愛物，讓他和同姓兄弟之間，產生休戚與共的感情。

〈小雅．賓之初筵〉中，曾經說過射禮的舉行，先饗禮而後燕飲，同時舉樂較射，然後再盡情酣飲。此詩以下的描述，亦大抵如此。第二、三兩章，即寫宴飲場面的陳設及祭儀。陳設有筵席几案，酒器有爵斝之具。几案是供老人長者憑靠的，旁邊還有侍者，這些侍者應該就是周王大射時所選取的俊士。主客飲酒，獻酢洗奠，一切行禮如儀。第三章特別強調祭品之盛，不但有肉汁肉醬，有燒肉烤肉，而且還有百葉、牛舌，以及歌曲伴奏。第四、五兩章，寫序賓較射，和賓客依序比賽射箭。分兩層寫，一

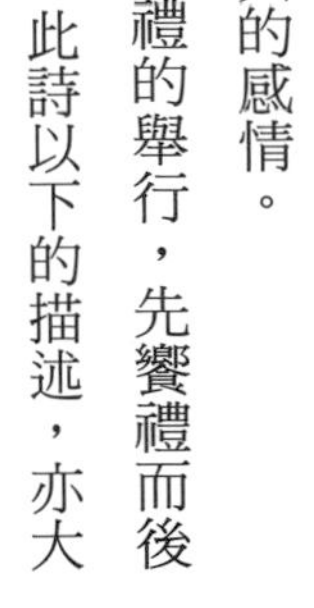

・斝・

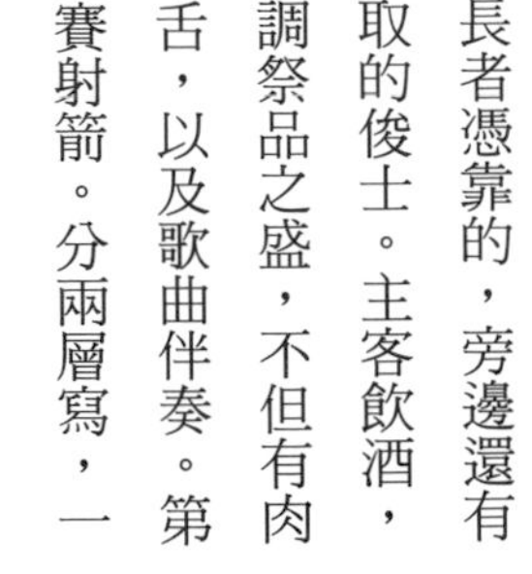

・爵・

寫器物的華貴，敦弓是天子的雕弓，箭鍭有飾金的箭頭；一寫比賽時，按順序，分勝負。第六、七兩章，則寫養老尊長之禮。在較射後的盡興宴飲中，「酌以大斗，以祈黃耇」，大斗是勺酒的大杓，黃耇是受邀的老人，應是周王的父舅故舊。到這時候，「諸父兄弟，備言燕私。」（〈小雅・楚茨〉句）「既醉以酒，既飽以德。君子萬年，介爾景福。」（〈大雅・既醉〉句）在一大片祝頌聲中，大家盡歡而歸。

古禮說：將射之前，必行燕禮，段玉裁《經韻樓集》也說：「天子諸侯先大射，後養老。」這首詩可以說是做了很好的見證。

既醉

一

既醉以酒，
既飽以德。❶
君子萬年，
介爾景福。❷

二

既醉以酒，
爾殽既將。❸
君子萬年，
介爾昭明。

三

昭明有融，❹
高朗令終。❺

【直譯】

已經陶醉因美酒，
已經滿足因恩德。
君子活到一萬年，
求得你大大福澤。

已經陶醉因美酒，
你的菜肴已奉呈。
君子活到一萬年，
求得你正大光明。

正大光明又融洽，
高明開朗好歸宿。

【注釋】

❶德，恩惠。以「食」喻「德」。
❷介，丐、求。爾，你。景，大。
❸殽，通「肴」，菜肴。將，進奉、獻上。
❹有，又。融，和。一說：有融，融融，和樂的樣子。
❺令終，好結果。

令終有俶，❻
公尸嘉告。❼

四

其告維何？
籩豆靜嘉。❽
朋友攸攝，❾
攝以威儀。❿

五

威儀孔時，⓫
君子有孝子。⓬
孝子不匱，⓭
永錫爾類。⓮

六

其類維何？
室家之壼。⓯

好歸宿又好開始，
神尸善言來告訴。

他的告訴是什麼？
食器祭品都得宜。
群臣朋友來輔助，
輔助祭祀有威儀。

威儀實在很合時，
是君子又是孝子。
孝子孝心不會缺，
永遠賜給你同類。

你的同類是什麼？
室家宮中的和睦。

❻有，又。俶，音「觸」，始、開始。一說：有俶，俶俶。

❼公尸，祭禮中扮作死者受祭的人。嘉告，善言相告。有人說：以下各章即巫祝代尸向主祭者所致的嘏辭。

❽籩、豆，都是盛祭品的食器。已見前。靜嘉，美好。

❾朋友，指賓客助祭者。攝，輔助。

❿威儀，這裡指祭祀的禮儀。

⓫孔時，非常適宜。

⓬有孝子，又是孝子。一說：有孝順的子孫。

⓭匱，缺少。

⓮錫，賜。爾類，你同類的人。

⓯壼，同「閫」，宮政、內室。有親睦之義。

君子萬年，永錫祚胤。⑯

君子活到一萬年，永遠賜福你後嗣。

七

其胤維何？天被爾祿。⑰
君子萬年，景命有僕。⑱

你的後嗣是什麼？上天賜給你福祿。
君子活到一萬年，大大天命有奴僕。

八

其僕維何？釐爾女士。⑲
釐爾女士，從以孫子。⑳

你的奴僕是什麼？包括送你的女士。
送給你青年女士，跟隨來的眾後嗣。

⑯ 祚，福祿。胤，子孫。
⑰ 被，覆蓋、加給。
⑱ 景命，大命、天命。僕，奴僕。
⑲ 釐，賜予。女士，指妃妾。一說：女士，即士女，青年奴僕。
⑳ 孫子，子孫的倒文。子子孫孫。

【新繹】

〈毛詩序〉：「〈既醉〉，太平也。醉酒飽德，人有士君子之行焉。」《鄭箋》云：「成王祭宗廟，旅酬，下遍群臣，至於無算爵，故云醉焉。乃見十倫之義，志意充滿，是謂之飽德。」這是說在西周太平盛世，周成王在祭祀完畢後，和諸侯群臣盡情宴飲。所謂「旅酬」，所謂「無算爵」，都是君臣上下，大家酒醉飯飽、盡情宴飲的形容。《朱傳》把上一篇〈行葦〉和這一篇連在一起，都視為祭祀之詩，所以說是：「此父兄所以答〈行葦〉之詩。」其實他說的並不對。因為〈行葦〉篇寫的是周王與同族血親兄弟們的宴飲場面，〈既醉〉篇寫的卻是周王與諸侯群臣祭畢之後的宴會嘏辭。所謂「嘏辭」，是指祭祀祖先神靈時，工祝代表公尸（扮演祖先神靈接受獻享的人）對主祭者周王所說的祝詞。因此全篇之中，充滿對周王的祝福之辭。姚際恆《詩經通論》說：「此祀宗廟禮成，備述神嘏之詩。」應該是比較可以採信的說法。

全篇共八章，每章四句。可以分為兩大段，第一大段包括前三章，寫祭禮完畢之後，諸侯群臣在酒足飯飽之餘，歌頌周天子所給予他們的恩德。「君子萬年」是貫穿之詞。君子，自指主祭的周王而言。最後的兩句：「令終有俶，公尸嘉告」，借公尸神主之善言以告周王，表示世世代代如此，是全篇承上啟下的關鍵所在。第二大段包括後面五章，全是公尸神主的頌禱之詞。每章首句都先提問，後面三句則是層層回答說明公尸神主以善言相告的內容。公尸是周人祭祖時所設，代替亡者形象的神主，可以一起獻酢飲食，給祭者一種事死如事生的感覺。詩中所寫，果然有此效果。第四章寫諸侯群臣助祭之威儀，第五章頌周王之孝敬祖先，第六章祝周王之齊家治國，第七章、第八章則禱頌周王一統天下，子孫繁衍，特以多男女奴隸為祝。越多奴隸越好，這是古代封建社會的普遍想法。陳子展《詩經直解》就說：「詩云景命有僕者，言上天大命爾有奴隸也。詩云釐爾女士者，上天賜爾以男女奴隸也。」又說：「在周金文中，屢見大奴隸主以男女奴隸或其頭目，賜小奴隸主（諸侯）與貴族官僚之記載。有〈作冊矢令簋〉、〈大盂鼎〉、〈不欺簋〉等銘文可證。今人知此，則知〈既醉〉一詩公尸嘉告、景命有僕、釐爾女士諸句之實義矣。」所言頗有道理。讀者正不必以今律古，責古人之不講民主人權也。

至於此詩的表現技巧，古人多注意於它的「通篇蟬聯格」，明清學者尤其如此。例如明人孫鑛《批評詩經》評第三章「介爾昭明」以下，就說：「以下五章皆是就末句轉意，節節演出。」凌濛初的《孔門兩弟子言詩翼》也說：「四章以下，首尾相銜，實啟後來詩家門戶。」例如清人張芝洲《葩經一得》說：「上下章首尾銜接，如花蕚重重，生香不斷，與〈文王〉篇同一機軸。」鄧翔《詩經繹參》更拿來與〈下武〉篇比較，評曰：「此詩上下章蟬聯，與〈下武〉篇局調相類，而略有變換。〈下武〉篇複衍全句，此篇只承上一二字作解釋之法，味較深永。」這些批評，都可供讀者參考。

鳧鷖

一

鳧鷖在涇，❶
公尸來燕來寧。❷
爾酒既清，
爾殽既馨。❸
公尸燕飲，
福祿來成。

二

鳧鷖在沙，
公尸來燕來宜。❹
爾酒既多，
爾殽既嘉。
公尸燕飲，
福祿來為。❺

【直譯】

野鴨鷗鳥在涇水，
神尸來赴宴安寧。
你的美酒已漉清，
你的佳肴都芳馨。
神尸赴宴飲美酒，
福祿雙雙來告成。

野鴨鷗鳥在沙灘，
神尸來赴宴適巧。
你的美酒真不少，
你的佳肴真正好。
神尸宴飲興正高，
福祿雙雙來酬報。

【注釋】

❶ 鳧，音「扶」，野鴨。鷖，音「依」，鷗鳥。涇，水名，見〈棫樸〉篇。
❷ 公尸，祭禮扮作死者受祭的人。見上篇〈既醉〉。燕，通「宴」。
❸ 殽，肴。
❹ 宜，合時。
❺ 為，助、成。

·鷖·

三

鳧鷖在渚，公尸來燕來處。❻
爾酒既湑，❼爾殽伊脯。❽
公尸燕飲，福祿來下。❾

野鴨鷗鳥在沙洲，
神尸赴宴來停留。
你的美酒已濾過，
你的佳肴是乾肉。
神尸宴飲真歡樂，
福祿雙雙來相酬。

四

鳧鷖在潀，❿公尸來燕來宗。⓫
既燕于宗，⓬福祿攸降。
公尸燕飲，福祿來崇。⓭

野鴨鷗鳥在水涌，
神尸赴宴來示敬。
已經宴飲在宗廟，
福呀祿呀都降臨。
神尸宴飲真快樂，
福祿重重見崇尊。

五

鳧鷖在亹，⓮

野鴨鷗鳥在峽門，

❻處，止、安頓。
❼湑，音「煦」，去滓濾清。見〈小雅．伐木〉篇。
❽伊，是。脯，音「甫」，肉乾。
❾下，降臨。
❿潀，音「鍾」，水流交匯處。
⓫宗，尚、尊奉。
⓬宗，宗廟。
⓭崇，積累、示敬。
⓮亹，音「門」，兩山對峙如門的峽谷。一說：通「湄」，水湄。與〈文王〉篇音「偉」者不同。

公尸來止熏熏。⑮
旨酒欣欣，⑯
燔炙芬芬。⑰
公尸燕飲，
無有後艱。⑱

神尸來此心歡欣。
香醇美酒令人喜，
燒肉烤肉香可聞。
神尸宴飲多福祿，
沒有今後的艱辛。

⑮ 熏熏，通「醺醺」，酒醉的樣子。
⑯ 旨酒，美酒。欣欣，俞樾以為當與上句「熏熏」對調。
⑰ 燔炙，燔，燒肉。炙，烤肉。已見〈行葦〉篇。
⑱ 艱，辛苦、災難。

【新繹】

〈毛詩序〉：「〈鳧鷖〉，守成也。太平之君子能持盈守成，神祇祖考安樂之也。」顯然這是和上篇〈既醉〉連在一起看的。同樣寫西周成王太平之世，上一篇寫的是君臣祭畢宴會之時，公尸的頌王之詞，表現的是「醉酒飽德，人有士君子之行」；這一篇則是寫祭後次日，即繹祭之時，周王宴飲公尸神主之詩，表現的是「太平之君子能持盈守成」，特別強調「守成」二字。《孔疏》因此歸結為「太平之君子成王，能執持其盈滿，守掌其成功，則神祇祖考皆安寧而愛樂之矣。故作此詩以歌其事也。」

所謂繹祭，據《鄭箋》說是：「祭祀既畢，明日又設禮而與尸燕。」這是周朝盛行的一種宗教儀式。天子諸侯的祭祀，第一天為正祭，如同〈既醉〉篇所描述的那樣，第二天還要再祭，即稱「繹祭」。蓋為扮作祖先或神祇的公尸設宴，表示感謝，所以也稱「賓尸」。宋儒范處義《詩補傳》說得好：「〈既醉〉、〈鳧鷖〉皆祭畢燕飲之詩，故皆言公尸，然〈既醉〉乃詩人托公尸告嘏以禱頌，〈鳧鷖〉則詩人專美公尸之燕飲。」

詩共五章，每章六句。每章開頭皆以鳧鷖起興。鳧即綠頭赤頸之野鴨，鷖即紅嘴鷗，頭頸皆赤色。這兩種水鳥常成群在水面嬉游覓食，故詩人取以為喻。《鄭箋》解首章云：「水鳥而居水中，猶人為公尸之在宗廟也。故以喻焉。」第一章寫涇中之水，第二章寫水旁之沙，第三章寫河中之渚，第四章寫水外之潀，第五章寫河峽之門，似涉及四方百物、天地山川，層層轉進，基本上都用重章疊唱的格式，藉酒肴的豐盛，來對公尸神主的辛勞，表示感謝之意，同時對福祿的降臨增加，也表示珍惜之情。這些扮作神靈的公尸神主，多為卿大夫，宗廟之祭，皆用同姓而父已死之嫡子，如非宗廟之祭，則不受限制。簡言之，此詩之經文五章，毛詩以為皆祭宗廟之祖考，因祖考而廣言天地山川之神祇，所有之公尸，盡皆同姓之兄弟，故〈毛詩序〉言「守成」，持盈守成，不使失墜也。最後二句：「公尸燕飲，無有後艱」，前人評云：「滿篇歡宴福祿，而以『無有後艱』收，可見古人兢兢戒慎意。」兢兢戒慎，即「守成」之謂。由此亦可見，〈毛詩序〉之解題，並非空言。

《禮記．表記》中曾比較夏商周三代對鬼神的態度，說「夏道尊命，事鬼敬神而遠之」，「殷人尊神，率民以事神，先鬼而後禮」，「周人尊禮尚施，事鬼敬神而遠之，近人而忠焉」。殷人太迷信，不可取，夏人和周人雖然比較接近，但「尊命」畢竟不如「尊禮尚施」的近情合理。《禮記．中庸》有云：「踐其位，行其禮，奏其樂。敬其所尊，愛其所親。事死如事生，事亡如事存，孝之至也。」周人立尸以及〈雅〉、〈頌〉中所描述的公尸形象，正表現了這種事死如事生、尊禮尚施而又兢兢戒慎之情。

假樂

一

假樂君子，❶
顯顯令德。❷
宜民宜人，❸
受祿于天。
保有命之，❹
自天申之。❺

二

干祿百福，❻
子孫千億。
穆穆皇皇，❼
宜君宜王。
不愆不忘，❽
率由舊章。❾

【直譯】

美好快樂的君王，
明明顯顯好德行。
適合庶民和百姓，
承受福祿由天命。
保佑而又授命他，
是由上天重申它。

祈求福祿百千樣，
子孫眾多千千萬。
多麼肅穆多堂皇，
適合為君或為王。
不犯過錯不遺忘，
一切遵從老規章。

【注釋】

❶ 假，通「嘉」，美、好。
❷ 令德，美德。
❸ 民，庶民。人，百姓、群臣。
❹ 有，一作「右」，通「佑」，助。
❺ 申，重複。是說一再降福。
❻ 干，求。有人疑為「千」字之訛。
❼ 皇皇，堂皇光明的樣子。
❽ 愆，音「千」，過失。
❾ 率由，遵照。舊章，先王典章。

三

威儀抑抑，
德音秩秩。
無怨無惡，
率由群匹。⑩
受福無疆，
四方之綱。⑪

威容儀表要謙抑，
德政美名要持續。
沒有怨恨沒憎惡，
一切遵從眾臣議。
接受福祿無止境，
成為四方的綱紀。

四

之綱之紀，
燕及朋友。⑫
百辟卿士，⑬
媚于天子。⑭
不解于位，⑮
民之攸塈。⑯

這種綱領這紀律，
延伸到朋友群臣。
所有諸侯及卿士，
都愛戴天子一人。
不曾懈怠他職位，
成為人民的憑準。

⑩ 群匹，群眾。
⑪ 綱，綱紀、準繩。
⑫ 朋友，指群臣。
⑬ 百辟，諸侯。卿士，執政大臣。
⑭ 媚，愛戴。
⑮ 解，同「懈」，怠惰。
⑯ 攸，所。塈，音「係」，息、憑依。

【新繹】

這首詩的主題，眾說紛紜，漢代經師已有不同的說法。〈毛詩序〉只說是「嘉成王也」，認為是對周成王的歌功頌德之作；至於三家詩的說法，據王先謙《詩三家義集疏》所引《論衡·藝增篇》，則認為是「美周宣王之德」，說周宣王「能慎天地，天地祚之，子孫眾多，至于千億。」此外，宋代朱熹《詩集傳》認為此篇在〈鳧鷖〉後，當即公尸之答〈鳧鷖〉；明代鍾惺《評點詩經》說是「自始至終一篇黼扆箴」。何楷《詩經世本古義》更認為此乃祭武王之詩。清儒的說法更為紛歧，像王闓運《湘綺樓毛詩評點》甚至根據篇題「假樂」的「假」，說它既可以轉訓為「嘉」，認定它是冠詞，而定此詩係周公為成王行冠禮之作。方玉潤《詩經原始》說的最中肯：「其所用既無考證，詩意亦未顯露，故不知其為何王，亦莫定其為何用矣。……皆臆測也，而何可以為據哉！」也因為如此，故仍暫以〈詩序〉之說為主。歌頌周成王姬誦既「受祿于天」，又「不解（懈）于位」，能「宜民宜人」，因此能得到「干祿百福」。

詩共四章，每章六句。全篇歌頌成王的功德。四章之中，分從敬天、法祖、用賢、安民等事敘寫，周成王也因此而得到舉國臣民的愛戴和擁護。第一章的「宜民宜人」，「民」指民間的庶人，「人」指在位的官員，這是古人的講法。第二章的「干祿百福」，俞樾《群經平議》說「干」當作「千」，「千祿百福」似乎也比「干祿百福」通順，這個說法頗有參考的價值。

公劉

一

篤公劉，❶
匪居匪康。❷
迺埸迺疆，❸
迺積迺倉。❹
迺裹餱糧，❺
于橐于囊。❻
思輯用光，❼
弓矢斯張，❽
干戈戚揚，❾
爰方啟行。❿

二

篤公劉，
于胥斯原。⓫

【直譯】

篤實厚道的公劉，
不求閒適和安康。
於是界田和封疆，
於是儲糧和囤倉。
於是打包好乾糧，
放進大小的行囊。
想為族群來增光，
弓和箭如此開張，
帶著盾戈和斧鉞，
於是出發到遠方。

篤實厚道的公劉，
去看這豳地平原。

【注釋】

❶篤，厚道。公劉，周族的祖先，率族人由邰遷豳。其他見下文。
❷匪，非。康，安。
❸迺，乃。埸，音「亦」，作動詞用，田界。
❹積，露天積糧。倉，囤在倉庫。
❺裹，音「果」，包紮。餱，音「侯」，乾糧。
❻于，放進。橐，音「陀」，小的囊袋。一說：無底的袋子。
❼輯，和、集。用，因、因而。
❽張，拉開弓弦。
❾干，盾。戈，長柄的刃。戚、揚，斧、鉞，一說：揮動，與「斯張」對。

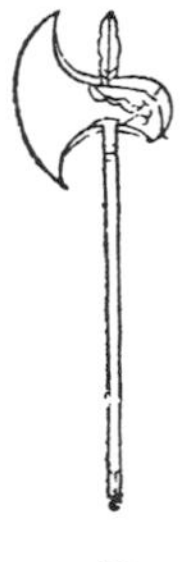
·揚·

既庶既繁，
既順迺宣，
而無永嘆。
陟則在巘，⑫
復降在原。
何以舟之？⑬
維玉及瑤，
鞞琫容刀。⑭

三

篤公劉，
逝彼百泉，⑮
瞻彼溥原。⑯
迺陟南岡，⑰
乃覯于京。⑱
京師之野，⑲
于時處處，⑳
于時廬旅。㉑

地既富庶人口繁，
人既歸順又舒緩，
而且無人在長嘆。
爬上就到小山顛，
再下山又在平原。
他佩帶什麼東西？
都是美玉及瓊瑤，
刀鞘玉飾的佩刀。

篤實厚道的公劉，
去到那百泉之間，
瞻望那廣大平原。
於是爬上南山岡，
就發現京這地方。
京邑都城的原野，
於是處處有人住，
於是有人租新房。

⑩ 啟行，啟程、出發。已見〈小雅・六月〉篇。
⑪ 于，往。胥，通「相」，視察。
⑫ 陟，登。巘，音「岩」，獨立的小山。
⑬ 他身上佩戴什麼東西。舟，佩帶。
⑭ 鞞，音「比」，刀鞘。琫，音「蹦」，佩刀的裝飾。容刀，佩刀。
⑮ 逝，往。百泉，地名。
⑯ 溥，音「普」，廣大。一說：溥原，亦地名。
⑰ 迺，乃。陟，登。同注⑫。
⑱ 覯，音「構」，見。京，豳地名。一說：高丘。
⑲ 京師，京邑、都城。
⑳ 于時，於是、在這裡。處處，居處、定居。上處字動詞。
㉑ 廬、旅，都是寄居的意思。

・鞞・

于時言言，
于時語語。

四

篤公劉，
于京斯依。㉒
蹌蹌濟濟，㉓
俾筵俾几，㉔
既登乃依。㉕
乃造其曹，㉖
執豕于牢，㉗
酌之用匏。㉘
食之飲之，
君之宗之。㉙

五

篤公劉，
既溥既長，

於是喧嚷就喧嚷，
於是交談就交談。

篤實厚道的公劉，
在京城就此定居。
來往舉止有容儀，
使人設筵席桌几，
既已登席就憑依。
於是先祭那豬神，
捉豬饗客從豬圈，
斟酒眾賓用匏樽。
給他們祭後飲食，
做他們君王宗主。

篤實厚道的公劉，
已墾土地廣又長，

㉒「依于斯京」的倒裝句。依，憑依。
㉓ 蹌蹌（音「羌」），濟濟，都是走路有威儀的樣子。
㉔ 俾，使、使人擺設。几，小矮桌。
㉕ 登，坐上席位。依，依靠小几。
㉖ 造，往、告祭。曹，眾，此指豬神。
㉗ 牢，豬圈。
㉘ 匏，音「袍」，古代盛酒的用具。
㉙ 做群臣的君主。異姓者稱君，同姓稱宗。

·匏樽·

既景迺岡，㉚
相其陰陽。㉛
觀其流泉，
其軍三單，㉜
度其隰原。㉝
徹田為糧，㉞
度其夕陽，㉟
豳居允荒。㊱

六

篤公劉，
于豳斯館。㊲
涉渭為亂，㊳
取厲取鍛。㊴
止基迺理，㊵
爰眾爰有。㊶
夾其皇澗，㊷
遡其過澗。㊸

已測日影上山岡，
視察它北南方向。
觀看那裡的流泉，
他軍隊三批輪換，
測量那低地高原。
盡墾田地為食糧，
勘察那山的西面，
豳地新居真寬廣。

篤實厚道的公劉，
就在豳地建公館。
船過渭水須橫渡，
取材更須礪與鍛。
奠定基地理田畝，
於是人多物產足。
住在那皇澗兩旁，
上遡那過澗來往。

㉚ 景，同「影」，此作動詞，測日影以定方向。

㉛ 相，去聲，觀。山北叫陰，山南叫陽。

㉜ 單，通「禪」，輪換替代。一說：通「戰」。三單，分成三批。

㉝ 度，測量。隰，音「息」，低濕之地。

㉞ 徹，治、墾。一說：抽稅。

㉟ 夕陽，此指山的西面。

㊱ 豳，亦作「邠」。今陝西栒邑縣一帶。允荒，實在廣大。荒，大。

㊲ 館，此作動詞，建館舍。

㊳ 亂，橫渡。

㊴ 厲，同「礪」，磨刀石。鍛，通「碫」，用來搥打金屬的石砧。

㊵ 止，定。與下文「止旅」同義。

㊶ 有，多、富有。

㊷ 皇澗，豳地的地名。夾，夾持。

㊸ 過澗，豳地的地名。

㊹ 止，定、停留。同注㊵。

止旅乃密，44
芮鞫之即。45

寄居群眾更密集，
水涯內外來定居。

45 芮，通「汭」，河流內彎處。鞫，音「局」，河流外曲處。即，就、近。

【新繹】

〈公劉〉是〈大雅〉的名篇，被視為周族開國史詩之一，敘說公劉帶領周族從邰（今陝西武功）遷至豳地（今陝西栒邑縣一帶）的史實。據《史記．周本紀》云：「公劉雖在戎狄之間，復修后稷之業，務耕種，行地宜。自漆、沮渡渭，取材用，行者有資，居者有蓄積。民賴其慶，百姓懷之，多徙而保歸焉。周道之興自此始，故詩人歌樂思其德。」可見公劉在后稷之後，對周人的以農立國有很大的貢獻。

關於此詩的創作年代，漢代經師已有不同說法。〈毛詩序〉說是「召康公戒成王」之作，背景是：「成王將涖政，戒以民事。美公劉之厚于民，而獻是詩也。」《鄭箋》說得更清楚：「成王將涖政，召公與周公相成王，為左右。召公懼成王尚幼稚，不留意於治民之事，故作詩美公劉以深戒之也。」《孔疏》還更進一步確定時間是成王即位第七年，周公將歸政於成王那年所作。我們知道召康公名奭，武王封之於召（今陝西岐山西南），故稱召公或召伯。成王時，他任太保，與周公分陝而治，同為輔弼大臣。既然輔助成王的有周公、召公二人，何以此詩作者獨言召公一人？方玉潤《詩經原始》曾拿〈豳風．七月〉與此詩合論云：「〈序〉以此為召康公作者，蓋因〈七月〉既屬之周公，則此詩不能不屬諸召公矣。其有心附會周、召處，明白顯然。」顯然後來頗有人懷疑〈毛詩序〉的說法，以為是附會之辭。

今文學派的漢代經師，與〈毛詩序〉的說法則有不同。據王先謙《詩三家義集疏》所引魯詩之說，以為：「詩專美公劉，不關戒成王，亦不言召公作。」不強調此為召公戒成王所作，只在頌美公劉一人，反而切合經文內容。古史渺遠，難免很多歧說異解，例如據《史記．周本紀》所記，后稷、不窋、鞠、公劉，四世相續，公劉似即為后稷之曾孫；然據《史記．劉敬傳》所記：「周之先，自后稷，堯封之於邰，積德累善十有餘世，公劉避桀居豳。」又似乎公劉當為后稷之十餘世孫。因此，如無確證，詩篇一旦附會史事，必將滋生更多困擾。宋代以降，所以有很多學者主張據詩直尋本義，應即因此而起。

此詩共六章，每章十句，每章皆以「篤公劉」開端。公為稱號，劉是名。篤者，忠厚老實之謂，乃頌美之詞。第一章言公劉由邰遷豳之始。「匪居匪康」寫其居邰，雖安康而更思進取；「思輯用光」寫其率軍民去邰而另求樂土之決心。第二章言其相地豳原，既重視地形，亦注意民情。末三句寫其佩劍之麗，令人想見其神采。第三章承接上章，言其寄居豳原，相地之宜，見泉山之勝；京師之野，見民情之洽。後四句排比而下，為定居豳原一事，作鋪敘語。第四章言公劉依京築室，以宗廟為先。全章寫宗廟落成時，祭祖宴飲之樂。士蹌蹌而大夫濟濟，寫行禮如儀；「俾筵俾几」，寫陳設之齊；「執豕于牢」二句，寫宴飲之盛。第五章言其率軍治田，重寫相地之宜，墾拓豳地。「相其陰陽」、「度其夕陽」，古勘地測量語。山南水北謂之陽，山北水南謂之陰。山之東曰朝陽，山之西曰夕陽。「其軍三單」，為古軍制語。《毛傳》云：「三單，相襲也。」猶言分三批相替代更換也。見其相地之勤，治田之勞。或言此為後世以軍屯田之始。第六章言公劉率眾營建定居於豳原之地。涉渭取材，于豳建館，夾澗而居。據稱諸侯之從者，十有八國，遍布水崖內外。真所謂偉哉盛歟！難怪桐城名家姚鼐評點《詩經》（清末都門印書局本）曾說：「此篇見大手筆」！

泂酌

一

泂酌彼行潦，❶
挹彼注茲，❷
可以餴饎。❸
豈弟君子，❹
民之父母。

二

泂酌彼行潦，
挹彼注茲，
可以濯罍。❺
豈弟君子，
民之攸歸。

【直譯】

遠遠舀那溝渠水，
舀取那水灌這兒，
可以蒸飯或熱酒。
平易近人的君子，
就像人民的父母。

遠遠舀那溝渠水，
舀取那水灌這裡，
可以濯洗盛酒器。
平易近人的君子，
就是人民的歸依。

【注釋】

❶ 泂，通「迥」，遠。酌，用勺舀取。潦，音「老」，路邊積水。已見〈召南・采蘋〉篇。

❷ 挹，舀取。注，灌入。茲，此，指盛水器具。

❸ 餴，音「芬」，將米蒸之半熟，再用水餾熟。饎，音「赤」，酒食。

❹ 豈弟，同「愷悌」。已見前。

❺ 罍，古代一種盛酒的器具。

三

洞酌彼行潦，
挹彼注茲，
可以濯溉。❻
豈弟君子，
民之攸塈！❼

遠遠舀那溝渠水，
舀取那水灌這裡，
可以濯洗漆酒器。
平易近人的君子，
就是人民的憑藉。

❻ 溉，通「概」，古代一種盛酒的漆尊。
❼ 攸塈（音「系」），所依、所歸。已見〈假樂〉篇。

【新繹】

〈毛詩序〉：「〈泂酌〉，召康公戒成王也。言皇天親有德，饗有道也。」顯然把這首詩和上篇〈公劉〉連在一起看，以為都是「召康公戒成王」之作。上篇〈公劉〉是告誡成王要像公劉那樣勤政親民，這一篇則是告誡成王要承天命，「親有德，饗有道」。話說得空泛，不具體。三家詩的說法，和毛詩不一樣。據王先謙《詩三家義集疏》所引，三家詩以為此詩非召康公戒成王之作，而是直接「為公劉作」。王氏並加案語：「三家以詩為公劉作。蓋以戎狄濁亂之區，而公劉居之，譬如行潦可謂濁矣，公劉挹而注之，則濁者不濁，清者自清。由公劉居豳之後，別田而養，立學以教，法度簡易，人民相安，故親之如父母。及太王居豳，而從如歸市，亦公劉之遺澤有以致之也。其詳則不可得而聞矣。」雖然說得比較多，但結論除了頌美公劉之遺澤外，也跟〈毛詩序〉一樣，看不出與公劉、召康王、成王究竟有何關係。真的「其詳則不可得而聞矣」。

或許可以從「行潦可謂濁矣」入手。行潦，指路上流動的雨水。大雨在路上匯聚成渠，表面雖污濁，但因它是流動的，只要加以挹注，則「濁者不濁，清者自清」。這在西北黃土高原的缺水地區，是自古已然之事。甚至有人在路邊挖掘水池，作為下雨蓄水之用。舀取它來清洗尊罍等祭器，藉以蒸食熱酒，一樣可以用來祭祀祖先神明。這首詩共三章，每章的前三句，說的就是這些事情。第一章的「餴饎」，是指蒸食熱酒；第二章的「濯罍」，是指清洗金罍祭器；第三章的「濯溉」，是指清洗塗漆的酒尊。溉，「概」的借字，古代祭器之一。所以這三章開頭用以起興的句子，其實都與祭祀有關。

筆者這樣說，是有根據的。〈國風．召南〉中有〈采蘋〉一篇，全詩三章是這樣寫的：

一

于以采蘋，南澗之濱。
于以采藻，于彼行潦。

二

于以盛之，維筐及筥。
于以湘之，維錡及釜。

三

于以奠之，宗室牖下。

誰其尸之，有齊季女。

對照來看，〈采蘋〉第一章的「于以采藻，于彼行潦」，第二章的「于以湘之，維錡及釜」，正可與〈泂酌〉三章的前三句作一對照。〈采蘋〉是〈召南〉國風，寫的是民間；〈泂酌〉是〈大雅〉，寫的是貴族之家。所以他們所採取的物品以及所用的祭器，也就有所不同。〈采蘋〉中民間所用的祭器是一般的錡釜筐筥，祭品是湘（煮）的水藻；〈泂酌〉中貴族所用的祭器是華麗的金罍漆尊，祭品是蒸熱的酒食。據〈毛詩序〉說，〈采蘋〉的主旨，是寫：「大夫妻能循法度也。能循法度，則可以承先祖、共祭祀矣。」這與〈毛詩序〉以及三家詩所說的：〈泂酌〉是召公戒成王要效法公劉，親有德、饗有道，道理其實都是相通的。都與祭祀先祖有關。所以對照〈采蘋〉第三章的「于以奠之，宗室牖下」，〈泂酌〉三章每章的末二句，所謂「豈弟君子」自指先祖公劉而言，而「民之父母」、「民之攸歸」、「民之攸塈」，也自然是祭祀時對先祖的頌美之詞了。

如此解釋，三家詩說它是對公劉的直接歌頌，〈毛詩序〉說它是召康公藉以告誡成王蒞政以後，要效法公劉如此敬天受命，當然都講得通。

卷阿

一

有卷者阿，❶
飄風自南。❷
豈弟君子，
來游來歌，
以矢其音。❸

二

伴奐爾游矣，❹
優游爾休矣。❺
豈弟君子，
俾爾彌爾性，❻
似先公遒矣。❼

【直譯】

有彎曲的大丘陵，
吹來旋風從南方。
和樂平易的君子，
來遊玩呀來歌唱，
來獻上他的禮讚。

從容由您遊戲呀，
悠閒供您休息呀。
和樂平易的君子，
使您善盡您性命，
繼承先王功績呀。

【注釋】

❶有卷，卷卷、卷然，彎曲的樣子。阿，大山丘。
❷飄風，旋風。
❸矢，陳、獻。音，心聲、頌歌。
❹伴奐，同「判渙」，盤桓、從容。爾，您，指君子，來朝見的諸侯。
❺優游，悠閒自得。
❻使您享盡天年。俾，使。彌，滿、盡。性，生命。
❼似，通「嗣」，繼承。遒，一作「酋」，謀略、功業。

三

爾土宇昄章，❽
亦孔之厚矣。❾
豈弟君子，
俾爾彌爾性，
百神爾主矣。❿

您的疆土版圖大，
也大大的無際呀。
和樂平易的君子，
使您善盡您天年，
眾神由您主祭呀。

四

爾受命長矣，
茀祿爾康矣。⓫
豈弟君子，
俾爾彌爾性，
純嘏爾常矣。⓬

您受天命久長呀，
福祿您得安康呀。
和樂平易的君子，
使您善盡您性命，
大福您常安享呀。

五

有馮有翼，⓭
有孝有德，
以引以翼。⓮

有憑靠呀有輔佐，
有孝敬呀有美德，
在前導呀在左右。

❽ 土宇，疆土。昄，音「版」，大。昄章，版圖。
❾ 孔，大。
❿ 主，主祭。
⓫ 茀，通「福」。康，安、安享。
⓬ 純嘏，厚福。純，大。嘏，福。
⓭ 馮，同「憑」，依靠。翼，輔助。
⓮ 引，在前引導。

豈弟君子，
四方為則。⑮

六

顒顒卬卬，⑯
如圭如璋，
令聞令望。⑰
豈弟君子，
四方為綱。⑱

七

鳳皇于飛，⑲
劌劌其羽，⑳
亦集爰止。㉑
藹藹王多吉士，㉒
維君子使，
媚于天子。㉓

和樂平易的君子，
四方諸侯為楷模。

態度溫和又軒昂，
品德像珪又像璋，
好的聲譽好名望。
和樂平易的君子，
四方諸侯為紀綱。

鳳凰展翅在飛翔，
劌劌作響那翅膀，
都成群棲息樹上。
濟濟王朝多賢士，
只聽君子的差使，
都能愛戴於天子。

⑮ 四方，指各地諸侯。則，法度。
⑯ 顒顒（音「庸」），態度雍和的樣子。卬卬（音「昂」），氣宇軒昂的樣子。
⑰ 令，善、好。
⑱ 綱，綱紀、法則。
⑲ 鳳皇，即鳳凰。于飛，正在飛翔。
⑳ 劌劌，同「翽翽」，拍動翅膀的聲音。劌，音「貴」，一音「會」。
㉑ 集、止，都是指鳥棲息。
㉒ 藹藹，眾多的樣子。吉士，賢士。
㉓ 媚，愛戴。

·鳳凰·

八

鳳皇于飛，
翽翽其羽，
亦傅于天。㉔
藹藹王多吉人，
維君子命，
媚于庶人。

鳳凰展翅在飛翔，
翽翽作響那翅膀，
都成群飛往天上。
濟濟王朝多賢人，
只聽君子的命令，
都能關心到平民。

九

鳳皇鳴矣，
于彼高岡。
梧桐生矣，
于彼朝陽。
菶菶萋萋，㉕
雝雝喈喈。㉖

鳳凰叫聲響亮呀，
在那高高的山岡。
梧桐生長挺直呀，
在那朝陽的東方。
梧桐枝葉多茂盛，
鳳凰叫聲多和暢。

十

君子之車，

君子乘坐的車子，

㉔ 傅，近、至。
㉕ 菶菶（音「琫」），形容梧桐枝葉茂盛的樣子。
㉖ 形容鳳凰和鳴嘹亮的聲音。

·梧桐·

既庶且多。
君子之馬，
既閑且馳。㉗
矢詩不多，㉘
維以遂歌。㉙

既眾多而且侈麗。
君子搭乘的車馬，
既熟練而且迅疾。
陳獻的詩不在多，
祇用來譜成歌曲。

㉗ 閑，熟練、嫻熟。
㉘ 矢詩，陳獻的詩歌。
㉙ 遂，完成。

【新繹】

〈卷阿〉篇的題旨，歷來說法不一。〈毛詩序〉說是：「召康公戒成王也。言求賢用吉士也。」這是漢代古文學派經師的說法。至於今文學派的說法，據王先謙《詩三家義集疏》說：「此詩據《易林》齊說，為召公避暑曲阿，鳳凰來集，因而作詩。蓋當時奉命巡方，偶然游息，推原瑞應之至，歸美於王能用賢，故其詩得列於〈大雅〉耳。周公垂戒毋佚，成王必不般遊。毛說殆近于誣矣。」毛詩說是召公戒成王求賢士，三家詩說是召公遊曲阿而美成王，一刺一美，自有不同。據《竹書紀年》「成王三十三年，遊于卷阿，召康公從」云云，似乎三家詩的說法較可採信，像朱熹《詩集傳》就是贊同此說的。但《竹書紀年》一書，有人以為或有偽託，不可盡信。所以宋代王質《詩總聞》又主張此詩為頌文王之作。推測之辭，採信的人不多。現代學者高亨《詩經今注》更懷疑此詩，誤合二篇而成，前六章為一篇，詠卷阿，蓋歌頌諸侯之德；後四章為一篇，詠鳳凰，蓋歌頌群臣擁護周王之作。余培林《詩經正詁》進而認為此乃歌頌來朝獻詩的諸侯之詩。

這些說法，不能說沒有道理，但都還缺少充分的證據。

此詩共十章，前六章每章五句，後四章每章六句。第一章寫周王遊于卷阿，臨風而嘆。第二章寫從容優游之樂，贊周王能善述先公功業。第三章贊周王土廣人多，為天地眾神之主祭。第四章贊周王能受天命，長享福祿。第五章贊周王得左右賢臣輔佐，可為四方諸侯楷模。第六章贊周王儀德兼美，聲名遠播，足為四方諸侯綱紀。以上六章俱以「豈弟君子」貫穿上下。「豈弟君子」有人說是指周王，有人說是指輔佐周王的賢臣。

後四章筆勢一轉，第七第八兩章皆以鳳凰于飛、眾鳥來集起興，贊王朝人材濟濟，俱樂於聽命。第九章更以鳳凰棲於梧桐、鳴於高岡為喻，贊王朝君臣和集。姚際恆《詩經通論》說這四句互文見義，頗得形容之妙。第十章贊周王車馬美盛，呼應首章卷阿之遊，並以「維以遂歌」為「以矢其音」作結。

民勞

一

民亦勞止，❶
汔可小康。❷
惠此中國，❸
以綏四方。❹
無縱詭隨，❺
以謹無良。❻
式遏寇虐，❼
憯不畏明。❽
柔遠能邇，❾
以定我王。

二

民亦勞止，
汔可小休。

【直譯】

人民也夠勞苦了，
只求可以小安康。
請愛這京師百姓，
來安定天下四方。
不可放縱欺詐人，
要慎防他們不良。
藉此遏止強暴徒，
竟然不怕觸法網。
安撫遠方相親近，
用來安定我君王。

人民也夠勞苦了，
只求可以稍休息。

【注釋】

❶止，語尾助詞。
❷汔，音「企」，求。表示希望的口氣。
❸惠，愛。中國，國中，指京師。
❹綏，安撫。
❺無，勿。詭隨，狡猾欺詐的人。
❻謹，小心、提防。無良，不好的人。
❼式，憑藉。寇虐，強暴之徒。
❽憯，音「慘」，乃、竟。明，法令。
❾古成語。柔，安撫。能，親善。邇，近鄰。

惠此中國，
以為民逑。❿
無縱詭隨，
以謹惛怓。⓫
式遏寇虐，
無俾民憂。
無棄爾勞，
以為王休。⓬

請愛這王畿百姓，
來做為人民伴侶。
不可放縱詐欺人，
要慎防起哄爭議。
藉此遏止強暴徒，
不要使人民憂慮。
不要忽略你功能，
來為王室謀福利。

三

民亦勞止，
汔可小息。
惠此京師，
以綏四國。⓭
無縱詭隨，
以謹罔極。⓮
式遏寇虐，
無俾作慝。⓯

人民也夠勞苦了，
只求可以略喘息。
請愛這京師百姓，
來安定四方邦國。
不可縱放詐欺人，
要慎防不顧法紀。
藉此遏止強暴徒，
不讓他們做壞事。

❿ 逑，合、匹、伴侶。
⓫ 惛，音「昏」，喧嘩。怓，音「撓」，紛亂。
⓬ 休，美、福。
⓭ 四國，四方諸侯。
⓮ 罔極，無常，不守常法。
⓯ 慝，音「特」，邪惡。

敬慎威儀，
以近有德。

四

民亦勞止，
汔可小愒。⑯
惠此中國，
俾民憂泄。⑰
無縱詭隨，
以謹醜厲。⑱
式遏寇虐，
無俾正敗。⑲
戎雖小子，⑳
而式弘大。㉑

五

民亦勞止，
汔可小安。

敬重保持王威儀，
來親近有德人士。

人民也夠勞苦了，
只求可以小安歇。
請愛這國內百姓，
使人民憂憤發洩。
不可放縱詐欺人，
要慎防醜惡異類。
藉此遏止強暴徒，
不使正道被敗壞。
你雖然是年輕人，
但責任卻很重大。

人民也夠勞苦了，
只求可以小平安。

⑯ 愒，音「企」，通「憩」，小休。
⑰ 泄，發洩、排除。
⑱ 醜厲，醜惡。厲，通「癘」。
⑲ 正，正道。一說：通「政」，政事。
⑳ 戎，你。小子，年輕人。
㉑ 式，憑依。

惠此中國，
國無有殘。❷❷
無縱詭隨，
以謹繾綣。❷❸
式遏寇虐，
無俾正反。❷❹
王欲玉女，❷❺
是用大諫。❷❻

請愛這國內百姓，
讓國家沒有凶殘。
不要放縱詐欺人，
來慎防利害糾纏。
藉以遏止強暴徒，
不讓正道被違反。
君王想要珍愛你，
因此大聲來勸諫。

❷❷ 殘，害。指被殘害的人。
❷❸ 繾綣，音「遣犬」，原是糾結難分之意，此指結黨營私。
❷❹ 正反，正道反覆。一說：國政被破壞。
❷❺ 玉，玉成、珍惜。女，你。
❷❻ 是用，所以。

【新繹】

〈毛詩序〉說：「〈民勞〉，召穆公刺厲王也。」召穆公，即召伯虎，是召公奭的後裔。周厲王則為成王七世之孫。厲王暴虐無道，據《鄭箋》說：「時賦斂重數，繇役繁多。人民勞苦，輕為姦宄。強陵弱，眾暴寡，作寇害。故穆公以刺之。」這種說法，三家詩並無異議。但朱熹《詩集傳》則據詩尋其語氣，認為：「乃同列相戒之辭耳，未必專為刺王而發。然其憂時感事之意，亦可見矣。」朱熹的說法是作者當為周朝之老臣，憂國之將傾，所以勸諫年輕官僚要輔弼周王。

詩共五章，每章十句。全篇重章疊句，組織縝密，與〈大雅〉多用賦筆者大異其趣。內容基本前後一致，旨在勸諫，敘事言情，無不言切意深。每章前四句都說「民勞」，勸王要體恤百姓，保全京師。「汔可小康」等句，只求小康而不敢奢望之辭，足見民之勞苦已甚。每章中間四句都說「防奸」，而以「無縱詭隨」為關鍵句，蓋一切奸惡，無不自詭隨佞人始。勸王要慎防奸宄，制止寇虐。每章最後二句都歸「諫王」，勸王要親近有德，安邦定國。

第四章末二句「戎雖小子，而式弘大」，「戎」字據《鄭箋》、《朱傳》都說是「女」、「汝」，即第二人稱「你」的意思，蓋指周王而言。但臣子怎麼可以稱王為「小子」呢？朱熹或許就因此推斷此詩「乃同列相戒之辭耳，未必專為刺王而發」。同樣的，嚴粲《詩緝》也說：「舊說以此詩『戎雖小子』及〈板〉詩『小子』皆指王。小子，非君臣之辭，今不從。二詩皆戒責同僚，故稱小子耳。」宋儒重思辨，提出這種質疑是有道理的。但「小子」一詞，在宋代是貶詞，在周代卻是對年輕人的暱稱。范處義《詩補傳》就說得好：「古者君臣相爾汝，本示親愛。小子，則年少之通稱。故周之《頌》、《詩》、《誥》、《命》，皆屢稱『小子』，不以為嫌。是詩及〈板〉、〈抑〉以厲王為『小子』，意其及位不久，年尚少，已昏亂如此。故〈抑〉又謂『未知臧否』，則其年少可知矣。穆公謂王雖小子，而用事甚廣，不可忽也。」所以「戎雖小子」那兩句的意思是：周王你雖年輕，但大家都依靠你去面對事情，責任卻很重大。並沒有朱熹、嚴粲所說的貶抑的意味。

另外，第五章末尾「王欲玉女」，有人解作「君王喜愛珠寶和美女」，也講得通。可備一說。

最後，要對〈大雅〉的正變，略作補充說明。據唐代陸德明《經典釋文》說：從此篇至〈桑柔〉五篇，是厲王「變大雅」。所謂變大雅，是說〈民勞〉以下這五篇是〈大雅〉之變，風格淒苦憂愁，和「正大雅」雍容閒雅的格調頗不相同。正變之說，雖然沒有什麼重大意義，但「世變染乎時序」，詩歌足以反映時代風氣，卻也有其一定的道理。

板

一

上帝板板，❶
下民卒癉。❷
出話不然，❸
為猶不遠。❹
靡聖管管，❺
不實于亶。❻
猶之未遠，❼
是用大諫。❽

二

天之方難，
無然憲憲。❾
天之方蹶，❿
無然泄泄。⓫

【直譯】

上帝反常又反常，
下界人民終遭殃。
說出的話不像樣，
制定謀略不久長。
無視聖賢成管見，
不能實踐到諾言。
謀略這樣不長遠，
因此來大聲進諫。

上天正降災難時，
不要這樣喜洋洋。
上天正起動亂時，
不要這樣說短長。

【注釋】

❶板板，極為反常的樣子。《說文解字》有「版」字，無「板」字。
❷卒，同「瘁」，終、盡。癉，音「旦」，病。
❸不然，不對。
❹猶，通「猷」，謀略。
❺管管，自以為是的樣子。一說：憂慮的意思。
❻亶，音「膽」，誠信。
❼猶，同注❹，謀略。
❽是用，所以。
❾然，如此。憲憲，得意的樣子。
❿蹶，音「絕」，動。一音「貴」，倒。
⓫泄泄，多言的樣子。

辭之輯矣，⓬
民之洽矣。
辭之懌矣，⓭
民之莫矣。⓮

三

我雖異事，
及爾同寮。⓯
我即爾謀，⓰
聽我囂囂。⓱
我言維服，⓲
勿以為笑。
先民有言：
詢于芻蕘。⓳

四

天之方虐，
無然謔謔。⓴

言辭這樣和雅了，
人民這樣融洽了。
言辭這樣和平了，
人民這樣安定了。

我們雖不同職務，
和你依舊是同僚。
我找你一起商量，
聽我長言嫌喧鬧。
我說的話是事實，
不要以為開玩笑。
古代賢人有句話：
有事請益到農樵。

上天將要暴虐時，
不要這樣的嬉笑。

⓬ 辭，言論。輯，溫和。
⓭ 懌，音「易」，和悅。
⓮ 莫，同「寞」，安、靜。
⓯ 同寮，同僚，同朝為官。
⓰ 即，就、近。
⓱ 囂囂，長言不止的樣子。一說：不耐煩。
⓲ 服，事。
⓳ 詢，請教。芻，草。蕘，音「饒」，柴。這裡指割草砍柴的農夫樵夫。
⓴ 謔謔，戲侮嘲笑。

老夫灌灌，㉑
小子蹻蹻。㉒
匪我言耄，㉓
爾用憂謔。㉔
多將熇熇，㉕
不可救藥。

五

天之方懠，㉖
無為夸毗。㉗
威儀卒迷，㉘
善人載尸。㉙
民之方殿屎，㉚
則莫我敢葵？㉛
喪亂蔑資，㉜
曾莫惠我師？㉝

老夫我款款進言，
年輕人卻蹦蹦跳。
不是我說話賣老，
你卻因而窮笑鬧。
多了勢將火氣猛，
到時就不可救藥。

上天正在動怒時，
不妄為委屈自己。
君威臣儀全迷亂，
好人就像是屍體。
人民正當呻吟時，
難道我不敢猜疑？
喪亂一直沒止息，
何曾我愛我群黎？

㉑ 老夫，詩人自稱。灌灌，款款，進言誠懇的樣子。
㉒ 蹻蹻（音「狡」），輕快的樣子。
㉓ 匪，非。耄，音「冒」，八十歲老人。
㉔ 用，以、因而。
㉕ 熇熇（音「赫」），發怒的樣子。
㉖ 懠，音「濟」，動怒。
㉗ 夸毗，音「誇皮」，卑躬屈膝。
㉘ 卒，盡、全。
㉙ 載，則。尸，沒有生命的屍體。
㉚ 殿屎（音「西」），呻吟。
㉛ 「則我莫敢葵」的倒文。葵，通「揆」，測度、猜測。
㉜ 蔑，未、無。資，助、救。
㉝ 惠，愛。師，群眾。

六

天之牖民，㉞
如壎如篪。㉟
如璋如圭，㊱
如取如攜。
攜無曰益，㊲
牖民孔易。
民之多辟，㊳
無自立辟。㊴

七

价人維藩，㊵
大師維垣。㊶
大邦維屏，
大宗維翰。㊷
懷德維寧，
宗子維城。㊸
無俾城壞，

上天誘導人民時，
像陶壎竹篪和鳴。
像璋圭那樣相合，
取時提時都相應。
提攜時沒有阻礙，
開通民智很容易。
人民這樣多刑法，
不再自己立法紀。

善人良臣是藩籬，
大眾群黎是垣墻。
大國諸侯是屏障，
同姓宗族是棟樑。
懷柔以德就安寧，
君王嫡子是城壘。
不使城壘被破壞，

㉞ 牖，通「誘」，誘導。
㉟ 壎，音「薰」，陶製的樂器。篪，音「池」，竹製的樂器，二者可相和鳴。
㊱ 璋圭都是玉製的禮器。璋，半圭。合二璋則成圭。
㊲ 益，通「隘」，阻礙。
㊳ 辟，法。一說：邪。
㊴ 是說法令已多，不必另立新法。
㊵ 价人，善良臣民。一說：甲介之士。价，音「介」。
㊶ 大師，大眾群黎。一說：王公大臣。
㊷ 大宗，君王的同姓宗族。翰，棟樑、牆柱。
㊸ 宗子，君王嫡子、太子。

無獨斯畏。　不使孤立最可畏。

八

敬天之怒，　敬畏上天的震怒，
無敢戲豫。　不敢去嬉戲安逸。
敬天之渝，㊹　敬畏上天的反常，
無敢馳驅。　不敢去放縱馳驅。
昊天曰明，　上天是那樣明朗，
及爾出王。㊺　和你一道同來往。
昊天曰旦，㊻　上天是那樣明亮，
及爾游衍。㊼　和你一起共遊逛。

㊹渝，變。指災異、天災。
㊺王，同「往」。出往，出遊。
㊻旦，太陽初出。
㊼游衍，遊樂。

【新繹】

〈毛詩序〉說〈板〉是「凡伯刺厲王」的詩篇。凡伯，姬姓，周公旦後裔。《鄭箋》云：「凡伯，周同姓，周公之胤也。入為王卿士。」厲王秉政，暴虐無道，用榮夷公搜刮財富，民不堪命，又派衛巫監謗，防民之口，甚於防川，因此召穆公、凡伯等有識之士，相繼進諫。厲王不聽，最後為民所棄，逃奔于彘（今山西霍縣）。當時凡伯封於共國（在今河南輝縣），為諸侯擁立，攝行王事，至厲王死，宣王立，始歸政返國。〈毛詩序〉所謂「刺厲王」者，當在凡伯入為厲王卿士之時。詩雖明諷同僚，實則其主旨乃重在刺厲王。此即三家詩所謂：「刺周王變祖法度，故使下民將盡病也。」亦即《朱傳》所謂：「今考其意，亦與前篇相類，但責之益深切耳。」

詩共八章，每章八句。多用正言賦筆，借諷上帝及同僚以諫厲王。第一章言厲王為政無遠見，反常失道。不敢直斥，故借上帝言之。「是用大諫」一句，為全篇總冒。第二章言政教不得民心。「辭之輯矣」四句，排比整齊，極言得民心之重要。「懌」字或解為「和悅」，或解為「敗壞」；「莫」字或解為「安定」，或解為「紛亂」，皆有正反二義，此《詩經》古注之常態。第三章責其同僚不聽善言。「聽我囂囂」一句，自謂言之多，心之切。第四章承上文，「老夫灌灌」、「匪我言耄」，自謂言多，恐招人怨；「小子蹻蹻」、「爾用憂謔」，則明斥同僚，暗諷厲王。第五章諷同僚須為民間疾苦發聲，不可尸位素餐。「夸毗」，卑躬奴膝之意；「殿屎」，痛苦呻吟之謂。二者皆罕用之俗語，見怒斥之不擇言。第六章言民心本易誘導，不宜亂立法紀。「如壎如篪」以下三句，皆喻啟導民心之易。壎篪樂器之相和鳴，圭璋玉版之相契合，皆如物之捉取提攜，蓋出於自然之反應。「攜無曰益」之「攜」，或疑當作「上」。上者，君也。君之於民，無求多也，其牖民亦孔易也。見李慈銘《越縵堂讀書記》。第七章言君臣和輯、宗族親近之重要，否則眾叛親離。此諷諫之極致。「价人」原指甲介之士，「大師」即太師，原指大臣，「大邦」原指諸侯，「大宗」原指同宗同姓，今人崇尚民主，多解作平民大眾，無傷大雅。今從之。第八章言上天與人同在，不可不敬畏。猶言君臣一體，榮辱與共，故見天之板板，不敢不進諫如上。

蕩

一

蕩蕩上帝，❶
下民之辟。❷
疾威上帝，❸
其命多辟。❹
天生烝民，❺
其命匪諶。❻
靡不有初，❼
鮮克有終。❽

二

文王曰咨！❾
咨女殷商。❿
曾是彊禦，⓫
曾是掊克。⓬

【直譯】

驕傲放任的上帝，
下界人民的君王。
急斂嚴刑的上帝，
他的命令多反常。
上天生養眾百姓，
他的命令不能信。
無不有個好開頭，
很少能有好結果。

文王開口一聲嘆！
嘆你殷商的君王。
竟然這樣的頑強，
竟然這樣的貪枉。

【注釋】

❶ 蕩蕩，不守法度的樣子。一說：廣大的樣子。
❷ 辟，音「必」，君王。
❸ 疾威，暴虐。
❹ 辟，同「僻」，邪僻、反常。
❺ 烝民，眾人。
❻ 諶，音「忱」，誠、信賴。
❼ 初，始。
❽ 鮮，少。
❾ 咨，嗟嘆聲。
❿ 女，汝、你。
⓫ 曾，乃、竟然。彊禦，強圉、強橫暴虐。
⓬ 掊克，聚斂、貪枉。

曾是在位，⑬
曾是在服。⑭
天降滔德，⑮
女興是力。⑯

三

文王曰咨！
咨女殷商。
而秉義類，⑰
彊禦多懟。⑱
流言以對，⑲
寇攘式內。⑳
侯作侯祝，㉑
靡屆靡究，㉒

四

文王曰咨！
咨女殷商。

竟然這樣的居官，
竟然這樣的專權。
上天降此敗德者，
你卻助長這力量。

文王開口一聲嘆！
嘆你殷商的君王。
你若任用道義人，
頑強之徒多怨恨。
編造謠言來對付，
盜竊內訌起糾紛。
又是造謠又詛咒，
沒完沒了說不盡。

文王開口一聲嘆！
嘆你殷商的君王。

⑬ 在位，居高位。
⑭ 在服，做事、任要職。
⑮ 滔，通「慆」，傲慢。
⑯ 女，汝、你。興，助長。
⑰ 而，你。義類，善人。
⑱ 懟，怨恨。
⑲ 流言，謠言。
⑳ 寇攘，掠奪之事。式內，行於國內。
㉑ 侯，維。作（通「詐」）、祝，詛咒之意。
㉒ 屆，盡。究，窮。

女炰烋于中國，㉓
斂怨以為德。㉔
不明爾德，
時無背無側。㉕
爾德不明，
以無陪無卿。㉖

你常咆哮在國內，
累積怨恨當做德。
不光明你的道德，
因此沒靠山輔佐。
你的道德不光明，
因此沒陪臣公卿。

五

文王曰咨！
咨女殷商。
天不湎爾以酒，㉗
不義從式。㉘
既愆爾止，㉙
靡明靡晦。㉚
式號式呼，㉛
俾晝作夜。

文王開口一聲嘆！
嘆你殷商的君王。
上天不讓你酗酒，
不宜放縱跟模倣。
已經破壞你儀度，
不分光明或晦暗。
又是號叫又狂喊，
把白晝當做夜晚。

㉓ 女，你。炰烋，同「咆哮」，怒吼。中國，國內。
㉔ 斂，聚。
㉕ 時，是、因此。背、側，指支持者。
㉖ 以，因此。陪、卿，指身旁擁護者。
㉗ 湎，音「勉」，沉迷。
㉘ 不義，不宜。從式，效法。
㉙ 愆，此作動詞，犯錯。
㉚ 靡，無、不分。明，白晝。晦，黑夜。
㉛ 式，語詞，與「乃」、「載」同。號，音「豪」，大叫。

六

文王曰咨！
咨女殷商。
如蜩如螗，32
如沸如羹。
小大近喪，33
人尚乎由行。34
內奰于中國，35
覃及鬼方。36

七

文王曰咨！
咨女殷商。
匪上帝不時，37
殷不用舊。38
雖無老成人，39
尚有典刑。40
曾是莫聽，41

文王開口一聲嘆！
嘆你殷商的君王。
像大蟬叫小蟬嚷，
像熱開水像滾湯。
大小政事快淪亡，
人卻還在向前行。
在內激怒了國人，
已擴及異域遠方。

文王開口一聲嘆！
嘆你殷商的君王。
不是上帝不善良，
殷紂不用舊規章。
朝中雖無元老臣，
還有舊典可依循。
竟然這個也不聽，

32 形容聲音噪雜。蜩，音「條」，蟬。螗，音「唐」，大黑蟬。
33 近，將要。喪，亡。
34 尚乎由行，尚且走老路。行，音「杭」。
35 奰，音「必」，激怒。中國，國中、國內。同注23。
36 覃，延及。鬼方，殷周時西北外族，指漠北遠方。
37 匪，非。時，是、善。
38 舊，先王古制。
39 老成人，元老之臣。
40 典刑，典章制度。刑，同「型」。
41 「曾莫聽是」的倒裝句。

・蜩・

大命以傾。❹❷

國家命運將覆傾。

八

文王曰咨！
咨女殷商。
人亦有言：
顛沛之揭，❹❸
枝葉未有害，
本實先撥。❹❹
殷鑒不遠，❹❺
在夏后之世。❹❻

文王開口一聲嘆！
嘆你殷周的君王。
古人也曾有句話：
大樹倒下根突出，
枝葉還沒被損害，
樹根實際先敗壞。
殷商的明鏡不遠，
就在夏桀的時代。

❹❷ 大命，國運。以，因而。
❹❸ 顛沛，顛仆倒下，比喻大樹倒地。揭，樹根露出來。
❹❹ 本，樹根。撥，通「敗」，敗壞。
❹❺ 鑒，銅鏡。
❹❻ 后，帝、王。夏后，此指夏桀。

【新繹】

〈毛詩序〉：「〈蕩〉，召穆公傷周室大壞也。厲王無道，天下蕩蕩，無綱紀文章，故作是詩也。」厲王失政，召穆公見周之王室大敗壞，故作此詩以傷之。所謂「傷」者，《孔疏》說得好：「傷者，刺外之有餘哀也。其恨深於刺也。」《朱傳》也說：「詩人知厲王之將亡，故為此詩，托於文王所以嗟嘆殷紂者。」此詩可與上二篇合看。

詩共八章，每章八句。除第一章託言上帝之外，自第二章以下，皆設為文王咨嗟斥責殷紂之詞，而其用意則在刺厲王。

第一章託言上帝，蓋不敢斥王之故。實則稱帝即斥王矣。以「蕩蕩」、「疾威」稱上帝，已見全篇綱領大意。第二章以下，每章開頭二句皆作「文王曰咨！咨女殷商」，亦皆寓有以殷為鑑之意。「曾是」四句，怪之之詞。「彊禦」、「掊克」，橫強剛惡之謂。厲王所用小人多此類。魏源《詩序集義》云：「幽、厲之惡，莫大於用小人。幽王所用，皆佞幸柔惡之人；厲王所用，皆彊禦掊克剛惡之人。」此言不虛。第三章承上，言用橫強剛惡之人，以致內訌。第四章言王德不明，以致無背無側，無陪無卿。意即前後左右俱無輔佐、陪臣公卿皆不稱職，猶如無人。第五章言紂王縱酒過度，極為失態。此《尚書》中〈泰誓〉、〈酒誥〉等篇，可資參證。第六章言朝政日非，內憂外患兼而有之。鬼方，此泛稱，指荒遠之國。第七章言廢舊章，棄舊臣，國將淪亡。第八章言國有根本，不可動搖。最後借文王咨嗟殷商當以夏桀為鑑，實則意在周王當以殷為鑑。陸奎勳《陸堂詩學》云：「『文王』以下七章，初無一語顯斥厲王。結撰之奇，在〈雅〉詩亦不多覯。」

抑

一

抑抑威儀，❶
維德之隅。❷
人亦有言：
靡哲不愚。❸
庶人之愚，
亦職維疾；❹
哲人之愚，
亦維斯戾。❺

二

無競維人，❻
四方其訓之。❼
有覺德行，❽
四國順之。

【直譯】

謙抑審慎的威儀，
這是品德的表徵。
古人也有這句話：
沒有哲人不愚笨。
一般群眾的愚笨，
主要是自身毛病；
聰明哲人的愚笨，
卻是這反常情形。

沒得比的是賢人，
四方諸侯會順他。
有了正直的德行，
四方諸侯歸順他。

【注釋】

❶ 抑抑，謹慎的樣子。威儀，儀容舉止。見〈小雅．賓之初筵〉篇。
❷ 隅，通「偶」，匹配。是說表裡一致。一說：角隅、角稜。
❸ 大智若愚的意思。靡，無。哲，聰明。
❹ 職，主、主要是。一說：只、只是。疾，病。
❺ 戾，乖戾、反常。
❻ 無競，莫強於。人，指哲人、賢人。
❼ 其，將。訓，順、歸順。
❽ 有覺，覺然，光明正直的樣子。

訏謨定命，⑨
遠猶辰告。⑩
敬慎威儀，
維民之則。⑪

三

其在于今，
興迷亂于政。⑫
顛覆厥德，⑬
荒湛于酒。⑭
女雖湛樂從，⑮
弗念厥紹。⑯
罔敷求先王，⑰
克共明刑。⑱

四

肆皇天弗尚，⑲
如彼泉流，

宏大謀略下命令，
長遠政策時頒行。
敬重謹慎好儀容，
做為人民的準繩。

從他在位到如今，
全都迷亂在國政。
顛倒敗壞他德行，
荒淫沉湎在酒醒。
你只顧耽樂相從，
不想那王位繼承。
不廣求先王遺訓，
能恭守光明典型。

如果皇天不保佑，
像那山泉向外流，

⑨ 訏，音「虛」，大。謨，策略。定，確立。

⑩ 猶，猷。「遠猶」與「訏謨」同義。辰，時、及時。

⑪ 則，典範。

⑫ 興，舉、全。一說：助長。

⑬ 顛覆，敗壞。厥，其。

⑭ 荒，荒淫。湛，音「耽」，樂；一說：同「沉」。

⑮ 女，你。雖，通「唯」，獨、只。

⑯ 厥紹，他所繼承的先祖基業。

⑰ 罔，不。敷，廣、遍。

⑱ 克，能。共，同「恭」，遵奉。刑，同「型」。

⑲ 肆，故。有如果的假設語氣。尚，保佑。

無淪胥以亡。⑳
夙興夜寐，㉑
洒掃庭內。
維民之章，㉒
修爾車馬，
弓矢戎兵。㉓
用戒戎作，㉔
用遏蠻方。㉕

五

質爾人民，㉖
謹爾侯度，㉗
用戒不虞。㉘
慎爾出話，
敬爾威儀，㉙
無不柔嘉。㉚
白圭之玷，
尚可磨也；

不要相率各自休。
大家應早起晚睡，
洒水掃除庭院內。
做為人民的表率，
修整你的車和馬，
還有弓箭和武器。
用來戒備戰爭起，
用來遏制眾蠻夷。

告誡你所有人民，
謹守你君侯法制，
用來防備不測事。
謹慎你說出的話，
重視你威儀外表，
沒有不溫和美好。
白玉版上的污斑，
還可以琢磨掉呀；

⑳ 無，勿。淪胥，相率、相隨。已見〈小雅・小旻〉篇。亡，盡、休。
㉑ 早起晚睡。已見〈衛風・氓〉篇。
㉒ 章，表率。
㉓ 戎兵，兵器、武器。
㉔ 戎作，戰爭發生。
㉕ 遏，通「剔」，制止、剪除。蠻方，蠻夷之邦。
㉖ 質，告誡，一說：安定。
㉗ 侯度，君侯的法度。
㉘ 不虞，不測、意外的事故。
㉙ 柔嘉，和善。
㉚ 玷，音「店」，污點。

斯言之玷，
不可為也。

六

無易由言，[31]
無曰苟矣。
莫捫朕舌，[32]
言不可逝矣。[33]
無言不讎，[34]
無德不報。
惠于朋友，
庶民小子。
子孫繩繩，[35]
萬民靡不承。[36]

七

視爾友君子，
輯柔爾顏，[37]

這說錯話的缺失，
卻不可以補救呀。

不要輕易亂發言，
不要開口隨便呀。
沒人搗住我舌頭，
話不可信口說呀。
沒有言論不回應，
沒有恩德不報酬。
關愛到朋友群臣，
還有平民及子孫。
子子孫孫都戒慎，
萬民沒有不歸順。

看待你朋友群臣，
要和善你的容顏，

[31] 易，輕易。由，於。
[32] 捫，摀住。朕，我、我們。
[33] 逝，往、及、追。駟馬難追的意思。
[34] 讎，通「酬」，回應。
[35] 繩繩，連續不斷。一說：戒慎的樣子。
[36] 承，承受、歸順。
[37] 輯、柔，都是和善之意。

不遐有愆？❸❽
相在爾室，❸❾
尚不愧于屋漏。❹⓿
無曰不顯，
莫予云覯。❹❶
神之格思，❹❷
不可度思，
矧可射思？❹❸

八

辟爾為德，❹❹
俾臧俾嘉。❹❺
淑慎爾止，❹❻
不愆于儀。❹❼
不僭不賊，❹❽
鮮不為則。❹❾
投我以桃，
報之以李。

何不自道有缺點？
端詳在你私室內，
還要不愧於神明。
不要說地方幽暗，
沒人能把我看清。
神明降臨之時喲，
不可預先推定喲，
豈可厭煩不敬喲？

修正你培養情操，
使它完善更美好。
改善你舉止容儀，
不犯過失有禮貌。
不會越禮不傷人，
很少不被人倣效。
人家投我以木桃，
我用李子來回報。

❸❽ 不遐，何不、豈不。
❸❾ 相，視、看。
❹⓿ 尚，庶幾。屋漏，古人在室內西北角陰暗處，屋頂開有天窗，以漏日光。此借指神明。
❹❶ 覯，見。
❹❷ 格，至、降臨。思，語助詞，下同。
❹❸ 矧，何況。射，通「斁」，厭倦。一說：射，猜中。
❹❹ 辟，修明。一說：效法。
❹❺ 臧，善。
❹❻ 淑慎，改善。止，舉止。
❹❼ 愆，過失。
❹❽ 僭，音「賤」，越禮。賊，傷害。
❹❾ 鮮，音「險」，少。

彼童而角，㊿
實虹小子。51

九
荏染柔木，52
言緡之絲。53
溫溫恭人，
維德之基。
其維哲人，
告之話言，54
順德之行；
其維愚人，
覆謂我僭，
民各有心。

十
於乎小子，55
未知臧否。

那童羊如果生角，
實是小子亂王朝。

堅韌柔木作琴瑟，
我來安裝這弦絲。
溫和恭敬的好人，
都是德行的基石。
如果他是聰明人，
告訴他古人良言，
就會順德去實行；
如果他是愚笨人，
會反而說我錯誤，
真是人們各有心。

嗚呼年輕小伙子，
不知道好壞對錯。

㊿ 童，童羊，無角的羊。
51 虹，通「訌」，哄騙、潰亂。
52 指梓桐之類可製琴瑟的木材。荏染，柔韌的樣子。
53 緡，音「民」，安裝。
54 話言，古人的格言教訓。
55 於乎，嗚呼。

匪手攜之，[56]
言示之事。
匪面命之，
言提其耳。
借曰未知，[57]
亦既抱子。
民之靡盈，[58]
誰夙知而莫成？[59]

十一

昊天孔昭，
我生靡樂。
視爾夢夢，
我心慘慘。
誨爾諄諄，
聽我藐藐。
匪用為教，
覆用為虐。[60]

不但用手提攜他，
我還指點他工作。
不但當面教誨他，
我還拉過他耳朵。
假如說他沒知識，
他也已抱養孩子。
人們這樣不自盈，
誰會早慧卻晚成？

皇天在上最明白，
我的生活不愉快。
看你茫然像做夢，
我的內心真悲哀。
教誨你時有耐心，
聽我話時不理睬。
不知用來作教導，
反而用來開玩笑。

[56] 匪，非、不但。下同。
[57] 借曰，假如說。
[58] 靡盈，不自滿。一說：不美好。
[59] 夙，早。莫，古「暮」字，晚。
[60] 虐，通「謔」。開玩笑。

借曰未知，亦聿既耄。[61]　　假設說他沒知識，他也已老大不小。

十二

於乎小子，告爾舊止。[62]　　嗚呼年輕小伙子，告訴你先王舊規。
聽用我謀，庶無大悔。　　聽從採用我謀略，大概不會太後悔。
天方艱難，曰喪厥國。　　上天正在降災難，說是滅亡你家國。
取譬不遠，昊天不忒。[63]　　打個比方不難懂，皇天在上沒差錯。
回遹其德，[64]俾民大棘。[65]　　邪僻不正你品德，將使人民大棘手。

[61] 既耄（音「茂」），七八十歲以上的老人。
[62] 舊，舊典。止，規制、禮法。
[63] 忒，音「特」，差錯。
[64] 回遹（音「玉」），邪僻。已見〈小雅・小旻〉篇。
[65] 棘，通「急」。困急。

【新繹】

〈毛詩序〉說：「〈抑〉，衛武公刺厲王，亦以自警也。」衛武公，西周王族，歷經厲王、宣王、幽王、平王四朝，據《國語．楚語上》記載，他九十五歲時，曾「作懿戒以自儆」。所謂「懿戒」，即指此詩。那時候應在周平王之世，所以有人以為他所刺的對象，應是平王而非厲王。紛紛擾擾，歧說不少。王先謙《詩三家義集疏》就引韓詩之說，說是：「衛武公刺王室，亦以自戒。計年九十有五，猶使日誦是詩而不離於其側。」乾脆不指明是哪一位周王，也不確指何時所作，只強調他到九十五歲時，還叫人「日誦是詩而不離於其側」，表示這是他以前的舊作，而且是得意之作。

詩共十二章，前三章每章八句，後九章每章十句，是《詩經》的第二長篇。全篇雖然間用比興，實則多以賦筆發議論。

前三章為一組，先揭示威儀與品德的關係。第一章論哲人與愚人的不同，領起下文。第二章論求賢與立德，既以勉王，又自勉。第三章先言湛樂亂政，後則刺王規王。第四章至第八章為一組，多自警之詞，對君臣一體、謹言慎行，多所主張，對求賢立德，亦多所發揮。第四章以夙興夜寐自警，並為王者告。《鄭箋》云：「自警者，如彼泉流，無淪胥以亡。」言自助天助，如不思振作，將相率而亡。「用戒戎作，用逷蠻方」，告王也，有禦外回天之意。第五第六兩章，以謹言為主。第七第八兩章，以慎行為主。「莫捫朕舌，言不可逝矣」二句，言出言不當，駟馬難追也。「相在爾室，尚不愧于屋漏」二句，言不欺暗室。屋漏者，室內西北隅，供神之所，神明之代稱。第九章至第十二章為一組，反復申述慎言修德之旨，勉為哲人，戒自滿盈，稱「於乎小子」，耳提面命，明為老臣之言。最後以「聽用我謀」、「昊天不忒」作結，皆自警兼諷王，語帶雙關。故孫月峰《批評詩經》說此詩「典則溫厚，談理最密，是箴銘之調」，吳闓生《詩義會通》更稱此詩為「千古箴銘之祖」。

屈萬里師《詩經詮釋》說，此詩應作於衛武公任周王卿士之時，所以才會不入〈衛風〉而入〈大雅〉。

桑柔

一

菀彼桑柔，❶
其下侯旬。❷
捋采其劉，❸
瘼此下民。❹
不殄心憂，❺
倉兄填兮。❻
倬彼昊天，❼
寧不我矜？❽

二

四牡騤騤，❾
旟旐有翩。❿
亂生不夷，⓫
靡國不泯。⓬

【直譯】

鬱茂的那嫩桑樹，
樹下處處是濃蔭。
捋採桑葉光瀏瀏，
害苦樹下庇蔭人。
不可斷絕心憂愁，
悲傷愴怳填心頭。
廣大光明那蒼天，
難道也不同情我？

四匹雄馬真強壯，
旌旗迎風正飄揚。
變亂已生不平息，
沒有邦國不淪亡。

【注釋】

❶ 菀，音「鬱」，茂盛的樣子。桑柔，嫩桑。
❷ 侯，維、是。旬，均、樹蔭均布。
❸ 劉，凋殘，指剝落稀疏的枝葉。
❹ 瘼，音「寞」，病、苦。
❺ 殄，音「忝」，滅、絕。
❻ 倉兄，同「愴怳」，悵恨的樣子。
❼ 倬，廣大、光明。
❽ 寧，乃、何。矜，憐憫。
❾ 騤騤（音「逵」），強健奔馳的樣子。
❿ 旟旐，音「魚兆」，繪有龜蛇、鷹隼的旗幟。有翩，翩翩，上下飄揚的樣子。
⓫ 夷，平息。
⓬ 泯，滅、亂。

民靡有黎，⑬
具禍以燼。⑭
於乎有哀，⑮
國步斯頻。⑯

三

國步蔑資，⑰
天不我將。⑱
靡所止疑，⑲
云徂何往？⑳
君子實維，㉑
秉心無競。
誰生厲階，㉒
至今為梗。㉓

四

憂心慇慇，㉔
念我土宇。㉕

民眾不再人眾多，
都受災禍快死光。
唉呀實在夠悲哀，
國運如此常動蕩。

國運艱難沒錢糧，
蒼天不把我扶將。
沒有地方可安居，
想走不知何處去？
上位君子仔細想，
持心不與人競爭。
是誰惹出這禍根，
至今作梗害百姓。

憂悶心情太沉痛，
想念我們舊家國。

⑬ 黎，眾、多。一說：黎首，黑頭年輕人。
⑭ 具，同「俱」。燼，灰燼。
⑮ 於乎，嗚呼。
⑯ 國步，國運。頻，危急。
⑰ 蔑資，無財、沒資本，無可救助。已見〈板〉篇注㉜。
⑱ 將，扶持、扶將。
⑲ 止，息。疑，通「欵」，定。止疑，安身之意。
⑳ 徂，往。
㉑ 維，通「惟」，思。
㉒ 厲階，禍端。
㉓ 梗，阻塞、災害。
㉔ 慇慇，沉痛的樣子。
㉕ 土宇，家園、國土。

我生不辰，
逢天僤怒。㉖
自西徂東，
靡所定處。
多我覯痻，㉗
孔棘我圉。㉘

五

為謀為毖，㉙
亂況斯削。㉚
告爾憂恤，
誨爾序爵。㉛
誰能執熱，
逝不以濯？㉜
其何能淑，
載胥及溺。㉝

我只恨生不逢辰，
正好遇上天怒吼。
從西往東任飄蕩，
沒有地方可長住。
多多我遇見災難，
非常緊急我邊土。

善為國謀又謹慎，
混亂情況就減輕。
勸你要體恤別人，
教你要論列賢能。
誰能手拿滾燙物，
不去用冷水沖濯？
那怎麼能夠改善，
就都到水裡沉沒。

㉖ 僤，音「但」，厚、盛。
㉗ 覯，遇見。痻，音「昏」，病、災。
㉘ 孔棘，很緊急。圉，邊境。
㉙ 毖，音「必」，審慎。
㉚ 斯，乃、就。削，減。
㉛ 序爵，論功行賞，給予官位。
㉜ 逝不，不。逝，發語詞。
㉝ 載，則、就。胥，相率。

·柔桑·

六

如彼遡風，34
亦孔之僾。35
民有肅心，36
荓云不逮。37
好是稼穡，38
力民代食。39
稼穡維寶，
代食維好。

七

天降喪亂，
滅我立王。40
降此蟊賊，41
稼穡卒痒。42
哀恫中國，43
具贅卒荒。44
靡有旅力，45

就像他逆著強風，
也要大大的噎氣。
人們雖有進取心，
卻使他們趕不及。
只好從事這莊稼，
盡力使人供祿食。
耕種收穫須珍重，
代耕食祿是好事。

天降下喪亡禍亂，
滅我們在位的王。
降下這蟊賊害蟲，
農作物全都遭殃。
哀痛我們國內人，
全都連累受饑荒。
沒有人能出力量，

34 遡風，逆風。迎面吹來的風。
35 僾，音「愛」，氣不順暢。
36 肅心，進取心。
37 荓，音「娉」，使。不逮，不及、達不到。
38 稼穡，音「駕嗇」，耕種和收穫。泛指農事生產勞動。
39 力民，勤民，使人民勞動。代食，代耕養人，即供食祿。
40 立，同「位」。立王，在位的君王。指周厲王。
41 蟊、賊，原指吃禾苗根、莖的害蟲，借指貪殘之人。
42 卒，全。痒，病、受害。
43 恫，音「通」，痛。中國，國中。
44 具，通「俱」，全。贅，連綴、牽連。荒，饑荒。
45 旅，通「膂」。旅力、體力。

以念穹蒼。㊻

來感動上天幫忙。

八

維此惠君，㊼
民人所瞻。
秉心宣猶，㊽
考慎其相。㊾
維彼不順，
自獨俾臧。㊿
自有肺腸，
俾民卒狂。

是這愛民的君王，
他為人民所仰望。
存心光明又通達，
考察慎選他宰相。
是那不達人情的，
自己獨自把福享。
自有不同的心腸，
讓人民都要發狂。

九

瞻彼中林，51
甡甡其鹿。52
朋友已譖，53
不胥以穀。54
人亦有言：

遠望那叢林之中，
眾多和樂那群鹿。
朋友之間已失信，
不會相互來幫助。
古人也有一句話：

㊻ 念，告、訴請。穹蒼，青天。

㊼ 惠君，慈惠有道之君。

㊽ 秉心，持心。宣猶，明順。猶，通「猷」，導、達。

㊾ 相，音「向」，助。指宰相。

㊿ 自獨，獨自。俾，使。臧，善。即自私自利。

51 中林，林中。

52 甡甡（音「申」），群聚並立的樣子。

53 譖，同「僭」，互不信任。

54 胥，相。以，與。穀，善。

進退維谷。55

十
維此聖人，
瞻言百里。
維彼愚人，
覆狂以喜。
匪言不能，56
胡斯畏忌？57

十一
維此良人，
弗求弗迪。58
維彼忍心，
是顧是復。59
民之貪亂，
寧為荼毒。60

進退都是窮山谷。

就是這位聰明人，
能夠遠望達百里。
就是那短視笨人，
反而狂妄而自喜。
不是說不能比較，
為什麼這樣畏忌？

就是這位良善人，
不貪求也不攀附。
就是那個忍心人，
這樣猜疑又反復。
人們貪欲迷亂時，
寧可忍心做壞事。

55 進退兩難。谷，取山谷難行之意。
56 匪，非。「非不能言」的倒裝句。
57 胡，何、為什麼。斯，是、這。
58 迪，進、鑽營。
59 是說瞻前顧後，反復無常。
60 荼毒，原指苦菜、毒蟲，借喻惡人壞事。

十二
大風有隧，61
有空大谷。62
維此良人，
作為式穀。63
維彼不順，
征以中垢。64

大風速速的吹著，
在空空的大谷中。
就是這位良善人，
一切作為被稱頌。
就是那不順民的，
出行陷入泥垢中。

十三
大風有隧，
貪人敗類。65
聽言則對，
誦言如醉。66
匪用其良，
覆俾我悖。67

大風速速的吹著，
貪求小人是敗類。
順耳的話就回答，
諷諫的話卻裝醉。
不會起用那善人，
反而使我們叛悖。

十四
嗟爾朋友，

可嘆你這些朋友，

61 有隧，隧隧，風勢急速的樣子。
62 有空，空空、空然。谷空風大。
63 式穀，好榜樣。式，效法。穀，善。
64 中垢，垢中、泥垢之中。
65 敗，殘害。類，善類、善人。
66 一說：諷誦之言，裝醉不聽。一說：頌贊的話，聽了就陶醉。
67 覆俾，反使。悖，背叛。一說：悖，通「沛」，顛沛。

予豈不知而作？[68]
如彼飛蟲，[69]
時亦弋獲。[70]
既之陰女，[71]
反予來赫。[72]

十五

民之罔極，
職涼善背。[73]
為民不利，
如云不克。[74]
民之回遹，[75]
職競用力。[76]

十六

民之未戾，[77]
職盜為寇，[78]
涼曰不可。[79]

我豈不知你行惡？
像那空中的飛鳥，
有時也會被射獲。
已經這樣了解你，
反而把我來威嚇。

人民的不顧法律，
諒因你慣於背棄。
做不利人民的事，
好像唯恐不勝利。
人民的邪僻不正，
是因你常用暴力。

人民的尚未安定，
是因你作盜為寇，
諒必說不可不可。

[68] 而，你。作，作為。

[69] 飛蟲，此指飛鳥。古代鳥獸皆可稱蟲。

[70] 弋獲，射中捕獲。弋，音「亦」，用繩繫箭來射。

[71] 陰，通「諳」，熟識、了解。一說：暗助。

[72] 「反來赫予」的倒裝句。赫，威脅。

[73] 職，主因。涼，通「諒」，推測之詞。一說：涼薄。

[74] 克，制服、勝利。

[75] 回遹，邪僻。

[76] 職，主因。職競，已見〈小雅．十月之交〉篇。用力，任用暴力。

[77] 戾，定。一說：善。

[78] 「職為盜寇」的倒裝句。

[79] 涼，通「諒」，諒必。

覆背善詈，80
雖曰匪予，
既作爾歌。

反而背後大罵我，
雖然說不是我錯，
也已經為你編歌。

80 覆背，反過來背後造謠。善詈，大罵。

【新繹】

〈毛詩序〉：「〈桑柔〉，芮伯刺厲王也。」言雖簡短，卻於史有據。《左傳．文公十三年》和王符《潛夫論．遏利篇》都明言這是「芮良夫」之詩。《國語．周語》、《史記．周本紀》，甚至《逸周書．芮良夫解》，都有相關的記載。芮良夫，就是芮伯。芮，地名，今陝西朝邑縣，當時屬王畿之地。《鄭箋》云：「芮伯，畿內諸侯，王卿士也。字良夫。」可以為證。這首詩的作者，歷來沒有異議。關於它的著成年代，大都根據上述史籍，認為在周厲王十六年流亡于彘之前，但也有人根據詩中「天降喪亂，滅我立王」等句，認為應在厲王流彘、共和攝政之後的一、二年間，甚至在東周之初，已到平王之世。

詩共十六章，前八章每章八句，後八章每章六句，共四百五十字，是《詩經》第三長篇。詩中反覆敘寫國事的紛亂和心情的憂傷，前八章多刺厲王失政，後八章多規僚友不當，所以有人也因此以為這一篇是由兩首詩合成的。

前八章重在描寫厲王的暴虐無道，禍國殃民。第一章以柔桑為興喻，說明人民困苦已甚。第二章寫連年爭戰，「民靡有黎」，黎首黑頭的少壯之人已越來越少。第三章寫國運艱難，人民難以安居。第四章自嘆生不逢辰，恰遇國家內憂外患。第五章寫恤民序爵的重要。第六篇寫稼穡代食的重要。第七章寫「天降喪亂，滅我立王」，傷稼穡之痒荒，民生之凋敝。第八章言君王有順與不順二類，美刺之意，不辯而明。

後八章重在描寫同僚的貪欲殘忍，小人當道。第九章以林中群鹿反興為喻，說明同僚互相猜忌，不胥以善。第十章言僚臣有聖人愚人之分，以下第十一章承此，說其不同，一良一貪。聖人良而愚人貪。第十二第十三兩章以「大風有隧」起興，言良人貪人行政處事之不同，並斥貪人為敗類。第十四第十五兩章斥責敗類之同僚，邪僻不正，不聽忠告，反而威嚇，亂由上作，將逼使人民叛逆。第十六章以「民之未戾」作結，並說明寫作動機。後八章雖然重在責斥執政同僚，實則所刺者，仍在厲王身上。蓋厲王任用非人，以致君子退讓，民心渙散。

對於此詩的修辭技巧，明清詩評家也都給予很高的評價。像孫鑛說它詩思瀏亮，筆力圓健，「語不襲前意，每求新調。法最穩細，句法絕婉妙，絕耐玩味。」像牛運震說它「篇幅雖長，而脈線聯密，自無懈散之病」、「此篇多用雙韻隔代相叶，如後世詩家之轆轤韻。」等等都是。

雲漢

一

倬彼雲漢，❶
昭回于天。❷
王曰於乎！❸
何辜今之人？❹
天降喪亂，
饑饉薦臻。❺
靡神不舉，
靡愛斯牲。❻
圭壁既卒，❼
寧莫我聽？❽

二

旱既大甚，❾
蘊隆蟲蟲。❿

【直譯】

多麼高遠那銀河，
星光運轉在雲天。
周王開口發長嘆！
有何罪過今之人？
天降下喪亡禍亂，
饑荒災難接連生。
沒有神靈不祭奠，
沒有吝惜這祭品。
祭神玉器已用盡，
為何不聽我呼聲？

旱災已經太過分，
悶熱酷暑氣騰騰。

【注釋】

❶ 倬，高而亮。已見前。漢，天河、銀河。
❷ 昭，光明。回，運轉。
❸ 於乎，嗚呼。
❹ 辜，罪。
❺ 饑，穀物不熟。饉，菜蔬不熟。薦臻，接連而來。
❻ 愛，吝惜。牲，犧牲，祭祀所用的牛羊豕等祭物。
❼ 圭璧，此指祭神所用的玉器。卒，用盡。
❽ 寧莫，何不。
❾ 大，同「太」。下同。
❿ 蘊，通「熅」，鬱熱。蟲蟲，熱氣蒸騰。

不殄禋祀，⑪
自郊徂宮。⑫
上下奠瘞，⑬
靡神不宗。
后稷不克，⑭
上帝不臨。
耗斁下土，⑮
寧丁我躬？⑯

不斷燒香升煙祭，
從郊外直到宮廷。
祭天祭地埋祭品，
沒有神靈不尊敬。
后稷不能來保佑，
上帝也不見降臨。
敗壞人間的災難，
為何恰恰在我身？

三

旱既大甚，
則不可推。⑰
兢兢業業，
如霆如雷。
周餘黎民，
靡有孑遺。⑱
昊天上帝，
則不我遺。⑲

旱災已經太過分，
實在不可能排解。
小心謹慎又害怕，
像聽霹靂像打雷。
周朝剩餘的百姓，
沒有留下多少人。
皇天上帝眾神靈，
竟然不對我存問。

⑪ 不殄，不絕。禋祀，古代祭天之禮。
⑫ 郊，城郊，此指郊祭。徂，往。宮，此指宗廟。
⑬ 上，祭天。下，祭地。瘞，音「意」，把祭品埋在地下。
⑭ 后稷，周族的始祖。克，能、勝、保佑。
⑮ 斁，音「杜」，敗壞。下土，人間。
⑯ 寧丁，何當。丁，當、遇上。
⑰ 推，排除。
⑱ 孑遺，剩餘。極言受災之慘。
⑲ 遺，存留、安慰。

胡不相畏，⑳
先祖于摧。㉑

四

旱既大甚，
則不可沮。㉒
赫赫炎炎，
云我無所。㉓
大命近止，㉔
靡瞻靡顧。
群公先正，㉕
則不我助。
父母先祖，㉖
胡寧忍予？㉗

五

旱既大甚，
滌滌山川。

為何不相互惕畏，
先祖基業將摧毀。

旱災已經太過分，
實際不可能阻止。
烈日紅紅像火焰，
叫我沒有遮蔭處。
壽命大限接近了，
沒有前瞻沒後顧。
所有公卿眾神靈，
竟然不給我佑助。
父母先祖的神靈，
為何忍心我受苦？

旱災已經太過分，
濯濯山川草木焦。

⑳ 胡不，何不。
㉑ 于摧，即將毀壞。
㉒ 沮，阻止。
㉓ 無所，無處遮蔭避熱。
㉔ 大命，死亡之期。指國運。
㉕ 王畿內先世諸侯卿大夫之神。
㉖ 死去的父母之神及文武先祖之靈。
㉗ 胡寧，何可、怎能。忍，忍心。

旱魃為虐，㉘
如惔如焚。㉙
我心憚暑，
憂心如熏。
群公先正，
則不我聞。㉚
昊天上帝，
寧俾我遯？㉛

旱魔逞凶肆暴虐，
像是火起像火燒。
我的內心怕酷熱，
憂愁心情像薰烤。
所有公卿眾神靈，
竟然不對我恤問。
請問皇天和上帝，
難道要我快逃遁？

六

旱既大甚，
黽勉畏去。㉜
胡寧瘨我以旱，㉝
憯不知其故。㉞
祈年孔夙，㉟
方社不莫。㊱
昊天上帝，
則不我虞。㊲

旱災已經太過分，
勉力祈求怕難除。
為何害我以乾旱，
竟然不知它緣故。
祈年祭祀還很早，
祭方祭社不延誤。
皇天上帝眾神靈，
竟然不給我佑助。

㉘ 魃，音「拔」，旱神。
㉙ 惔，音「談」，火光升起。
㉚ 聞，通「問」，恤問。
㉛ 寧，豈、難道。俾，使。遯，遁、逃。一說：通「困」。
㉜ 黽勉，勉力。
㉝ 胡寧，何可。瘨，音「顛」，害、降災。
㉞ 憯，音「慘」，曾、乃。
㉟ 祈年，春日祭祀上帝，祈求豐年。孔，甚。夙，早。
㊱ 方，祭四方之神。社，祭土地之神。莫，同「暮」，晚。
㊲ 虞，考慮、體諒。

敬恭明神，
宜無悔怒。㊳

七
旱既大甚，
散無友紀。㊴
鞫哉庶正，㊵
疚哉冢宰；㊶
趣馬師氏，㊷
膳夫左右。㊸
靡人不周，㊹
無不能止。㊺
瞻卬昊天，㊻
云如何里？㊼

八
瞻卬昊天，
有嘒其星。㊽

尊敬恭順眾神明，
應該對我無怨怒。

旱災已經太過分，
人心散漫無綱紀。
沒辦法啊眾官長，
真煩惱啊大冢宰；
還有趣馬和師氏，
膳夫及左右臣子。
沒有人不去救濟，
無人喊難就停止。
抬頭仰望那皇天，
問如何叫我受苦？

抬頭仰望那皇天，
閃閃發光那星星。

㊳悔，恨。
㊴友，同「有」。紀，法紀、綱紀。
㊵鞫，音「居」，貧困。庶正，官名，眾官之長。
㊶冢宰，官名，眾官之長。
㊷俱為官名。趣馬，掌馬之官。師氏，統兵之官。
㊸膳夫，掌食之官。
㊹周，周濟、救災。
㊺朱注：「無有自言不能，而遂止不為也。」
㊻卬，通「仰」。
㊼為何叫我如此受苦。里，通「悝」，憂苦。
㊽有嘒（音「慧」），嘒嘒、嘒然，閃亮的樣子。已見〈召南．小星〉篇。

大夫君子，
昭假無贏。49
大命近止，
無棄爾成。50
何求為我，
以戾庶正。
瞻卬昊天，
曷惠其寧？51

卿士大夫眾君子，
禱告神明誠則靈。
國運大限已接近，
不要中斷你誠心。
哪裡祈求是為我，
用來安定眾大臣。
抬頭仰望那皇天，
何時賜給他寧馨？

49 昭假，原指神靈降臨，此指昭告、禱告。無贏，無爽、無私心。
50 爾，你。成，通「誠」，誠心。一說：成功。
51 曷，何、何時。惠，恩賜。其寧，指降雨止旱。

【新繹】

〈毛詩序〉：「〈雲漢〉，仍叔美宣王也。宣王承厲王之烈，內有撥亂之志，遇災而懼，側身修行，欲銷去之。天下喜于王化復行。百姓見憂，故作是詩也。」這段話說得不清不楚，既說這是仍叔頌美宣王之作，又說宣王「遇災則懼，側身修行」、「天下喜于王化復行」、「百姓見憂」，轉折太多，對照詩中所寫，又似不相契合，實在徒增讀者困惑。事實上，他說的並沒錯，但說過頭了。

《鄭箋》云：「仍叔，周大夫也。《春秋》魯桓公五年夏，天王使仍叔之子來聘。」證明仍叔確有其人，是西周宣王時大夫。雖然有人據《春秋》推算仍叔離周宣王已逾一百年，但《鄭箋》

說的是「仍叔之子」，又有人說仍叔是世襲之稱，仍叔的子孫仍可稱為仍叔，所以〈毛詩序〉的說法可以成立。問題是：詩中所寫，其實是周宣王在大旱災時祈神求雨，表現了他「有事天之敬，有事神之誠，有恤民之仁。」根據陳喬樅《三家詩遺說考》和王先謙《詩三家義集疏》等書的記載，周宣王二年至六年間（公元前八二六年至八二二年），連續有大旱災，前後五年之久，故君臣上下，呼天喚地，祈神求雨。亦因此仍叔頌美宣王有憂民之心。詩中「王曰於乎」以下，盡是宣王的祈詞，所以韓詩之說又主張：此乃周宣王遭旱仰天呼救之詞。屈萬里老師《詩經詮釋》中引用《隨巢子》、皇甫謐《帝王世紀》等書，也都證實這一點。這樣說來，漢儒今古文學之說固無大異，《孔疏》、《朱傳》以降，學者也多承襲舊說，沒有什麼異議了。

詩共八章，每章十句。全篇不見「雨」字，首尾俱以大旱為言，而中間乃以「旱既大甚」貫之。吳闓生《詩義會通》評云：自首章「王曰於乎，何辜今之人」以下，皆借王口中出之，以見其憂民之誠；各章之結句，亦均與「王曰」二句呼應，足見其結構組織之妙。第一章言天降饑荒，生民何辜。第二章言祭祀虔誠，不知何以禍及其身。第三章言大旱為患，難以排除，故呼昊天上帝以救之。第四章承上，言「大命近止」，故呼群公先正、父母先祖之靈以救之。第五章言旱魃為虐，山河不改，合群公先正、昊天上帝而問之。第六章呼應第二章，反復言其事神虔敬，祈年之祭，四方及社神皆按時奉祀，不知何以遭此大旱。第七章言人心渙散，群臣百官，上自庶正、冢宰，下至趣馬、師氏、膳夫及左右侍臣，無不辛勞救災。「靡人不周，無不能止」二句，極言其辛勞，既周濟又盡全力也。第八章言為民祈雨，勉勵群臣，期於有成。「大夫君子，昭假無贏」二句，寫群臣助祭，極為誠敬。「無贏」者，言禱告神明時心誠則靈，非論輸贏。

逢旱祈雨，古人叫雩祭。根據《禮記・王制》和《周禮・春官》等等的記載，雩祭時，要「靡神不宗」、「靡神不舉」，無論什麼山川鬼神都要祭拜；要「禋祀昊天」，堆上柴木，把牛羊牲體和玉帛等物放在柴上，點火燃燒，藉以通告天地，甚至還要埋在地下。這些祭儀和〈雲漢〉詩中的描述，都相符合。所以此詩對西周祭禮而言，頗有參考價值。唯一沒有寫到的是，據《周禮・春官》說，雩祭時巫師還要舞蹈，可是此詩卻未曾提及，這也可能是沒有編入〈周頌〉的原因之一吧。

校後補記：據裴溥言（普賢）〈詩經比較研究——史記周本紀篇〉的考證，此詩應作於周宣王元年或共和十四年。作成於周宣王二年至六年間之一說，乃皇甫謐《帝王世紀》之訛傳。錄此備考。

崧高

一

崧高維嶽，❶
駿極于天。❷
維嶽降神，❸
生甫及申。❹
維申及甫，
維周之翰。❺
四國于蕃，❻
四方于宣。❼

二

亹亹申伯，❽
王纘之事。❾
于邑于謝，❿
南國是式。⓫

【直譯】

嵩山高聳是中嶽，
高峻直立入雲天。
是那中嶽降神靈，
生下甫和申二人。
就是申伯和甫侯，
成為周朝的棟樑。
四方邦國作屏障，
四方諸侯作圍牆。

勤勉不倦的申伯，
周王命他繼先世。
營建都邑在謝地，
南方以此做模式。

【注釋】

❶崧高，即中嶽嵩山。見《爾雅．釋山》。在今河南登封縣。一說：崧，崇的異體字。崧高即崇高。

❷駿，通「峻」，高大。

❸降神，是說山嶽降下神靈之氣。

❹甫，甫侯（即呂侯）。申，申伯。輔佐周宣王的兩個國君。甫、申，皆姜姓國，在今河南南陽附近。

❺翰，棟樑、骨幹。

❻四國，四方諸侯。于，為。蕃，同「藩」，藩籬、屏障。

❼宣，通「垣」，圍牆。

❽亹亹（音「偉」），勤勉的樣子。

❾纘，繼承。之，指申伯。事，指祖業。

王命召伯，⑫
定申伯之宅。
登是南邦，⑬
世執其功。⑭

三

王命申伯，
式是南邦。
因是謝人，⑮
以作爾庸。⑯
王命召伯，
徹申伯土田。⑰
王命傅御，⑱
遷其私人。⑲

四

申伯之功，
召伯是營。

周王下令給召伯，
確定申伯的新邑。
前往這南方邦國，
代代保持他功績。

周王下令給申伯，
立楷模在這南國。
依靠這些謝邑人，
來建造你的城郭。
周王下令給召伯，
定申伯疆界田賦。
周王又命侍御官，
幫助遷移他家屬。

申伯築城的功績，
是靠召伯的經營。

⑩ 于邑，新建都城。于謝，在謝邑。今河南唐河縣南。
⑪ 南國，謝邑在周京之南。式，法、模範。
⑫ 召伯，召虎，亦稱召穆公。周宣王大臣。
⑬ 登，定、往。
⑭ 是說世世代代守其功業。
⑮ 因，依靠。是，這。謝人，謝邑的人。
⑯ 作，建造。庸，通「墉」，城垣。
⑰ 徹，治理。指定疆界、徵賦稅之事。已見〈公劉〉篇。
⑱ 傅，太傅。御，侍御。皆周王的近臣。
⑲ 私人，已見〈小雅．大東〉篇。指申伯的家臣。

有俶其城，⑳
寢廟既成。㉑
既成藐藐，㉒
王錫申伯：㉓
四牡蹻蹻，㉔
鉤膺濯濯。㉕

開始修築那新城，
後寢前廟都完成。
落成之後多堂皇，
周王賜申伯大獎：
四匹雄馬多矯健，
馬胸鉤帶多閃亮。

五

王遣申伯，㉖
路車乘馬。㉗
我圖爾居，㉘
莫如南土。
錫爾介圭，㉙
以作爾寶。
往迈王舅，㉚
南土是保。

周王送申伯禮物，
諸侯輅車四匹馬。
我考慮過您住處，
最好莫如南疆土。
賜您上朝大玉圭，
來做為您的珍寶。
就走吧我的王舅，
南方疆土要確保。

⑳ 有俶，俶然、俶俶，開始修建。一說：完美的樣子。

㉑ 寢廟，宗廟分為兩部分：前廟後寢。

㉒ 藐藐，華麗壯觀的樣子。

㉓ 錫，賜。

㉔ 蹻蹻（音「決」），矯健的樣子。

㉕ 鉤膺，套在馬胸前頸上的帶飾。已見〈小雅．采芑〉篇。濯濯，鮮明的樣子。

㉖ 遣，送。

㉗ 路車，一名輅車。古代諸侯所乘的車子。乘馬，四匹馬。

㉘ 圖，謀、考慮。爾居，您住的地方。

㉙ 錫爾，賜給您。介圭，大玉圭。圭，諸侯朝見天子所拿的信物。

㉚ 往迈，走吧。迈，音「記」，語詞。王舅，申伯是周宣王母親申后的兄弟。

六

申伯信邁，31
王餞于郿。32
申伯還南，
謝于誠歸。33
王命召伯，
徹申伯土疆。
以峙其粻，34
式遄其行。35

七

申伯番番，36
既入于謝，
徒御嘽嘽。37
周邦咸喜，
戎有良翰。38
不顯申伯，39
王之元舅，40

申伯果真願遠征，
周王餞行到郿城。
申伯回到南方去，
終於誠意歸謝邑。
周王下令給召伯，
定申伯封地疆域。
而且儲備他食糧，
藉此促使他前往。

申伯神態真勇武，
已經入境到謝城，
步卒車騎軍容盛。
周邦臣民都喜歡，
你們有了好骨幹。
丕揚顯赫的申伯，
是周王的大舅父，

31 信邁，果然遠行。表示申伯本來不想離開王室。

32 餞，備酒送行。郿，今陝西郿縣。當時周王在岐周。有人疑「郿」當作「湄」，指水涯。

33 「誠歸于謝」的倒裝句。

34 峙，音「至」，儲備。粻，音「章」，糧。

35 式，藉以。遄，音「船」，催促。

36 番番（音「播」），勇武的樣子。

37 徒，步兵。御，車夫。嘽嘽（音「攤」），眾多的樣子。已見〈小雅．四牡〉篇。

38 戎，汝、你們。良翰，好骨幹。

39 不，同「丕」。丕顯，顯赫。

40 元舅，大舅父。

文武是憲。41

文武百官的法式。

八

申伯之德，
柔惠且直。
揉此萬邦，42
聞于四國。
吉甫作誦，43
其詩孔碩。
其風肆好，
以贈申伯。

申伯的德行品質，
柔和溫順又正直。
安撫這天下諸侯，
聞名於四方邦國。
吉甫作此來歌誦，
他的詩意很豐碩。
它的曲調極美好，
用來贈送給申伯。

41 文武，指文武百官。一說：文才武功。是憲，足為法式。

42 揉，安撫。

43 吉甫，尹吉甫。已見前。王國維以為即作「兮甲盤」之兮甲。

【新繹】

〈毛詩序〉：「〈崧高〉，尹吉甫美宣王也。天下復平，能建國，親諸侯，褒賞申伯焉。」申伯是周厲王妻申后的兄弟，宣王的母舅。厲王失政流亡，宣王中興復位，申伯來朝後，久留不歸。於是宣王擴充他的封地，派大臣召伯虎（即上文一再提起的召穆公）為他修建謝邑新城及廟寢，治理田界，儲備糧食，而且派人代遷家屬。臨行，還賜贈車馬介圭，餞別於郿。這些處置，仁至義盡，非常得體，所以大臣尹吉甫為此作詩，讚美周宣王。《孔疏》就這樣說：「〈崧高〉詩者，周之卿士尹吉甫所作，以美宣王也。」《朱傳》所謂：「宣王之舅申伯，出封于謝，而尹吉甫作詩以送之。」其實意思都一樣，只是說法不同而已。至於有人以為此係朋友送行之詩，不當列於〈大雅〉，姚際恆《詩經通論》早已駁之，就不贅論了。

詩共八章，每章八句。詩多申複之詞，詞句亦多重複鋪張，這些都是〈雅〉詩的特點。第一章言維嶽降神，生甫及申。開頭二句，有人以為「起得莊重」，即杜詩「造化鍾神秀」之意。「崧」，三家詩作「嵩」，可見崧高即指中嶽嵩山，古為五嶽之一。嵩山及申、甫二國，全在河南境內。歷來注家多解嶽止四嶽，恐有未當。第二章至第五章，反復申述宣王錫命申伯之詞，不僅加封謝邑，修建寢廟，而且賜以車馬介圭。受命主其事者為大臣召伯（參閱〈黍苗〉等篇），足見宣王對此之重視。詩中反復申述宣王錫命申侯，層次不同，有的是指分封冊命，有的是指立功錫命。錫，是賜的意思。西周的錫命禮，建立在當時的封建制度和采邑制度上，主要的內容，在於賞賜，賞賜土地和財物。詩中反映的，也就是這些。它和〈烝民〉、〈韓奕〉、〈江漢〉、〈常武〉等篇，一起反映了〈大雅〉中對此禮制的不同層面。第六章至第八章寫申伯啟行赴謝之事。第六章寫宣王餞別于郿。郿地在岐周之南，約五十里處。古人餞在近郊，此言宣王送行之勤。第七章言申伯入謝邑，受到歡迎。第八章詩人頌美申伯之德。頌美申伯，即頌美宣王也。「吉甫作誦」，作者自名為誰，《詩經》中極為罕見，唯此篇及〈小雅．巷伯〉之寺人孟子、〈大雅．節南山〉之家父、〈魯頌．閟宮〉之奚斯、下篇〈烝民〉之吉甫，五篇而已。其中亦唯吉甫為宣王中興之大臣，曾與召伯虎、仲山甫、方叔等人禦外建功。王國維〈兮甲盤跋〉以為吉甫非尹吉甫，而是作「兮甲盤」之兮甲（字伯吉父），可備一說。

此詩多有旨意及詞句重複之處，嚴粲《詩緝》云：「每事申言之，寫丁寧鄭重之意，自是一體。難以一一穿鑿分別也。」這正是它的特色，也是它的缺點所在。

烝民

一

天生烝民，❶
有物有則。
民之秉彝，❷
好是懿德。❸
天監有周，
昭假于下。❹
保茲天子，
生仲山甫。❺

二

仲山甫之德，
柔嘉維則。❻
令儀令色，❼
小心翼翼。

【直譯】

上天降生眾百姓，
有事物就有法則。
百姓的秉持常道，
就喜歡這些美德。
上天監視周王朝，
昭告神明於天下。
保佑這位周天子，
生仲山甫輔佐他。

仲山甫的好品德，
柔和美善是準則。
好的儀態好臉色，
小心謹慎又負責。

【注釋】

❶烝，音「爭」，眾。
❷彝，通「夷」，常、常理。
❸懿，美。
❹昭假，明告、禱告。是說神靈降臨。下，天下、人間。
❺仲山甫，周宣王的大臣。封於樊，稱樊侯。
❻維，是。則，準繩、原則。
❼令，美好。令色，和顏悅色。

古訓是式，❽
威儀是力。❾
天子是若，❿
明命使賦。⓫

古王遺訓他效法，
君子威儀他落實。
天子於是選用他，
政令由他來頒布。

三

王命仲山甫，
式是百辟。⓬
纘戎祖考，⓭
王躬是保。⓮
出納王命，⓯
王之喉舌。⓰
賦政于外，⓱
四方爰發。⓲

周王下令仲山甫，
領導這百官諸侯。
繼承你父祖功業，
周王身體你保護。
掌管王令的出入，
做周王的代言人。
頒布政令到外頭，
四方諸侯才推行。

四

肅肅王命，⓳
仲山甫將之。⓴

莊重威嚴的工令，
仲山甫來執行它。

❽ 式，效法。
❾ 力，努力、勤勉。
❿ 若，擇取。一說：順、順從。
⓫ 明命，政令。賦，通「敷」，頒布。
⓬ 式，法，當動詞用，示範、領導之意。百辟，百官，指諸侯。
⓭ 纘，繼承。戎，你。祖考，先祖先父。
⓮ 躬，身體。
⓯ 出，宣布。納，接納。王命，周王的政令。
⓰ 喉舌，猶言代言人。
⓱ 外，王畿（首都）之外。
⓲ 四方，各方諸侯。爰，乃。發，推行、施行。一說：出行。
⓳ 肅肅，威嚴的樣子。
⓴ 將，奉行、執行。

邦國若否，㉑
仲山甫明之。
既明且哲，
以保其身。
夙夜匪解，㉒
以事一人。

邦國諸侯的順逆，
仲山甫來辨明它。
既聰明又有智慧，
因而保全他自身。
從早到晚不懈怠，
來侍奉天子一人。

五

人亦有言：
柔則茹之，㉓
剛則吐之。
維仲山甫，
柔亦不茹，
剛亦不吐。
不侮矜寡，㉔
不畏彊禦。㉕

古人也有這句話：
柔軟的就吃了它，
剛硬的就吐出它。
惟獨這個仲山甫，
柔軟的他也不吃，
剛硬的他也不吐。
不欺侮鰥夫寡婦，
不懼怕強梁暴徒。

㉑ 若否，順逆、好壞。一說：若有不對。
㉒ 早晚不懈怠。
㉓ 柔，軟。茹，食、吃。
㉔ 矜，同「鰥」，老而無妻。寡，老而無夫。
㉕ 彊禦，強梁、強暴之徒。

六
人亦有言：
德輶如毛，㉖
民鮮克舉之。㉗
我儀圖之，㉘
維仲山甫舉之，
愛莫助之。㉙
袞職有闕，㉚
維仲山甫補之。

七
仲山甫出祖，㉛
四牡業業，㉜
征夫捷捷，㉝
每懷靡及。
四牡彭彭，㉞
八鸞鏘鏘。㉟
王命仲山甫，

古人也有這句話：
道德輕得像羽毛，
人們少能舉起它。
我曾揣想估計它，
只仲山甫舉起它，
可惜沒人幫助他。
龍袍上偶有破綻，
只仲山甫修補它。

仲山甫出行祭神，
四匹雄馬真高壯，
隨行眾人動作快，
常常擔心跟不上。
四匹雄馬奔跑忙，
八個鸞鈴聲響亮。
周王下令仲山甫，

㉖ 輶，音「尤」，輕。
㉗ 鮮，少。克，能。
㉘ 儀圖，揣度估量。
㉙ 愛，惜、可惜。
㉚ 袞，天子所穿的龍袍。職，識、標記、圖紋。闕，破損。
㉛ 出，出行。祖，祭拜路神。
㉜ 業業，高大的樣子。已見〈小雅・采薇〉篇。
㉝ 捷捷，敏捷的樣子。
㉞ 彭彭，馬奔馳的聲音。
㉟ 鸞鈴碰擊的聲音。一馬二鸞，四馬八鸞。

·袞衣·

城彼東方。㊱　　築城前往那東方。

八

四牡騤騤，㊲　　四匹雄馬快如飛，
八鸞喈喈。㊳　　八個鸞鈴聲和諧。
仲山甫徂齊，　　仲山甫到齊國去，
式遄其歸。㊴　　憑這些快速來回。
吉甫作誦，　　吉甫作此來歌誦，
穆如清風。　　肅穆和美像清風。
仲山甫永懷，　　仲山甫臨行遠慮，
以慰其心。　　來寬慰他的心胸。

㊱ 城，當動詞用，築城。東方，指齊國。齊在鎬京的東方。
㊲ 四馬飛奔的樣子。
㊳ 鸞鈴和鳴的聲音。
㊴ 式，憑靠。遄，音「船」，疾、快速。

【新繹】

〈毛詩序〉：「〈烝民〉，尹吉甫美宣王也。任賢使能，周室中興焉。」對照詩中文字重在頌美仲山甫之德行來看，這種題解實在過於寬泛，但你也不能說它錯。因為任用仲山甫的仍是周宣王，說他「任賢使能」，舉用像仲山甫和上篇〈崧高〉所提及的申伯等人，他又何錯之有？〈毛詩序〉的題解，多就宏大觀點言之，論時代之正變，論王政之得失，難免所論有時大而無當。朱熹《詩集傳》據詩直尋本義，像這一篇就說是：「宣王命樊侯仲山甫築城于齊，而尹吉甫作詩以送之。」顯得切題多了。難怪方玉潤《詩經原始》要稱許朱熹說：「詩中無美王意，故《集傳》改為送行之作，本詩詞也」，而且還稱許此詩的寫作技巧：「詩本美仲山甫，故備舉其德性、學行、事業以及世系官守，無不極意推美而總歸于德，且準以則焉。」

據《毛傳》及陳奐《詩毛氏傳疏》：仲山甫，即樊侯，樊國侯爵，是東都畿內諸侯，入為周宣王卿士。亦稱樊仲、樊穆仲。他受命築城於齊，蓋在齊文公之時。不過書缺有間，資料不全，頗難以定論。三家詩更有仲山甫至齊受封之說，益滋讀者之疑惑。這恐怕是難以解決的歷史課題。

詩共八章，每章八句。全篇長於說理，以理趣勝。尤其是第一章開頭四句，所謂「天生烝民」、「民之秉彝」等語，現代學者多以為已觸及「天」之意義，以及人性是否本善的問題。陳子展《詩經直解》即引述《朱子語類》卷一所論「天」之一字有三義之語，說〈烝民〉與〈蕩〉之「天」，不必訓為蒼天，乃理法之天，天即是理，《孟子》所言性善、宋明理學家所謂性與天道，皆據此而言；此與〈柏舟〉、〈黍離〉等篇所言形體之天、自然之天，以及〈文王〉、〈大明〉等篇所言神聖化之天、超自然之天，皆有所不同。所以姚際恆《詩經通論》說：「三百篇說理始此，蓋在宣王之世矣。」不過以理語入詩，不論如何深刻，終嫌枯燥。一般讀者還是比較喜愛在敘事說理之中，能夠雜有情語景語。像本篇後面的幾章即是。

第二章以下，恰如方玉潤《詩經原始》所言，備舉仲山甫之德性、學行、事業以及世系官守，無不極意推美而總歸于德，在敘事說理之中，間以情語景語。例如第五第六兩章之「人亦有言」等句，第七第八兩章之四馬八鸞等等，俱語意高妙，予人「穆如清風」之感。

篇末四句，不但予人「穆如清風」之感，而且點出詩篇的作者尹吉甫，能夠窺見仲山甫心之所懷。牛運震的《詩志》解說得最清楚：「此仲山甫徂齊而吉甫送行之詩也。篇中鋪敘仲山甫德性、職業，而于保王躬、補袞職三致意焉，至城齊一事略寫，已足見城齊以山甫重，山甫不必以城齊重也。」又說：「相臣以主德為職，馳驅王事，繫心闕廷。末章看透此意，隱隱道出，正與『保茲天子』之旨收結拍合，此之謂大臣之言。」特別是解釋最後二句，說：「永懷二字，寫出深心苦衷，慰字溫篤曲貼，真得忠君愛友之道。如此命意，此詩乃非苟作。」說得多麼深入而貼切！

韓奕

一

奕奕梁山，❶
維禹甸之，❷
有倬其道。❸
韓侯受命，❹
王親命之：
纘戎祖考。❺
無廢朕命，❻
夙夜匪解；
虔共爾位，❼
朕命不易。❽
榦不庭方，❾
以佐戎辟。❿

【直譯】

高高大大的梁山，
是大禹治理了它，
有夠寬廣那大道。
韓侯來接受冊命，
周王親自授命他：
繼承你祖先封號。
不要廢棄我命令，
從早到晚莫懈怠；
誠敬堅守你職位，
我的命令不會改。
匡正不朝的方國，
來輔佐你的君侯。

【注釋】

❶奕奕，高大的樣子。梁山，在今河北固安縣附近。
❷甸，治理。
❸有倬，倬倬、倬然，寬大的樣子。
❹受命，接受周王的冊命。
❺纘，繼。戎，你。祖考，先祖先父。
❻朕，我。
❼虔，敬。共，通「恭」，恭守。
❽易，改變。一說：輕易。
❾榦，音「幹」，匡正、平定。不庭方，不來朝見的方國諸侯。
❿戎，你。辟，此兼指君侯而言，觀下文可知。
⓫脩，長、大。張，軒昂。
⓬覲，音「近」，諸侯朝見天子。

二

四牡奕奕，
孔脩且張。⑪
韓侯入覲，⑫
以其介圭，⑬
入覲于王。
王錫韓侯：⑭
淑旂綏章，⑮
簟茀錯衡。⑯
玄袞赤舄，⑰
鉤膺鏤鍚。⑱
鞹鞃淺幭，⑲
鞗革金厄。⑳

三

韓侯出祖，㉑
出宿于屠。㉒
顯父餞之，㉓

四匹雄馬很高大，
非常修長又軒昂。
韓侯入朝來覲見，
手持那大圭玉版，
入朝覲見到王前。
周王賜韓侯獎賞：
美旗龍紋繡成章，
車廂垂簾彩畫轅。
黑色禮袍紅禮鞋，
馬胸馬額飾金裝。
獸皮覆蓋車軾上，
馬轡馬軛都閃亮。

韓侯出行祭路神，
出京住宿在屠邑。
顯父設宴餞別他，

⑬ 介圭，大圭版。諸侯入覲天子時所持的禮器。

⑭ 錫，賜賞。

⑮ 淑旂，美麗的龍旗。綏章，旗上繡有花紋或飾以鳥羽或旄牛尾。

⑯ 簟茀，音「店服」，遮蔽車廂的竹蓆。已見〈齊風・載驅〉篇。錯衡，車轅前有彩畫。已見〈小雅・采芑〉篇。

⑰ 玄袞，黑色禮服。舄，音「細」，複底鞋。已見〈豳風・狼跋〉篇。

⑱ 鉤膺，馬胸前的金屬鉤帶。已見〈小雅・采芑〉篇。鍚，音「羊」，馬額上的刻金飾物。

⑲ 鞹鞃，音「闊宏」，去毛的獸皮，綁在車軾中。幭，音「滅」，是說把淺毛的虎皮覆蓋在車軾上。

⑳ 鞗，音「條」，馬籠頭的飾物。已見〈小雅・蓼蕭〉篇。厄，通「軛」，套在馬頸上的器具。

㉑ 祖，祭祀路神。

清酒百壺。
其殽維何？㉔
炰鼈鮮魚。㉕
其蔌維何？㉖
維筍及蒲。
其贈維何？
乘馬路車。㉗
籩豆有且，㉘
侯氏燕胥。㉙

四

韓侯取妻，㉚
汾王之甥，㉛
蹶父之子。㉜
韓侯迎止，㉝
于蹶之里。㉞
百兩彭彭，㉟
八鸞鏘鏘，

美酒百壺清無比。
他的葷菜是什麼？
蒸煮的鼈魚膾魚。
他的蔬菜是什麼？
就是鮮筍和香蒲。
他的贈禮是什麼？
四匹馬和大輅車。
果肉食品有夠多，
韓侯顯父都歡樂。

韓侯結婚娶妻子，
是汾王的外甥女，
是蹶父的女公子。
韓侯親自迎親去，
到了蹶父的鄉里。
百輛馬車奔馳忙，
八個鸞鈴聲響亮，

㉒ 出，離開鎬京。屠，地名。在今陝西西安附近。
㉓ 顯父，人名。應是眾官之長。一說：宣王卿士。
㉔ 殽，通「肴」，指魚、肉之類的葷菜。
㉕ 炰，音「庖」，蒸煮。鮮，新鮮膾魚。
㉖ 蔌，音「速」，蔬菜、素菜。
㉗ 四匹馬和輅車。諸侯所乘。已見前。
㉘ 籩、豆，都是盛物的禮器。已見前。有且，且且，形容眾多。
㉙ 侯氏，入覲的諸侯。燕胥，宴樂。
㉚ 取，同「娶」。
㉛ 汾王，即周厲王。厲王流亡於彘，在汾水旁，故稱汾王。
㉜ 蹶父，音「貴甫」，周宣王的卿士，姓姞。子，女兒。
㉝ 迎，親迎。止，語助詞。
㉞ 里，邑里、鄉里。

不顯其光。㊱
諸娣從之，㊲
祁祁如雲。㊳
韓侯顧之，
爛其盈門。

五

蹶父孔武，㊴
靡國不到。
為韓姞相攸，㊵
莫如韓樂。
孔樂韓土：㊶
川澤訏訏，㊷
魴鱮甫甫；㊸
麀鹿噳噳，㊹
有熊有羆，
有貓有虎。
慶既令居，㊺

丕顯發揚他榮光。
陪嫁眾女跟隨他，
眾多就像雲層層。
韓侯回頭看她們，
燦燦爛爛滿門庭。

姞姓蹶父很威武，
沒有邦國不曾到。
他為女兒找婆家，
莫如韓國最安好。
很安樂韓國鄉土：
河川湖澤多無數，
魴魚鱮魚很肥腴；
母鹿公鹿頻相呼，
不但有熊還有羆，
有山貓還有老虎。
慶幸終得好住所，

㉟百兩，百輛車。
㊱不顯，丕顯。
㊲諸娣（音「弟」），眾妾。古代諸侯嫁女，常將妹妹或姪女陪嫁作妾。
㊳祁祁，眾多的樣子。
㊴孔武，非常威武。
㊵韓姞，韓侯之妻，姞姓，故稱韓姞。相，看、找。攸，住處、婆家。
㊶「韓土孔樂」的倒裝，以便押韻。
㊷訏訏（音「許」），廣大的樣子。
㊸甫甫，肥大的樣子。
㊹麀，音「幽」，母鹿。噳噳（音「語」），眾多群聚的樣子。
㊺令，好。一說：使。

韓姞燕譽。46

六

溥彼韓城，47
燕師所完。48
以先祖受命，
因時百蠻。49
王錫韓侯：50
其追其貊，51
奄受北國，52
因以其伯。53
實墉實壑，54
實畝實藉。55
獻其貔皮，56
赤豹黃羆。57

韓姞生活真安樂。

廣大的那韓都城，
燕國師父所完成。
因先祖曾受冊命，
順應當時百蠻人。
周王賜韓侯舊職：
那戎狄追族貊族，
包括受命眾北國，
用你做他們方伯。
修築城牆挖壕溝，
開墾田地定戶籍。
獻上那邊白狐皮，
包括赤豹如黃羆。

46 燕譽，安樂。

47 溥彼，溥溥，廣大的樣子。

48 師，民眾、工匠。

49 因，因應。時，當時。一說：時即是、此。百蠻，泛指北狄。

50 錫，賜。

51 追、貊（音「陌」），都是北狄國名。

52 奄，包括。

53 伯，方伯。諸侯之長。

54 實，通「寔」，於是。墉、壑，皆作動詞。築城牆，挖城池。

55 畝、藉，皆作動詞。藉，執耒而耕。一說：定戶籍、徵賦稅。

56 貔，音「皮」，白狐。遼東人稱為白熊。

57 赤豹、黃羆，猛獸名。此皆指獸皮而言。

【新繹】

〈毛詩序〉：「〈韓奕〉，尹吉甫美宣王也。能錫命諸侯。」顯然把它和〈崧高〉、〈烝民〉上二篇連繫在一起，認為都是尹吉甫頌美周宣王之作。〈崧高〉是頌美宣王能褒賞申伯，那是鎮守南土的皇親；〈烝民〉是頌美宣王能任用仲山甫，那是捍衛東方的賢臣；〈韓奕〉這一篇則是頌美宣王能錫命韓侯，那是安撫戎狄的北方諸侯。再加上相傳作詩歌功頌德的尹吉甫，這就構成了宣王的中興大業。

不過，對照詩篇所寫，後來有些學者認為〈毛詩序〉的說法太泛了，所以從篇名到詩中內容，都有人提出異議。像陳奐《詩毛氏傳疏》就說：「韓，韓侯。奕，猶奕奕也。宣王命韓侯為侯伯，奕奕然大，故詩以韓奕名篇。」朱熹《詩集傳》說得更直截。他說：「韓侯初立來朝，始受王命而歸。詩人作此以送之。〈序〉亦以為尹吉甫作，今未有據。」這種說法比較客觀，當然容易受到後人的信從，但似乎又有點疑古太過了。古今世異俗改，風尚不同，加上資料散佚，解說常有前後的不同，必須小心求證，否則疑古太過，就難免因噎廢食了。

例如韓侯之韓，春秋前有二：一為姬姓之韓，受封於武王之世；一為武穆之韓，受封於成王之世。前者在今陝西韓城縣南，後者在今河北固安縣附近。《鄭箋》以為詩中所寫之韓，為姬姓之韓；陳奐《詩毛氏傳箋》則以為指的是武穆之韓。同樣的，周代的燕國亦有二：一為南燕，姞姓之國，在今河南汲縣；一為北燕，姬姓之國，在今河北大興。〈韓奕〉詩中所提到的韓、燕，究竟是指何者，歷來說法不一致，真的有待論定。

這首詩共六章，每章十二句，依序敘述韓侯入朝受命冊封、覲見周王獲得賞賜，祖餞屠邑、娶妻蹶里、榮歸故土、奄受北國的過程，條理分明，結構嚴謹，因此有人說它「高華典麗兼而有之，在三百篇中亦為傑出之作。」洵非過譽之言。但在稱讚的同時，我們要特別提出，僅僅論其寫作技巧是不夠的，應該還要瞭解其時代背景，這樣才有意義。

例如這首詩從韓侯受命冊封入朝覲見寫起，寫到他娶妻蹶里，都不是沒有意義的，而是依照古禮。據《白虎通義．爵篇》引《韓詩內傳》云：「諸侯世子，三年喪畢，上受爵命于天子。」意思是諸侯的繼承人，在父死服喪三年之後，要重新上朝接受天子的封爵錫命。詩中第一章所謂：「韓侯受命，王親命之，纘戎祖考……」等句，就是指此而言。寫韓侯嗣位受命，重新冊封；第二章的「韓侯入覲，以其介圭，入覲于王。王錫韓侯……」，則寫韓侯入覲周王，行覲見之禮。不但寫他持瑞玉信物入覲，還寫周王賜他車馬飾物及服飾。同樣的，據《左傳．文公二年》云：「凡君即位，好舅甥，修昏姻，娶元妃，以奉粢盛，孝也。孝，禮之始也。」意思是說新君即位，要親近舅甥，結婚娶妻，這是合乎孝道的禮節。詩中所謂：「韓侯取妻，汾王之甥，蹶父之子」等句，就是指此而言。有人說汾王指流亡於彘的厲王，蹶父是姞姓的卿士，都用以表示身份的尊貴。婚娶高門，顯得門當戶對。詩中又說親迎時「韓侯顧之」，連這個「顧」字，也不是隨便的「回頭看」，而是依照古禮。據《孔疏》說：「韓侯于是回顧而禮之」，這個「禮」是親迎之禮，又叫曲顧之禮，要回頭看三次。最後一章的「實墉實壑，實畝實藉」等句，據《毛傳》以及陳子展《詩經直解》、《詩三百演論》說，也都與西周推行的藉田制有關。這樣說來，不瞭解詩中所涉及的時代背景，不重視原始的文獻資料，只強調據詩直尋本義，恐怕也就難免郢書燕說或淺薄膚淺之譏了。

第二章寫韓侯入覲，並得周王賞賜之事，也完全符合周代賓禮的禮制。賓禮是五禮之一，春天入見天子叫朝，秋天入見天子叫覲。可見此次韓侯入覲，是在秋天。覲見時要持信物，此次韓侯持的是介圭。這些都有規定的。按《儀禮．覲禮》說，覲見後，「天子賜侯氏以車服」，所以第二章後面的六句，寫周王賜以車服之飾，也都悉依禮法。

第四章寫韓侯娶妻，有人以為最能反映周代媵婚的禮制。戴震《詩經考》曾說：「古者諸侯娶必有媵。」媵，是指以新娘之妹或侍女多人陪嫁。這在〈國風〉中也有反映，像〈齊風．碩人〉篇的「庶姜孽孽」，就是指陪莊姜出嫁的眾姪娣而言。〈韓奕〉此詩的「諸娣從之，祁祁如雲」，寫得更明白。《毛傳》注云：「祁祁，徐靚也。如雲，言眾多也。諸侯一娶九女，二國媵之。諸娣，眾妾也。」《鄭箋》亦云：「媵者，必姪娣從之。獨言娣者，舉其貴者。」都注解得很清楚。這種制度，和周朝的宗法制度結合，使嫡長繼承和同姓不婚的禮制可以得到保障。《禮記．昏義》云：「婚禮者，將合二姓之好，上以事宗廟，而下以繼後世也。」〈韓奕〉正是反映姬姓的韓侯，和姞姓的蹶父之間的婚姻關係。它不但可以促進異姓二國的政治關係，而且諸女陪嫁，有主從之分，將來在繼承上也比較容易商量。這也就是血緣與政治結合的西周文明。在十五〈國風〉中，寫到愛情婚姻的篇章很多，在〈雅〉、〈頌〉中卻極少見，這是唯一涉及婚禮中親迎的一篇。

清人牛運震《詩志》云：「此敘韓侯來朝受命之事，首尾就王命臣職點出正大情節，自然嚴重篤厚，中間插入娶妻一事，情景纏綿絢媚，點染生色，亦文家討好之法。」又云：「臺閣之詞，藻奇陸離，韓退之諸將帥碑銘，多脫化于此。」可以看出此一詩篇的布局與修辭，自有過人之處。

江漢

一

江漢浮浮，❶
武夫滔滔。❷
匪安匪遊，❸
淮夷來求。❹
既出我車，
既設我旟；❺
匪安匪舒，
淮夷來鋪。❻

二

江漢湯湯，❼
武夫洸洸。❽
經營四方，❾
告成于王。❿

【直譯】

長江漢水滾滾流，
勇士渡河雄赳赳。
不求安逸和優游，
只把淮夷來誅求。
已經出動我兵車，
已經架起我軍幟；
不求安逸和舒適，
只把淮夷來遏制。

長江漢水流浩蕩，
勇士凜凜氣高昂。
整飭四方諸侯國，
捷報成功給君王。

【注釋】

❶江，長江。漢，漢水。浮浮，滾滾而流的樣子。
❷滔滔，同「浮浮」。王引之以為以上二句當作「江漢滔滔，武夫浮浮」。
❸匪，非。安，安樂。
❹淮夷，當時住在淮水下游的夷族。求，誅求、討伐。
❺旟，音「于」，畫有鳥隼的軍旗。
❻來，是。鋪，止、遏止。
❼湯湯（音「傷」），水勢浩大的樣子。
❽洸洸（音「光」），威武凜然的樣子。
❾經營，這裡有征討整治的意思。
❿告成，傳達戰勝的捷報。

四方既平，
王國庶定。⑪
時靡有事，⑫
王心載寧。⑬

三

江漢之滸，⑭
王命召虎。⑮
式辟四方，⑯
徹我疆土。⑰
匪疚匪棘，⑱
王國來極。⑲
于疆于理，⑳
至于南海。㉑

四

王命召虎：
來旬來宣；㉒

四方諸侯已平靖，
王朝大致已安定。
時下沒有征戰事，
君王內心才安寧。

長江漢水的水邊，
君王下令召伯虎。
開闢四方的疆土，
推行我井田制度。
不必擔憂和著急，
都到王國來學習。
於是分界和劃地，
直到南海群蠻地。

君王下令召伯虎：
你來巡視來宣傳；

⑪ 庶，庶幾。表示希望的語氣。
⑫ 靡，無。事，戰爭。
⑬ 載，則、乃。
⑭ 滸，音「虎」，水邊。
⑮ 召虎，召伯，名虎，又稱召穆公。
⑯ 辟，通「闢」，開闢。
⑰ 徹，治理。指定稅法。見〈公劉〉篇。
⑱ 匪，非、不。疚，病。棘，通「急」，著急。
⑲ 極，正，最終的準則。是說以王國為準則。
⑳ 于，乃、於是。疆、理都當動詞用。
㉑ 南海，泛指南方近海、群蠻所居之地。
㉒ 旬，通「徇」，巡視。宣，宣示於眾。

文武受命，㉓
召公維翰。㉔
無曰予小子，
召公是似。㉕
肇敏戎公，㉖
用錫爾祉。㉗

五

釐爾圭瓚，㉘
秬鬯一卣，㉙
告于文人。㉚
錫山土田，㉛
于周受命，㉜
自召祖命。㉝
虎拜稽首：㉞
天子萬年。

文王武王受天命，
召公奭是其骨幹。
不可說我是小子，
要和召公奭相似。
著手策劃你戰事，
我就會賜你福祉。

賜給你玉柄酒勺，
黑黍香草酒一樽，
祭告於文德先人。
賜給你山川田地，
到鎬京接受冊命，
沿用召公奭禮儀。
召伯虎跪拜叩頭：
祝天子萬年長壽。

㉓ 是說周文王、武王受天命而有天下之時。

㉔ 召公，此指召虎的先祖召公奭。他是文王之子，封於召，助武王滅商有功。謚康公。翰，骨幹。

㉕ 似，通「嗣」，繼承。

㉖ 肇，始。敏，通「謀」，謀劃。公，工、功。戎工，兵事。

㉗ 用，因而。錫，賜。爾，你。

㉘ 釐，通「賚」，賜。圭瓚，玉瓚，以玉作柄的酒勺。見〈旱麓〉篇。

㉙ 秬，音「巨」，黑黍。鬯，音「暢」，香草。卣，音「有」，有曲柄的酒壺。

㉚ 文人，有文德的先人。

㉛ 錫，賜。山，山川。土田，田地。

㉜ 于，往、到。周，岐周、鎬京。受命，接受冊命。

㉝ 自，沿用。召祖，召虎的祖先，指召公奭。

㉞ 拜，跪拜。稽首，叩首、磕頭。

六

虎拜稽首，
對揚王休。❸❺
作召公考，❸❻
天子萬壽。
明明天子，❸❼
令聞不已。❸❽
矢其文德，❸❾
洽此四國。❹⓿

召伯虎跪拜叩頭，
答謝頌揚王恩惠。
作器追思召公祖，
祝頌天子萬萬歲。
勤勤勉勉的天子，
美好聲譽永不止。
施行那文王之德，
協和這四方邦國。

35 對揚，答謝頌揚。商周金文中的常用語。休，美命、恩惠。

36 考，召公父祖，指召公奭。作考，追孝。一說：考即簋，一作毁。是說召公虎製作了祭祀召公奭的簋。

37 明明，勤勉的意思。

38 令，美善。

39 矢，施行。

40 洽，和諧、協和。

【新繹】

〈毛詩序〉：「〈江漢〉，尹吉甫美宣王也。能興衰撥亂，命召公平淮夷。」對照詩中所寫，說周宣王能撥亂反正，下令召伯虎（即召穆公）率軍去平定淮夷，是相符合的，但是不是尹吉甫頌美宣王之作，則後來學者或有異義。像朱熹《詩集傳》就說是：「宣王命召穆公平淮南之夷，詩人美之。」不確定作者是誰。而且在末章「對揚王休，作召公考」等句之後，朱熹還特別加以闡釋，說是：「言穆公既受賜，遂答稱天子之美命，作康公之廟器，而勒王策命之辭，以考其成。」他所抄錄的召穆公追思祖先召康公（召公奭）的廟器銘文如下：「郝拜稽首，敢對揚天子休命，用作朕皇考龔伯尊敦。邦其眉壽，萬年無疆。」朱熹對照了銘文和這詩篇末章，最後下結論說：「語正相類，但彼自祝其壽，而此祝君壽耳。」

朱熹生當金石之學方興的宋代，已知用鐘鼎彝器來對照經文，實在令人敬佩。清人方玉潤因此而獲得啟示，藉以駁斥〈毛詩序〉的「美宣王」之說。他的《詩經原始》說：「《集傳》以為詩人美之者非，蓋自銘其器耳。夫淮夷平，自是宣王中興事，然詩非為宣王作，特編《詩》者錄之，以見宣王之功也。此中界限，不可不明。」現在根據郭沫若《兩周金文辭大系考釋》、《青銅時代》等書的考證，可知〈江漢〉之詩係召伯虎簋銘之一，而且著作年代大致在宣王六、七年之間（公元前八二二年至八二一年）。

詩共六章，每章八句。崔述《豐鎬考信錄》云：「此詩前三章，敘召公經略江漢之事，乃國家大政；後三章，耑言召公受賜事。」最為簡要得體。前三章是因，後三章是果。前三章寫召伯虎（召穆公）率軍南征淮夷之功，後三章寫他功成受賞之後，作簋刻銘，追孝先祖召公奭（召康公）之德，並頌揚天子。詩中所謂「文德」，猶言文王之世、文王之德。蓋文王乃周朝德政之表徵，既可稱美其祖考，亦可頌揚其天子。

·簋·

·卣·

常武

一

赫赫明明，
王命卿士。❶
南仲大祖，❷
大師皇父。❸
整我六師，❹
以修我戎。❺
既敬既戒，❻
惠此南國。

二

王謂尹氏，❼
命程伯休父：❽
左右陳行，❾
戒我師旅。❿

【直譯】

非常顯赫又明智，
周王下令給卿士。
封南仲于太祖廟，
又封太師給皇父。
整飭我們的六軍，
來修理我們甲兵。
既已警惕又戒備，
造福這南國百姓。

周王告訴尹氏說，
傳令給程伯休父：
左右都擺好陣形，
誡令我方的隊伍。

【注釋】

❶ 卿士，周朝最高的軍政長官。相當於後世所謂宰相。
❷ 南仲，人名，周宣王大將。見〈小雅・出車〉篇。大祖，此指太祖（后稷）廟。
❸ 大師，即太師，總管軍事。皇父，人名。
❹ 六師，六軍。一軍，一萬二千五百人。
❺ 修，整治。戎，兵器、軍事。或疑「戎」為「武」之誤。
❻ 敬，通「儆」，警惕。
❼ 尹氏，即尹吉甫。一說：即上章的皇父。

率彼淮浦，⓫
省此徐土。⓬
不留不處，⓭
三事就緒。⓮

三

赫赫業業，⓯
有嚴天子。⓰
王舒保作，⓱
匪紹匪遊，⓲
徐方繹騷。⓳
震驚徐方，
如雷如霆，
徐方震驚。

四

王奮厥武，⓴
如震如怒。

沿著那淮水岸邊，
巡視這徐國疆土。
不停留也不長駐，
受命三人要盡職。

非常顯赫又雄武，
有夠威嚴的天子。
王師從容穩前進，
不曾延遲不遊遨，
徐國連續受驚擾。
震驚了徐國君臣，
像是雷擊像霹靂，
徐國君臣大震驚。

周王奮揚他威武，
像是雷震像大怒。

❽程伯休父，人名。程伯，程（今陝西咸陽東，一說：今河南洛陽）的伯爵。休父，其名。
❾陳，列。行，音「杭」，隊伍、陣形。
❿戒，告誡。師旅，軍隊。
⓫率，沿著。浦，水濱。
⓬省，音「醒」，巡視。徐土，徐國，淮夷之一，在今安徽泗縣一帶。
⓭留，逗留。處，住、駐守。
⓮三事，即三卿。指上述南仲、皇父、程伯休父三人。
⓯業業，高大威武的樣子。已見〈小雅．采薇〉篇。
⓰有嚴，嚴嚴，威嚴的樣子。
⓱舒，從容。保作，安步前進。
⓲匪，非、不。紹，延遲。
⓳徐方，徐國。繹騷，驚動不已。
⓴厥，其。指周王。

進厥虎臣，㉑
闞如虓虎。㉒
鋪敦淮濆，㉓
仍執醜虜。㉔
截彼淮浦，㉕
王師之所。

五

王旅嘽嘽，㉖
如飛如翰，㉗
如江如漢。㉘
如山之苞，㉙
如川之流。
緜緜翼翼，㉚
不測不克，
濯征徐國。㉛

先遣他的虎賁攻，
怒吼像咆哮猛虎。
布陣屯紮淮水岸，
屢次捉住醜俘虜。
截斷那淮水邊岸，
暫作王師的住處。

王師眾多有餘威，
好像飛鳥像鷹鸇，
好像長江像漢水。
像山的固定不動，
像河的奔流不停。
既綿長又不斷輟，
不可測度不可勝，
徹底征服了徐國。

㉑ 虎臣，虎賁、勇猛如虎的將士。

㉒ 闞，音「喊」，怒。虓，音「消」，通「哮」，虎吼。

㉓ 鋪，布、布陣。敦，屯、屯駐。一說：殺伐。濆，音「墳」，水涯。

㉔ 仍，頻仍。醜虜，俘獲的敵軍。

㉕ 截，斷絕。一說：治、平定。

㉖ 嘽嘽（音「灘」），人多勢眾。已見〈小雅．四牡〉篇。

㉗ 飛，此指飛鳥。翰，此指鷹鸇。

㉘ 江，長江。漢，漢水。

㉙ 苞，本、根本，形容不可動搖。

㉚ 翼翼，嚴整而不中輟的樣子。

㉛ 濯，大。像水沖洗過一般。

六

王猶允塞，32
徐方既來。33
徐方既同，34
天子之功。
四方既平，
徐方來庭。35
徐方不回，36
王曰還歸。37

周王謀略真踏實，
徐國已經來歸順。
徐國已經來會同，
這是天子的功勳。
四方諸侯已平定，
徐國覲見來王庭。
徐國不敢再抗命，
周王說凱旋返京。

32 猶，通「猷」，謀劃。允，實在。塞，充實、周密。
33 來，來歸、歸順。
34 同，會同、來朝。
35 庭，來王庭朝見天子。
36 回，違、抗命。
37 還，音「旋」，即凱旋。

【新繹】

〈毛詩序〉：「〈常武〉，召穆公美宣王也。有常德以立武事，因以為戒然。」這是說召穆公稱美周宣王有常德，能立武事，派遣適當的將領，征服了徐國。題意明白，但是光看〈毛詩序〉的這一段文字，宋代以來，學者卻對下列三個問題爭論不已。

一、〈常武〉篇名，不像其他詩篇多摘自首句，因而有各種不同的推測，或如朱熹《詩集傳》，以為取自〈詩序〉「有常德以立武事」一語；或如王質《詩總聞》以為「自南仲以來，累世著武，故曰常武。」或如清代方玉潤《詩經原始》，以為「常武」乃樂名，「武王克商，樂曰大武；宣王中興，詩曰常武，蓋詩即樂也。」近人又或以為古「常」、「尚」二字通用，常武即尚武。眾說紛擾，迄無定論。

二、〈毛詩序〉所謂「召穆公美宣王」，詩中不見召穆公，不少學者都以為此是「臆說」。或許上篇〈江漢〉記敘召穆公奉宣王之命，率軍平定淮夷，此篇又寫周宣王命皇父、南仲、程伯休父等人率軍伐徐，也提到淮北之夷，所以連言及之。另外有學者以為，此篇雖然未必與召穆公有關，但確實是宣王時之作無疑。因為南仲不但曾見於〈小雅．出車〉及《漢書．人物表》，同時也見於〈鄦惠鼎〉、〈召伯虎敦〉等西周彝器，都可佐證為宣王時人。同樣的，《國語．楚語下》也說：重黎「其在周，程伯休父其後也。當宣時，失其官守，而為司馬氏。」據此亦可知，詩中所寫之程伯休父，確實也是宣王時人。

三、〈毛詩序〉在所謂「召穆公美宣王」之後，又說「因以為戒然」的問題。朱熹不但不以為此詩是召穆公所作，而且還以為詩人寫周宣王親自率軍南征徐方，不是只有「戒」，而是有美有戒。他在《詩集傳》裡這樣說：「宣王自將以伐淮北之夷，而命卿士之謂南仲為大祖、兼大師而字皇父者，整治其從行之六軍，修其戎事，以除淮夷之亂，而惠此南方之國，詩人作此以美之。」在《詩序辨說》中又這樣說：「有常德以立武則可，以武為常則不可，此所以有美而有戒也。」朱熹的說法，對後來學者的影響很大，也很可能比較符合原來編《詩》者的想法，但後來仍然有人不同意他的說法。像姚際恆《詩經通論》就說：「詩中極美王之武功，無戒其黷武意。毛、鄭亦無戒王之說。然則作〈序〉者其腐儒之見明矣。」詩無達詁，誠哉是言！

詩共六章，每章八句。第一章寫周王冊命卿士南仲為大將，與太師皇父率軍伐除。在大軍出征之前，舉行冊命將領之禮。可見軍禮亦可在宗廟內舉行。「南仲大祖，大師皇父」二句，是說同時冊命南仲於太祖之廟。據《禮記．祭統篇》云：「古者明君爵有德而祿有功，必賜爵祿于大（太）廟，示不敢專也。」可見詩人如此寫，正用以表示宣王是遵守禮法的明君。當時皇父已為太師，故《毛傳》說：「王命南仲于大祖。皇父為太師。」第二章寫周王又傳令程伯休父為大司馬，部署軍隊，沿著淮浦去伺察敵情。「王謂尹氏」的尹氏，即為周王傳命的人，有人說是尹吉甫，有人說是皇父。所謂「三事」，應指上文所提南仲、皇父、程伯休父三人而言。第三章寫王師伐徐，穩定得勝，徐方震驚；第四章承上，寫王師乘勝追擊，直到淮水之浦。有人據此以為周宣王曾親自督軍作戰。第五章寫王師作戰之英勇威武，連用四個「如」字，六個比喻，吳闓生《詩義會通》稱其「文勢之盛，得未曾有」。值得注意。第六章以贊頌作結。說周王伐徐的謀略成功，終使徐國來朝，天下清平。化戰爭的狂風暴雨為凱旋的風和日麗，亦一奇筆。

瞻卬

一

瞻卬昊天，❶
則不我惠。❷
孔填不寧，❸
降此大厲。❹
邦靡有定，
士民其瘵。❺
蟊賊蟊疾，❻
靡有夷屆。❼
罪罟不收，❽
靡有夷瘳。❾

二

人有土田，
女反有之。❿

【直譯】

抬頭仰望那蒼天，
就是不對我關愛。
很久天下不安寧，
降下這些大禍災。
國家沒有安定日，
士卒人民都憂苦。
蟊蟲殘害農作物，
沒有平息終止時。
罪刑法網不收起，
沒有平安痊癒期。

人家有土地田畝，
你反而去佔有它。

【注釋】

❶ 卬，通「仰」，仰望。昊天，蒼天。指幽王。
❷ 「則不惠我」的倒裝句。
❸ 孔填，很久。填，是「塵」的古字，久遠的意思。一說：病苦。
❹ 厲，災禍。
❺ 瘵，音「債」，病、憂患。
❻ 蟊賊，吃莊稼苗莖的害蟲。疾，害。
❼ 夷，平息。屆，終止。
❽ 罟，音「古」，網。指法網。
❾ 瘳，音「抽」，病癒（愈、瘉）。
❿ 女，汝、你。下同。有，佔有。

人有民人，⓫
女覆奪之。⓬
此宜無罪，
女反收之。⓭
彼宜有罪，
女覆說之。⓮

三

哲夫成城，⓯
哲婦傾城。⓰
懿厥哲婦，⓱
為梟為鴟。⓲
婦有長舌，⓳
維厲之階。⓴
亂匪降自天，㉑
生自婦人。
匪教匪誨，
時維婦寺。㉒

人家有家人奴僕，
你反而去強奪他。
這個人應當沒罪，
你反而去拘捕他。
那個人應當有罪，
你反而去開脫他。

聰明男人建築城，
聰明婦人傾覆城。
感嘆那聰明婦人，
像是惡梟是鴟鷹。
婦人生有長舌頭，
就是災禍的源頭。
變亂不是從天降，
產生是來自婦人。
不是有人教唆他，
只因婦人太親近。

⓫ 民人，人民。此指奴隸。
⓬ 覆，與「反」同，反而。下同。
⓭ 收，拘捕。
⓮ 說，通「脫」，開脫、赦免。
⓯ 哲夫，聰明的男人。
⓰ 哲婦，聰明的女人。
⓱ 懿，通「噫」，嘆詞。厥哲婦，指褒姒。
⓲ 梟，音「消」，鴟，音「痴」，都是不祥的惡鳥。
⓳ 長舌，比喻善於搬弄是非。
⓴ 厲，災亂。階，階梯、根源。
㉑ 匪，非。降自天，「自天降」的倒文。
㉒ 時，是。維，唯、只。婦，指褒姒。寺，通「侍」，近侍。一說：寺，宦官。

四

鞫人忮忒，㉓
譖始竟背。㉔
豈曰不極，㉕
伊胡為慝？㉖
如賈三倍，㉗
君子是識。
婦無公事，㉘
休其蠶織。㉙

五

天何以刺？
何神不富？㉚
舍爾介狄，㉛
維予胥忌。㉜
不弔不祥，㉝
威儀不類。㉞
人之云亡，㉟

告人者嫉害變詐，
讒言開始終背德。
難道說不是壞透，
那為什麼會作惡？
像商人三倍獲利，
君子對此有認識。
婦人莫參預政事，
停止她養蠶紡織。

上天為何來責刺？
為何神明不保庇？
放縱你的大仇敵，
只來對我相猜忌。
不來慰問不吉祥，
威儀實在不像樣。
人們這樣的逃亡，

㉓ 鞫，音「居」，告、窮究。忮，音「志」，忌恨。忒，音「特」，變詐。
㉔ 「始譖竟背」的倒裝句。
㉕ 極，極端、窮凶極惡。
㉖ 胡，何。慝，音「特」，邪惡。
㉗ 賈，音「古」，商人。三倍，指利潤。
㉘ 無，勿、莫。公事，政事。
㉙ 休，停止。蠶織，養蠶紡織，本婦人之事。
㉚ 何，為何。富，通「福」，賜福、保佑。
㉛ 舍，同「捨」，放縱。爾，你。介狄，元凶、大敵。
㉜ 維，唯、只。予，我。胥，相。
㉝ 是說遇到災禍時不來慰問。弔，慰問。
㉞ 不類，不像樣。
㉟ 亡，逃走、死去。

邦國殄瘁。[36]

六

天之降罔，[37]
維其優矣。[38]
人之云亡，
心之憂矣。
天之降罔，
維其幾矣。[39]
人之云亡，
心之悲矣。

七

觱沸檻泉，[40]
維其深矣。
心之憂矣，
寧自今矣。[41]
不自我先，

國家眼看要淪喪。

上天的降下羅網，
是那樣的繁多呀。
人們這樣的逃亡，
內心這樣憂愁呀。
上天的降下羅網，
是那樣的頻繁呀。
人們這樣的逃亡，
內心這樣悲傷呀。

滾滾噴出的湧泉，
是那樣的深長呀。
內心這樣憂愁呀，
難道從今開頭呀。
不從我出生以前，

[36] 殄，音「忝」，絕、滅。瘁，病。敗亡之意。

[37] 罔，同「網」，羅網。降罔，入人於罪。

[38] 優，多、繁。

[39] 幾，多、近。有危殆之意。

[40] 觱（音「必」）沸，泉水噴湧。檻，通「濫」，泛濫。見〈小雅．采菽〉篇。

[41] 寧，豈、難道。

[42] 這二句是說我恰好遇上。

[43] 藐藐，渺遠的樣子。

不自我後。42
藐藐昊天，43
無不克鞏。44
無忝皇祖，45
式救爾後。46

不從我出生以後。
渺渺茫茫的蒼天，
沒有不能保自身。
不要辱沒你先祖，
挽救你後代子孫。

44 克，能、可。鞏，固、保全。一說：鞏，通「恐」，畏懼。
45 忝，辱沒、愧對。皇祖，指周文王、武王。
46 式，以、用。爾，你。指幽王。後，後代子孫。

【新繹】

〈毛詩序〉：「〈瞻卬〉，凡伯刺幽王大壞也。」凡伯是周大夫，姓姬，名和，周公旦後裔。這名字在〈大雅．板〉篇中也出現過，據〈毛詩序〉說，〈板〉篇就是他刺厲王之作。在〈板〉詩中，他既自稱「老夫灌灌」，年已不小，所以有人懷疑他和這一篇〈瞻卬〉中「刺幽王大壞」的凡伯，是不是同一人。不過這問題不大，即使不是同一人，說他是凡伯的後代，這在封建時代的周朝也講得通。凡伯的後代，一樣可以繼位，稱為凡伯。倒是「刺幽王大壞」這句話，配合詩中文字看，應指幽王寵幸褒姒之後。所以朱熹《詩集傳》乾脆就說：「此刺幽王嬖褒姒、任奄人以致亂之詩。」為什麼在褒姒之外，又加上奄人太監呢？這是因為詩中第三章末句說「時維婦寺」，朱熹把「寺」解為寺人即奄人太監的緣故。其實「時維婦寺」一句主要在女寵，即使寺人連帶言之，也不是重點。姚際恆《詩經通論》和方玉潤《詩經原始》都以為「周以前未聞有寺人之禍，自秦皇用趙高始有之」，因此都認定此乃刺幽王寵褒姒致亂之詩。明人黃佐據《國語．鄭語》的「幽王九年，王室始騷」，認定是幽王九年以後的作品。

詩共七章，每章或十句，或八句，各家斷法不同。第一第二兩章言時政之失，倒行逆施，禍亂未已，此所謂「大壞」。第三第四兩章言禍亂之起，由於婦人干政，自指褒姒而言。第五第六兩章言人神共憤，邦國殄瘁。「人之云亡」，感慨言之。第七章以湧泉之深喻逢亂之憂，猶望王能改悔。

程俊英、蔣見元《詩經注析》說：此詩與〈小雅〉中〈正月〉、〈十月之交〉、〈雨無正〉等篇，皆為刺幽王之作，無論內容或風格幾無差異，然此詩及下篇〈召旻〉不入〈小雅〉而入〈大雅〉者，或與音樂有關。惠周惕《詩說》即云：「大小二雅，當以音樂別之，不以政之大小論也。如律有大、小呂。」筆者則以為與凡伯、召伯在厲王出奔之時，主持共和朝政有關。說的恰不恰當，有待高明論斷。

召旻

一

旻天疾威，❶
天篤降喪。❷
瘨我饑饉，❸
民卒流亡。❹
我居圉卒荒。❺

二

天降罪罟，❻
蟊賊內訌。❼
昏椓靡共，❽
潰潰回遹，❾
實靖夷我邦。❿

【直譯】

秋天急急逞威風，
上天重重降喪亂。
害我飢餓受災殃，
人們處處在流亡。
我住邊境都荒涼。

上天降下了罪網，
害人奸佞起內鬥。
亂造謠不盡職守，
昏潰邪僻多作惡，
是謀消滅我家國。

【注釋】

❶《爾雅》：「秋為旻天。」疾威，暴虐。
❷篤，厚、重。喪，死亡災難。
❸瘨，音「顛」，害、降災。饑，糧荒。饉，菜荒。
❹卒，盡。下句同。
❺圉，音「語」，邊陲、邊境。
❻罪罟，害人犯罪的羅網。
❼蟊賊，以害蟲比喻奸臣小人。訌，通「鬨」，意見不合。
❽昏，亂。椓，通「諑」，造謠。共，同「供」。靡共，不供職。
❾回遹，邪僻。
❿實，是。靖，謀。夷，平、滅。

三

皋皋訿訿，⑪
曾不知其玷。⑫
兢兢業業，
孔填不寧，⑬
我位孔貶。⑭

四

如彼歲旱，
草不潰茂，⑮
如彼棲苴。⑯
我相此邦，⑰
無不潰止。⑱

五

維昔之富，
不如時。⑲
維今之疚，⑳

互相欺騙又毀謗，
竟不知自己污點。
雖然戒慎又小心，
已經很久不安全，
我的職位大看貶。

像那年收成逢旱，
草木不潤澤豐茂，
遍地就像那枯草。
我觀察這個國家，
無不即將潰爛掉。

只是從前的富足，
不像當今的窮困。
只是當今的窮困，

⑪ 皋皋，通「諽諽」，互相欺騙。訿訿（音「紫」），毀謗。
⑫ 曾，乃、竟。玷，音「店」，斑點、污點。
⑬ 孔填（通「塵」），很久。一說：填，通「瘨」，病。
⑭ 孔貶，大遭貶黜。
⑮ 潰，通「遂」，彙、茂。潰茂，即豐茂。
⑯ 棲苴，委地的枯草。
⑰ 相，讀去聲，看。
⑱ 潰，崩潰、潰爛。止，語末助詞。
⑲ 時，對「昔」而言，當今、今日。
⑳ 疚，通「穴」（音「救」），貧病、窮困。

不如茲。㉑
彼疏斯粺，㉒
胡不自替？㉓
職兄斯引。㉔

六

池之竭矣，㉕
不云自頻？㉖
泉之竭矣，
不云自中？㉗
溥斯害矣，㉘
職兄斯弘，㉙
不烖我躬？㉚

七

昔先王受命，㉛
有如召公。㉜
日辟國百里，㉝

不像此時更為甚。
他們粗糧變精米，
為何不自行引替？
這種情況在延續。

池水這樣乾涸了，
不說從水濱開始？
流泉這樣乾涸了，
不說從泉內開始？
普遍受此禍害了，
這些情況在延伸，
不會害到我自身？

從前先王受天命，
有像召公的輔臣。
日日闢國土百里，

㉑ 茲，此、此時此地。
㉒ 彼，指奸臣小人。疏，粗糧。粺，音「敗」，精米。
㉓ 胡不，何不。自替，自己引退辭職。
㉔ 兄，同「況」，情況。引，延長、延續。
㉕ 竭，乾涸。
㉖ 頻，通「瀕」，水濱、河邊。
㉗ 自中，從內部。中，泉內。
㉘ 溥，普、普遍。
㉙ 兄，同「況」，情況。弘，擴大、延伸。
㉚ 烖，同「災」，害。躬，自身。
㉛ 先王，指文王、武王。受命，接受天命為王。
㉜ 召公，此指召公奭等輔政大臣。
㉝ 日，日日。辟國，開闢國土。

今也日蹙國百里。㉞
如今日縮國百里。

於乎哀哉！㉟
嗚呼哀哉仰天問！

維今之人，
只嘆當今的人們，

不尚有舊？㊱
不再有忠良老臣？

㉞ 蹙，音「促」，縮小、削減。

㉟ 於乎，嗚呼。

㊱ 不尚，不再。一說：趕不上。有舊，舊日、昔往。

【新繹】

〈毛詩序〉：「〈召旻〉，凡伯刺幽王大壞也。旻，閔也。閔天下無如召公之臣也。」據此可知，〈毛詩序〉以為〈召旻〉和上篇〈瞻卬〉一樣，都是凡伯諷刺周幽王政治大壞的詩篇。據陳子展《詩經直解》的分析：大壞者何？一由于婦人干政，〈瞻卬〉云云是也；一由于小人得逞，〈昭旻〉云云是也。一則斥責褒姒，一則懷念召公。陳氏並推斷二詩當作於幽王十一年（公元前七七一年）前一兩年之間。理由是：《國語‧鄭語》有云：「幽王九年，王室始騷。」十一年幽王即被殺，而〈召旻〉末章猶有望王改過之辭。

至於〈昭旻〉的篇名，〈毛詩序〉說是「閔（憫）天下無如召公之臣也」，《鄭箋》補充解釋詩的末章「昔先王受命，有如召公」二句云：「先王受命，謂文王、武王時也。召公，召康公也。」強調此召公是指文王、武王時代的召公奭，不是厲王、幽王時代的召穆公（召伯虎）。幽王時政治大壞，不由令人想起政治承平的文王、武王時代；幽王時沒有忠良賢臣，不由令人想起輔佐文王、武王的大臣召康公，這本是極自然之事。所以蘇轍《詩集傳》說此詩「首章稱旻天，卒章稱召公，故謂之〈召旻〉，以別〈小旻〉而已。」意思是：〈小旻〉和〈昭旻〉二篇，雖同樣是「大夫以王惑於邪謀，不能斷以從善」的傷憫之作，但政有大小，事有晦明，為了區別，所以〈小旻〉入〈小雅〉，〈昭旻〉入〈大雅〉。這也說明了〈召旻〉和〈小旻〉二篇分繫大小雅的原因。

詩共七章，前四章每章五句，後三章每章七句。分章斷句，古今學者看法或有不同，像有人主張依照《朱傳》改第五章為五句，也有人主張第五章末句「職兄斯引」，與第六章「不云自頻」句叶韻，應屬下讀。筆者此則悉依毛詩。

此詩刺幽王失政，小人得逞。第一章以秋氣肅殺比喻饑饉喪亂，作者是否凡伯不敢說，但從「我居圉卒荒」和第三章末句「我位孔貶」看，作者應是幽王時流放邊界的大臣無疑。第二章「蟊賊內訌」比喻勇於內鬥而禍國殃民的奸臣小人，像殘害農作物的害蟲一般。「昏椓靡共」，譴責尸位素餐而不盡職責的小人，《鄭箋》云：「椓，毀陰者也。」有人解作像毀陰受宮的太監。第三章以下，反復慨嘆小人得勢，國將滅亡，深恐不能自保。第四章以歲旱草枯為喻，第六章以池涸泉竭為喻，尤見內訌外患之未已。第七章正以國土日蹙呼應首章「我居圉卒荒」，可見流放之臣不忍見國之覆亡，猶思王能悔過，挽救國家於不墜。

三頌

周頌・魯頌・商頌

三頌解題

〈頌〉，是《詩經》三大類之一，包括〈周頌〉、〈魯頌〉和〈商頌〉，所以又稱「三頌」，詩共四十篇。

頌，古通「容」，指儀容。《說文解字》就說：「頌，皃（貌）也。」〈毛詩序〉也這樣說：「頌者，美盛德之形容，以其成功告于神明者也。」因此，〈頌〉詩中多祭祖祀神、歌功頌德之作。《禮記．樂記》有云：「詩，言其志也。歌，詠其聲也。舞，動其容也。」〈頌〉詩既多用於宗廟祭祀，因此通常是詩、歌、舞三者一體，不但是伴舞的樂章，同時也是舞蹈的形容。它們彷彿都帶有悠揚的歌調，舒緩的舞姿，表現出和穆的氣氛。也因此可以說，〈頌〉是因歌舞時有儀容而得名的。

又有人說《詩經》的風、雅、頌，都因所用樂器的形狀而得名。像郭沫若《甲骨文之研究．釋二南》說「南」像樂器的鈴；章太炎〈說大小疋〉說「雅」像樂器的鼓；張西堂《詩經六論．說頌》說「頌」像樂器的鏞。鏞是大鐘的一種，常用於宗廟祭祀的歌舞場合，做為伴奏。《左傳．襄公二十九年》記載吳公子季札聘問魯國，聽取周朝賜給魯國的音樂，對於頌，就曾這樣說：「至矣哉！直而不倨，曲而不屈；邇而不逼，遠而不攜；遷而不淫，復而不厭；哀而不愁，樂而不荒；廣而不宣，施而不費；取而不貪，處而不底，行而不流。五聲和，八風平；節有度，守有序。盛德所同也。」簡言之，頌的音樂是和平有節度的，是舒緩不過分的。因此它所協奏的詩篇，大都是天子宗室和諸侯貴族的歌功頌德和求神祈年之作，風格典雅平和有餘，但往往缺少感動讀者的力量。

〈三頌〉和〈風〉、〈雅〉的詩篇比較起來，就內容題材而言，〈國風〉多為民間歌謠，〈大雅〉、〈小雅〉多詠朝政之音，〈三頌〉則多誦廟堂樂章。〈三頌〉中雖然也有一些篇章，例如〈載芟〉、〈良耜〉等篇寫到農耕；如〈駉〉、〈潛〉等篇寫到漁牧；如〈長發〉、〈玄鳥〉等篇寫到神話，但畢竟題材都較為單調狹窄。就形式技巧而言，〈國風〉、〈小雅〉多用比興，重章疊句，有韻有致，富於變化。〈大雅〉、〈三頌〉則多用賦筆，有的無韻不分章，可能為了配合舞蹈，聲調比較緩慢。

清沈德潛曾比較〈三頌〉的不同。他說：「周頌和厚，魯頌誇張，商頌古質。此頌體之別。」其實它們文體的不同，與其構成的因素大有關係。〈三頌〉的成因比較複雜，請參閱下文的說明。

宏一附記：《詩經》的讀法，一般是先〈國風〉而後〈雅〉、〈頌〉；〈雅〉、〈頌〉的讀法，一般是先〈小雅〉而後〈大雅〉、〈三頌〉。筆者以為：若欲了解作品產生的先後、詩風演變的過程，讀者不妨先讀〈三頌〉而後〈大雅〉，然後再讀〈小雅〉，最後才是〈國風〉。

周頌解題

〈周頌〉是〈三頌〉的一部分，共三十一篇，據鄭玄《詩譜》說，這些作品都是「周室成功致太平德洽之詩」，而且著成年代都在「周公攝政、成王繼位之初」。易言之，詩中所寫，應該都是文王、武王以前的事情。但這種說法從宋代朱熹以後，就遭受很多質疑。現在學者認為〈周頌〉大都是西周武王、成王、康王、昭王時代（公元前一〇四六年至公元前九七七年）前後近百年間的作品。產生的地區，主要在首都鎬京。王國維〈觀堂集林・說周頌〉一文說，這些樂章有以下幾個特點：一、多為歌舞之詩，二、不分章，聲調和緩，三、不疊句，詩多無韻，四、多用於宗廟祭祀。我們對照〈風〉、〈雅〉來看，這些詩篇確實多數簡短，均由一章構成，內容較為晦澀，有史料價值而少文學趣味。就作者而言，應該多數出自宮廷史官之手，也有可能少數借用了民間祭歌。屈萬里老師《詩經詮釋》也說，〈周頌〉多單章無韻，且文辭古奧，是《詩經》中時代最早的作品。它和《詩經》複數章節且多押韻的其他作品，有明顯的不同。

〈周頌〉與祭祀有關的篇章，約二十篇。其中以祭祀祖先（特別是文王、武王）的為最多，其次才是祭祀天地山川。由此可以看出周朝「慎終追遠」的特質，以及文王、武王在周族後人心目中的地位。至於文王、武王前後的周王世系，請參閱小大二〈雅〉的題解部分。

晚近以來，頗有些學者認為〈周頌〉的產生，和商周鐘鼎彝器的銘文，有密切的關係。周代的鐘鼎彝器，可以用之於朝覲燕饗，也可以用之於祭祀飲射，齊其度量，別其尊卑，阮元的〈商周銅器說〉一文，就曾說它們是先王用來「馴天子尊王敬祖之心，教天下習禮博文之學」。這些銅器上所刻的銘文，多數是四言句，雜有五言句和六言句，有的還偶有押韻。例如王國維在〈兩周金石文韻讀〉中所舉的〈叔邦父簠〉上的銘文：

叔邦父作簠，
用征用行，
用從君王。
子子孫孫，
其萬年無疆。

「行」、「王」、「疆」三字就有押韻。這和多數簡短、單章構成的〈周頌〉，在形式上真的非常相近。有人因此推論：〈周頌〉的產生，應該和周代彝器的銘文大有關係。更有人由此而推論：〈頌〉詩在由單章寡韻構成的〈周頌〉，發展為複數章節的〈魯頌〉和〈商頌〉（經過後人修訂）的過程中，才逐漸形成後來以複數章節為主的，具有音韻之美的宗廟之樂、朝廷之音，以及士大夫諷誦和民間歌謠的作品。換言之，〈大雅〉、〈小雅〉和〈國風〉的詩篇，也就是在這種情形下，由〈頌〉詩逐漸發展而先後產生的。

清廟

於穆清廟，❶
肅雝顯相，❷
濟濟多士，
秉文之德。
對越在天，❸
駿奔走在廟。
不顯不承，❹
無射於人斯。❺

【直譯】

啊！和穆的清廟，
肅靜雍容來陪祭，
濟濟一堂眾卿士，
秉持文王的德儀。
回報在天的神靈，
迅速奔跑在祖廟。
大大發揚大繼承，
不會被人遺忘掉。

【注釋】

❶ 於，同「烏」，嗚呼。讚嘆詞。清廟，清靜的廟堂。
❷ 雝，音「雍」，和順。相，助。指助祭者，多為公卿諸侯。
❸ 對越，對揚。答謝宣揚。
❹ 不顯，丕顯。不承，丕承。不，同「丕」，大的意思。
❺ 射，音「亦」，「斁」的借字，厭倦之意。斯，語末助詞。

【新繹】

〈清廟〉是《詩經》的名篇，所謂「四始」之一。《鄭箋》云：「始者，王道興衰之所由。」做為〈頌〉詩之始，它和〈風〉詩之始的〈關雎〉、〈小雅〉之始的〈鹿鳴〉以及〈大雅〉之始的〈文王〉，都被古人稱為「詩之至也」，反映了《詩經》編者的思想理念，樹立了時代風氣與衰和王道教化成敗的標準。根據〈毛詩序〉的解釋，「四始」都是贊文王之道，頌文王之化的。〈清廟〉這首詩，自不例外。

〈毛詩序〉云：「〈清廟〉，祀文王也。周公既成雒（一作「洛」，下同）邑，朝諸侯，率以祀文王焉。」對這段話，《鄭箋》補充解釋：「清廟者，祭有清明之德者之宮，謂祭文王也。天德清明，文王象焉，故祭之而歌此詩也。廟之言貌也，死者精神不可得而見，但以生時之居，立宮室象貌為之耳。成洛邑，居攝五年時。」據此可知，鄭玄以為清廟是文王死後，後人追念其清明之德，在其生前舊居建宮室、立畫像以供祭祀，而且還說作詩的時間，是在周公攝政成王的第五年。言下之意，這首詩是周公所作。

關於這一點，三家詩的說法，據王先謙《詩三家義集疏》所引《漢書・王褒傳》等魯詩之說，也說是：「周公詠文王之德而作〈清廟〉，建為〈頌〉首。」這樣說來，漢代經師對此詩的看法，並沒有什麼差異。《禮記・明堂位》亦云：「升歌〈清廟〉，下管象，朱干玉戚，冕而舞大武；皮弁素積，裼而舞大夏。」意思是說：魯君在祭周公時，比照天子之禮，叫歌者升堂，在堂上唱〈清廟〉的詩歌，在堂下則有管樂演奏〈象〉曲。有舞者手持紅盾玉斧、冠冕而舞〈大武〉，又有人戴皮帽、穿素裳、裼衣而舞〈大夏〉。可見在漢初儒生心目中，〈清廟〉一詩，是禮樂和歌舞的結合。有其崇高的地位和象徵的意義。直到唐宋，《孔疏》還說：「《禮記》每云升歌〈清廟〉，然則祭宗廟之盛，歌文王之德，莫重於〈清廟〉，故為〈周頌〉之首。」《朱傳》也還說：「此周公既成洛邑而朝諸侯，因率之以祀文王之樂歌。」然而，因為《尚書・洛誥》和後來蔡邕〈明堂論〉等資料，也有〈清廟〉此一樂章，用為兼祀文王、武王，甚至用為魯公世世禘祀周公於太廟的記載，因此清廟是否專指文王之廟，此詩是否專祀文王，成為宋代以後很多學者爭論的話題。

清代姚際恆《詩經通論》以為〈毛詩序〉說此詩「祀文王」是對的，但「周公既成洛邑云云，皆詩中所無之意」，不足取。不認為清廟專祀文王，它可以兼祀武王，甚至後來可以用於魯國祭周公，或許這是現代學者比較願意接受的說法。

此詩八句，不分章，原文無韻。除第一句說文王清廟莊嚴肅穆之外，其餘七句皆就祭祀文王者身上說。第二句是頌美助祭者的態度和品德；第三句是頌美與祭者的眾多及其身分；第四句由行祭者轉到受祭的文王身上，直接頌美行祭者能秉持文王之德。第五第六兩句，寫行祭者一邊對答宣揚文王之德及其在天之靈，一邊快速奔走在廟堂之中，以便執行各種祭祀的禮儀。這是否代表歌舞時的動作，不能確定。據《孔疏》說：「廟中奔走，以疾為敬。」可見這是行為合禮的表現。第七第八兩句，同時歌頌行祭者和受祭的文王，既頌美行祭者的善於繼承，也頌美受祭者的不被厭棄。「不顯不承」的「不」，皆「丕」之古字。在周朝鐘鼎銘文中，「丕」皆作「不」。丕，大的意思。近人或把「不顯不承」作疑問句解，亦可通。《禮記．樂記》有云：「清廟之瑟，朱絃而疏越，一唱而三嘆，有遺音者矣。」詩之絃誦歌舞，可於此見之。

《禮記．樂記》所說的「清廟之瑟」，未必與此〈清廟〉一詩有關，但可推知清廟之上的演奏，琴瑟是供絃誦或伴唱之用。姚際恆《詩經通論》有云：「舊謂一句為一章，一人歌此句，三人和之，所謂一唱三嘆，則成四韻。」在這種情況下，無韻的詩句，也變得像有韻的詩歌了。如果配合樂器的伴奏，配合歌腔和舞步，篇幅短，字數少，句調緩慢無韻，這些〈頌〉詩常見的缺點，似乎都不成問題。對音樂文學或者詩歌舞一體的作品來說，詩中文字常常不是唯一受到關注的焦點。對於〈頌〉詩，我們在閱讀時，也應該先有此了解才對。

維天之命

維天之命，
於穆不已。❶
於乎不顯，❷
文王之德之純。
假以溢我，❸
我其收之。
駿惠我文王，
曾孫篤之。❹

【直譯】

想上天運行之道，
啊肅然無窮無盡。
嗚呼多顯赫光明，
文王之德如此純。
拿善道來充實我，
我們應當接受它。
宣揚我文王之道，
代代子孫遵守它。

【注釋】

❶ 於，音「烏」，嘆詞。穆，肅然。
❷ 於乎，同「嗚呼」。不顯，同「丕顯」。
❸ 假，授。溢，同「益」，增加、充實。
❹ 曾孫，泛指孫子以下的後代。主祭者自稱。

【新繹】

據〈毛詩序〉說，〈維天之命〉是周公「大（太）平告文王」的作品。《鄭箋》這樣補充解釋：「告太平者，居攝五年之末也。文王受命，不卒而崩。今天下太平，故承其意而告之。明六年，制禮作樂。」據此可知，鄭玄以為詩作於周公攝政五年之末。不過，後來的陳奐《詩毛氏傳疏》，卻引用《尚書．雒誥．大傳》的「周公攝政，六年制禮作樂，七年致政」之說，認定：「〈維天之命〉，制禮也。〈維清〉，作樂也。〈烈文〉，致政也。三詩類列，正與《大傳》節次合。然則〈維天之命〉當作於六年之末矣。」時間雖然只差一年，但關係重大，一在周公制禮作樂之前，一在周公制禮作樂之後。陳子展《詩經直解》討論這兩種說法，認為陳奐之說較為可取。

詩只一章八句，然而層次分明，結構嚴謹。前四句是歌頌文王的德行，可以上配於天；後四句是告誡子孫，遵行文王之道。這和《尚書》再三強調「敬天保民」的思想相符合。就結構而言，據方玉潤《詩經原始》及程俊英、蔣見元《詩經注析》等分析，每兩句一組，亦各具起、承、轉、合之妙。

最後一句「曾孫篤之」的「曾孫」，是周公以後，後代子孫祭祀先祖的通稱。《鄭箋》說：「曾，猶重也。自孫之子而下，事先祖皆稱曾孫。」它和「後王」的意思相近。〈頌〉詩在祭祀祖先之後，必言子子孫孫永久保守大業，以慰祖考之靈。下面的〈烈文〉、〈天保〉等篇，都是如此。

維清

維清緝熙，❶
文王之典。
肇禋。❷
迄用有成，
維周之禎。

【直譯】

就是澄清才光明，
文王武德的典型。
開始升煙祭神靈。
直到用此有成果，
這是周朝的福祚。

【注釋】

❶ 緝熙，光明。一說：繼續不斷。見〈大雅・文王〉篇。
❷ 肇，始。禋，音「因」，古代一種用火燒牲，使煙氣升天的祭祀。

【新繹】

〈毛詩序〉：「〈維清〉，奏象舞也。」意思是：這是表演象舞時伴奏的樂章。象舞何義？《鄭箋》云：「象用兵時刺伐之舞，武王制焉。」原來是周武王所創作的一種舞蹈動作。周文王（西伯）在位七年，不但有文治，而且有武功。他曾遏制犬戎，討伐密、崇等國，為後來的武王克商，奠定基礎。文王滅密、崇，武王克殷商，都取得大勝利，後人為了紀念，就把他們訓練軍隊作戰的動作，編成歌舞。據陳奐《詩毛氏傳疏》說：「象，文王樂。象文王之武功，曰象；象武王之武功，曰武。象有舞，故名象舞。」可見這象舞和祭祀文王有關。王先謙《詩三家義集疏》

所引魯詩之說，講得更直接：「〈維清〉，奏象武之所歌也。」蓋祀文王時，奏象舞之所歌，以武王伐紂之成功，告文王在天之靈。

詩只五句，是《詩經》中最短的詩。有人說依古音，典、禋叶韻，成、禎叶韻。字句雖少，意旨則深。「肇禋」，是說文王始行禋祀，升煙祭天，故能感動上帝，受天之命，直至武王伐紂，才告成功。《鄭箋》云：「征伐之法，乃周家得天下之吉祥。」〈毛詩序〉所以獨標「奏象舞也」，即欲說明箇中道理。有些宋儒、清儒紛紛以「詩中未見奏象舞之意」質疑漢儒之說，誠不知此詩有味外之味。

此詩和上二篇〈清廟〉、〈維天之命〉，都與祭祀文王、頌其功德有關。歷來學者常相提並論，明代何楷《詩經世本古義》甚至認為這三首詩，當合為一篇，有如一篇樂府詩之分為數解。清初的李光地，也將這三首詩視為迎神送神之曲，〈清廟〉寫迎神方祭時，〈維天之命〉寫祭而受福時，〈維清〉則寫祭畢送神時。這都各代表一種讀法，可供讀者參考。

烈文

烈文辟公，❶
錫茲祉福。❷
惠我無疆，
子孫保之。
無封靡于爾邦，❸
維王其崇之。
念茲戎功，❹
繼序其皇之。❺
無競維人，❻
四方其訓之。❼
不顯維德，❽
百辟其刑之。❾
於乎前王不忘！❿

【直譯】

武功文德眾先公，
賜下這祝福保佑。
恩賜我無邊無境，
子子孫孫長保有。
莫太損害你家國，
對君王應尊崇他。
念此祖先功勞大，
繼承更應發揚它。
無與倫比是賢人，
四方諸侯歸順他。
大大顯耀是美德，
所有諸侯模仿他。
嗚呼先王不能忘！

【注釋】

❶ 烈文，武功文德。辟公，諸先公，一說：指助祭的公侯。
❷ 錫，賜。
❸ 封，大、太。靡，累、損。
❹ 戎功，大功。
❺ 繼序，繼承祖業。皇，光大。
❻ 無競，無人可以競爭，無與倫比。
❼ 訓，順、效。以上二句已見〈大雅．抑〉篇。
❽ 不顯，同「丕顯」。或作疑問句讀。
❾ 百辟，百官、諸侯。刑，通「型」，法、效法。
❿ 於乎，同「嗚呼」。感嘆詞。

【新繹】

〈毛詩序〉：「〈烈文〉，成王即政，諸侯助祭也。」意思是說：成王即位理政之始，告祭祖廟，諸侯來助祭，詩即為此而作。《鄭箋》云：「新王即政，必以朝享之禮祭於祖考，告嗣位也。」可見這是成王一個隆重的就任典禮。我們知道：武王死後，由周公攝政，輔助成王，到第七年才歸政成王，因此所謂「成王即政」，時間上可以有兩個可能。《孔疏》就說：「武王崩之明年，與周公歸政明年，俱得為成王即政。但此敕戒諸侯用賞罰以為己任，非復喪中之辭，故知是致政之後年之事也。」認為成王即政的時間，應當是在成王七年。這個說法，和王先謙《詩三家義集疏》所引的魯詩、韓詩之說，並沒有什麼牴觸，應該可以成立。後來朱熹《詩集傳》說：「此祭於宗廟而獻助祭諸侯之樂歌」，吳闓生《詩義會通》說：「詞意蓋因諸侯來助祭，為此詩勉之，即借以勉成王。」基本上也還是依據〈毛詩序〉的說法。

詩共十三句，不分章。揣其語氣，詩非王自作，或出史官之手。詩中多敕戒諸侯之辭，然而既敕諸侯，亦成王用以自戒。開頭兩句，第一句「烈文辟公」，烈言其功，文言其德，辟公言諸侯，已見馬瑞辰《毛詩傳箋通釋》。屈萬里老師《詩經詮釋》則云：「以金文中習見之文祖、文考，及江漢之文人例之，凡以文字形容人者，多謂已故之人。此烈文辟公，謂周之先公也。」此說發前人所未發，足供參考。第二句「錫茲祉福」，錫者，賜也。《毛傳》以為文王錫之，《鄭箋》以為天錫之。歐陽修《詩本義》以為祉福當為文王所錫，宜從《毛》義，而屈老師則以為乃先公賜此福祿。第三第四兩句承上文，並敕戒助祭之諸侯，言承先啟後之重要。第五第六兩句，戒勉助祭之諸侯，勿奢侈誤國，宜尊尚天子。第七第八兩句，言繼承先業，更宜發揚光大；第九第十兩句，言不以強力勝人，宜善待賢才；第十一句以下三句，言先王德行之盛，令人景仰仿效。凡此皆敕戒諸侯，亦用以自儆。「於乎前王不忘」，《孔疏》謂「前王」指武王而言；實則不止武王，蓋文王、武王以前之先王先公，盡在其中。

有人說，〈周頌〉內容艱澀難讀，於此見之。

天作

天作高山，❶
大王荒之。❷
彼作矣，
文王康之。
彼徂矣，❸
岐有夷之行。❹
子孫保之！

【直譯】

上天創造了高山，
太王開始拓墾它。
是他們創造的呀，
文王繼續擴充它。
是他們到過的呀，
岐山有平坦的路。
子孫好好保護它！

【注釋】

❶ 作，生、創造。高山，指岐山。
❷ 大，音「太」。太王，即古公亶父，文王之祖。武王時追尊為太王。荒，擁有。有墾拓之意。
❸ 徂，往。指遷往岐山。
❹ 夷，平坦。行，音「杭」，道路。

【新繹】

〈毛詩序〉：「〈天作〉，祀先王先公也。」《鄭箋》補充解釋先王先公的意義：「先王，謂大王以下；先公，諸盩至不窋。」大王即太王，也就是古公亶父。上文說過，周族的始祖后稷，原居於邰（陝西武功縣一帶），至公劉，移居於豳（陝西邠縣一帶），到古公亶父，始率眾遷至岐山之下定居，國號為周。這首詩中所寫的岐山，可以說就是周族建國的地方。古公亶父的子孫，王季和文王都很賢明，到了武王伐紂以後，於是追尊古公亶父為太王。〈毛詩序〉所說的先王，指太王以下的歷代周王，所說的先公，則指太王以前，包括后稷後裔諸盩、不窋等祖先。因此，〈毛詩序〉解題所說的「祀先王先公」，意思就是祭祀岐山之神，因為那是周朝的發祥地，歷代先王先公降福周族的地方。也因此，三家詩中的魯詩之說（見王先謙《詩三家義集疏》）以及後來一些學者，說此詩是祭祀周先王先公或祭祀岐山的樂章，都不算錯。至於《朱傳》主張「此祭太王之詩」，何楷《詩經世本古義》主張此為武王祀岐山之作，都各有所偏，不足取。

詩只七句，不分章，原則上每兩句一組。前四句寫昔日之岐山。第一第二兩句言太王之開闢，第三第四兩句言文王之定居。後三句寫當今之岐山，以歌頌作結。「彼徂矣，岐有夷之行」二句，《朱傳》作「彼徂矣岐，有夷之行」，斷句雖異，意無不同。以「彼徂矣」與上文「彼作矣」句對，不改可矣。舊注「彼徂矣」，或解作太王、文王俱往矣，有已死之意；或解作萬民隨太王、文王往歸岐山，有歸仁之義，也都講得通。吳闓生《詩義會通》評此詩云：「全篇不及三十字，而峰巒起伏，綿亙萬里，絕世奇文。」雖是溢美之辭，卻也頗獲我心。

宋代輔廣《詩童子問》論此詩云：「高山大川，皆天造地設也，故曰天作。大王始荒之，而亦曰彼作矣者，推大王與天同功也。祖先所以經理其始、計安其後者，既已甚艱勤矣，則子孫固宜世世保之而不失也。」語極切當，錄供讀者參考。

昊天有成命

昊天有成命，
二后受之。❶
成王不敢康，
夙夜基命宥密。❷
於緝熙，❸
單厥心。❹
肆其靖之。❺

【直譯】

上天已經有明令，
文王武王接受它。
成王不敢貪安寧，
早晚謀政敬而謹。
啊連續大放光明，
實在盡了他的心。
因此他能安定它。

【注釋】

❶ 二后，二帝。指文王武王。
❷ 夙夜，早晚。基命，其命。宥，通「又」。密，謹慎。
❸ 於，音「烏」，嗚呼。緝熙，光明。已見〈大雅．維清〉篇。
❹ 單，同「殫」，盡。
❺ 肆，發語詞。有「因此」的口氣。

【新繹】

〈毛詩序〉：「〈昊天有成命〉，郊祀天地也。」《鄭箋》云：「昊天，天大號也。有成命者，言周自后稷之生而已有王命也。」意思是：這是歷代周王受命而郊祀天地的樂歌。周人以為他們的祖先，從后稷開始，就得天之命，到了文王、武王，像〈思文〉、〈我將〉等篇所言，更能力行功德。故《孔疏》推衍〈序〉說：「詩人見其郊祀，思此二王能受天之命，勤行道德，故述之而為此歌焉。」這是漢儒古文學派的看法。

今文學派據王先謙《詩三家義集疏》所引魯詩之說，看來也沒有異議。他們都一致認為只要像文、武二王敬奉上帝，勤行道德，就可受祿於天，德配天地，但此詩郊祀天地的周王究竟是誰，歷來學者卻頗有爭議。大致說來，漢、唐經師多說是成王，而宋後儒生則多以為是成王之後的康王。

最主要的原因，在於對「成王不敢康」一句，有不同的解讀。關鍵人物是朱熹。朱熹不贊同〈毛詩序〉，《詩集傳》說：「此詩多道成王之德，疑祀成王之詩也。」他根據《國語．晉語下》記載叔向之言，曾引此詩說：「是道成王之德也。成王能明文昭、定武烈者也。」他這樣解釋，當然也說得通。加上賈誼《新書．禮容篇》也解釋說：「二后，文王、武王。成王者，文王之孫，武王之子也。文王有大德而功未就，武王有大功而治未成。及成王成嗣，仁以臨民，故稱昊天焉。」賈誼《新書》真偽待考，但它代表後人對此詩的一種解讀，則無疑問。既然是道成王之德，當然是後來的周王祀成王之詩了。因此宋代以後，學者採信朱熹之說的，非常之多。例如清代姚際恆《詩經通論》說：「〈小序〉謂郊祀天地，妄也。《詩》言天者多矣，何獨此為郊祀天地乎？」吳闓生《詩義會通》也說：「朱子之說為足信。」後來有人所以會主張〈周頌〉「或有康王以後之詩」，亦即因此而來。

詩只七句，亦《詩經》短篇之一。前二句言文王、武王能承天命，是起；末句「肆其靖之」，言成王能繼承先業，安定天下，是結。中間四句，歌頌成王不圖安逸，既能繼承父祖志業，又能誠信寬厚，加以發揚光大。結語「肆其靖之」一句，勝過千言萬語，包括周公攝政時之平管、蔡，滅徐、奄等事。此皆與天命有關，故成王郊祀天地。

郊祀天地，如何祭天，如何祭地，自有一定的禮儀，清代學者如秦蕙田、孫星衍、陳奐，皆有詳實之論述。不贅引。至於絃誦歌舞如何配合的問題，樂經早佚，文獻欠缺，詩篇僅存文字，已經難以窺其堂奧了。所以有學者（如高亨等）說，這原是周代〈大武〉舞曲六首之一，但也只能備此一說而已，並不能獲得大多研究者的認同。

我將

我將我享，❶
維羊維牛，
維天其右之。❷
儀式刑文王之典，❸
日靖四方。
伊嘏文王，❹
既右饗之。
我其夙夜，
畏天之威，
于時保之！❺

【直譯】

我來奉上我祭享，
這是羊來這是牛，
但願上帝來品嘗。
效法文王的典章，
天天用來定四方。
伊是偉大的文王，
已經享用受祭饗。
我將早晚不懈惰，
敬畏上帝的威靈，
於是保佑得太平！

【注釋】

❶ 將，進奉。享，祭獻。
❷ 右，同「侑」，勸食。下同。
❸ 儀、式、刑（型），皆效法之意。
❹ 嘏，音「古」，大的意思。
❺ 于時，於是。時，同「是」。

【新繹】

〈毛詩序〉：「〈我將〉，祀文王於明堂也。」所謂明堂，是古代帝王祭祀上帝、宣揚政教的地方，無論祭祀、教學、朝會等典禮，都在此舉行。《漢書．郊祀志》說周公相成王，王道大洽，於是制禮作樂，天子在明堂辟雍，諸侯在泮宮。在明堂祭祀文王，就如同將文王與上帝視為一體，所以呂祖謙《呂氏家塾讀書記》說：「明堂祀上帝，而文王配焉。」朱熹《詩集傳》也說：「此宗祀文王於明堂，以配上帝之樂歌。」「畏天，所以畏文王也。天與文王，一也」。陳奐《詩毛氏傳疏》更比對《孝經》說：「〈思文〉后稷配天，〈我將〉文王配天，皆是周公攝政五年治績中事。」以為此詩也是周公制禮作樂的成果。

詩只十句，可分為三段。據方玉潤《詩經原始》分析，前三句祀天，言以牛羊獻祭，會得上帝保佑。中間四句祀文王，言一切儀式效法文王典章制度，以求安定四方。末三句祭者本旨，言夙夜匪懈，敬畏天威，但祈衛我周邦。吳闓生《詩義會通》還特別強調第三段，他說：「通篇注意在末三句，所以戒成王也。」終於告訴我們，這首「祀文王於明堂」的樂歌，是為「戒成王」而作的。至於作者是誰，不得而知。

另外，有人以為這首〈我將〉是〈大武〉舞曲的六首樂歌之一，說見下文〈武〉、〈酌〉等篇。

時邁

時邁其邦，❶
昊天其子之，❷
實右序有周。❸
薄言震之，❹
莫不震疊。❺
懷柔百神，
及河喬嶽，❻
允王維后。❼
明昭有周，
式序在位。
載戢干戈，❽
載櫜弓矢。❾
我求懿德，❿
肆于時夏，⓫

【直譯】

按時巡視他國家，
上帝當然撫育他，
確實保佑周天下。
急切說來威震它，
沒有諸侯不害怕。
祭祀安撫眾神靈，
並祭黃河和高山，
不愧周王是帝王。
光明照耀周王室，
依式順序在其位。
於是收起干和戈，
於是藏好弓和箭。
我們追求好德政，
施行於當前華夏，

【注釋】

❶ 時，此指天子按時巡守天下。
❷ 子，此為動詞，撫愛之意。
❸ 右序，順序佑助。
❹ 薄言，語首助詞，《詩經》常用。
❺ 疊，驚懼。
❻ 河，黃河。先秦古籍稱黃河為河。喬嶽，高山。一說：指泰山。
❼ 后，君、帝。
❽ 載，則、於是。戢，收集。
❾ 櫜，音「高」，盛放弓矢的袋子。此作動詞用。
❿ 懿，音「益」，美。
⓫ 肆，布施、執行。時，是、此。夏，中國古稱。

允王保之。

確信王會保護它。

【新繹】

〈毛詩序〉：「〈時邁〉，巡守、告祭、柴望也。」巡守、告祭、柴望，是天子之事。巡守是指天子巡視天下諸侯，每隔十二年一次。告祭是指祭祀天地山川眾神，類似後來封禪泰山之事。柴望是祭名，指柴祭和望祭。柴祭是燒柴祭天，望祭是望山川而祭。不過，巡守、告祭、柴望的周王究竟是誰，〈毛詩序〉並沒交代。《鄭箋》不但補充解釋：「武王既定天下，時出行其邦國，謂巡守也。」又說：「巡守告祭者，天子巡行邦國，至于方嶽之下而封禪也。」而且還引用《尚書》「歲二月，東巡守至于岱宗，柴望秩于山川，偏于群神。」來做為輔證。鄭玄的補充很清楚，這詩篇寫的天子是周武王。所巡守的高山是岱宗泰山。

其實，鄭玄的《箋》是有明確依據的。《左傳・宣公十二年》和《國語・周語》都引用過此詩的「載戢干戈」之句，《左傳》說是「昔武王克商作頌」，《國語》說是「周文公之頌」，周文公就是輔政成王的周公。綜合這些資料，所以孔穎達《毛詩正義》就下結論說：「武王既定天下，而巡行其守土諸侯，至于方岳之下，乃作告至之祭，為柴望之禮。周公述其事而為此歌焉。」《孔疏》的此一說明，已經非常清楚，也為周公的制禮作樂，再添一新證。

詩共十五句，曾有人分為兩章，前八句一章，後七句一章，前者言周王之威，後者言周王之德。也曾有人分為三節，以首二句為提起，下分兩節：一宣威，一布德，皆以「有周」起，以

「允王」結，說是整然有度，遺詞古腴。這些分析都各有道理，其實也大同小異，對讀者而言，都有參考的價值。

明代何楷列此詩為〈大武〉舞曲的第五樂章。說見下文〈武〉篇。

執競

執競武王，❶
無競維烈。❷
不顯成康，❸
上帝是皇。❹
自彼成康，
奄有四方，
斤斤其明。❺
鐘鼓喤喤，
磬筦將將，❻
降福穰穰。❼
降福簡簡，❽
威儀反反。❾
既醉既飽，
福祿來反。❿

【直譯】

制服強敵的武王，
無與倫比是武功。
顯赫的成王康王，
上帝也這樣推崇。
自從那成王康王，
擁有四方的邦國，
精明能幹多賢良。
敲鐘打鼓聲喤喤，
擊磬吹管聲鏘鏘，
降下福祿好多樣。
降下福祿真不少，
威嚴儀容很周到。
已經喝醉已吃飽，
福祿不停來回報。

【注釋】

❶ 執競，克制強敵。一說：自強不息。
❷ 無競，無人能比。烈，武功。
❸ 不顯，丕顯。一說：疑問句，意思是「不顯赫嗎？」。
❹ 皇，稱美。一說：立之為帝。
❺ 斤斤，明察的樣子。斤，古「昕」字，明。
❻ 筦，同「管」，樂器。將將（音「槍」），與「喤喤」都是聲音的形容。
❼ 穰穰（音「壤」），眾多的樣子。
❽ 簡簡，盛大的樣子。
❾ 反反，謹嚴的樣子。
❿ 反，歸、回報。

【新繹】

〈毛詩序〉：「〈執競〉，祀武王也。」認為這是祭祀武王的樂歌。《鄭箋》云：「競，強也。能持強道者，維有武王耳。不強乎？其克商之功業，言其強也。不顯乎？其成安祖考之道，言其又顯也。天以是故，美之子之福祿。」可見〈毛詩序〉和《鄭箋》都認為這是歌頌武王克商成功的作品。他們都不把詩中的「成康」，解釋為成王、康王，只作「成安祖考」的「成安」解，說武王能完成文王等父祖的遺志。

這個說法，和漢代今文學派的經師是一致的。據王先謙《詩三家義集疏》所引的魯詩之說，稱此詩「一章十四句，祀武王之所歌也。」仍然認為這是祭祀武王時的一首樂章。可是，從宋代開始，很多學者的看法卻不一樣。歐陽修〈時世論〉云：「不顯成康，所謂成康者，成王、康王也。」朱熹《詩集傳》也說：「此祭武王、成王、康王之詩」，言下之意，當然不取漢儒之說，把「成康」泛解為「成安」。從此以後，學者大多信從《朱傳》之說，認定這是周昭王時祭祀武王、成王、康王三王的樂歌。事實上，恰如清人牛運震《詩志》所云：「三王無合祭之禮」，周無此例。古文學派漢儒的說法未必是錯的。只是武王之後，嗣位者恰好是成王、康王，實在太巧合了。這當然也有可能若干詩句出於後人的改作。

不過，《朱傳》之說，也不是沒有成立的可能。

詩共十四句，前七句如果依照舊說，是歌頌武王克商的武功；如果依照《朱傳》之說，則是歌頌武王的功業之外，同時也歌頌成王、康王能繼承先業，分封諸侯，親近同姓。「斤斤其明」，固然形容精明能幹，實則承接上文，即有宰割天下、分封諸侯之意。後七句先寫祭祀時各種樂器的演奏，載歌載舞的場景，應該就在裡面；後寫神靈欣然受祭，回報很多福祿。

〈周頌〉中像〈清廟〉早期之作，多不用韻，這首〈執競〉之詩，卻以「陽」部「元」部前後分別押韻，顯然在用韻的寫作上，相隔百年左右，有了很大的進步。同時篇中採用四言一句的整齊句式，和三對疊詞，亦前所未見，這應該和著成年代較晚有關係，也是筆者願意採納《朱傳》說法的主要原因。

思文

思文后稷，
克配彼天。
立我烝民，❶
莫匪爾極。❷
貽我來牟，❸
帝命率育。❹
無此疆爾界，
陳常于時夏。❺

【直譯】

想有文德的后稷，
能夠配享那上帝。
穀粒養活我眾人，
沒有不是你大恩。
留給我小麥大麥，
上帝令普遍養活。
不要分此疆彼界，
施行常道在中國。

【注釋】

❶ 立，定。有存活之意。一說：立是「粒」的省文。烝民，眾民。
❷ 匪，非。極，至、大恩至德。
❸ 貽，留。來，小麥。牟，大麥。
❹ 率，大致、普遍。育，種植。
❺ 陳，布、布施。常，常道。時，是、此。夏，中國。

【新繹】

〈毛詩序〉：「〈思文〉，后稷配天也。」意思是：周之始祖后稷，教人播種百穀，其恩德可與上天相配，所以後人立為祖廟，常在祈禱年穀豐收之際，以后稷配天，人鬼天神同時並祀。《鄭箋》就這樣說：「周公思先祖有文德者后稷之功能配天。昔堯遭洪水，黎民阻飢，后稷播殖百穀，烝民乃粒，萬邦作乂。」可見后稷萬世之功，真可謂德配天地。

〈毛詩序〉說的，是漢儒古文學派經師的看法，據王先謙《詩三家義集疏》所引的魯詩之說：「后稷配天之所歌也」，以及齊詩之說：「周公相成王，王道大洽，制禮作樂，郊祀后稷以配天。」

·來牟·

可見今文學派經師的看法，沒有什麼不同。我們再看《孝經》說過：「昔者周公郊祀后稷以配天」，《國語．周語》也說：「周文公之為頌曰：思文后稷，克配彼天。」應該可以確定：周公郊祀、后稷以配天此一說法，是古人的公論，核對詩中文字，亦無牴觸，難怪古代的儒者沒有什麼異議。朱熹《詩集傳》只好說：「言后稷之德，真可配天」，姚際恆《詩經通論》也只得如此下結論：「此郊祀后稷以配天之樂歌，周公作也。……郊祀有二：一冬至之郊，一祈穀之郊，此祈穀之郊也。〈小序〉謂后稷配天，此詩中語，是已。《集傳》猶不之信，但曰『言后稷之德，真可配天』，意以無祀天之文也。古人作〈頌〉從簡，豈同〈雅〉體鋪張其辭乎！可謂稚見矣。」最後不但確定這是祈穀的郊祭，竟然還調侃了朱熹幾句。

姚氏最後的幾句話，說作〈頌〉從簡而〈雅〉體鋪張，是很有道理的。試將此詩與〈大雅．生民〉比較，即可看出二者的不同。同樣寫后稷，此詩是歌頌其功德，〈生民〉則是追述其事迹。此詩應有歌有舞，所以文字簡短，〈生民〉可能是清歌絃誦，所以聲促而文長。

最後說到此詩的形式結構。此詩只有八句，不分章。雖然詩中「稷」與「極」、「天」與

「民」古韻可押，但不規則。用字也相當古奧，例如「克配彼天」的「配」，是「妃」字的假借。「配」的本義是酒色，「妃」才有匹配之意。「立我烝民」的「立」，也是「粒」的假借；「貽我來牟」的「來牟」，則是「麥」的合聲。這些應該都是周代金文中才可以看到的用法。全詩八句之中，可以分成兩個段落。前兩句點明主題，歌頌后稷功德，可以配享天帝；後六句則說明他配享天帝的原因：他不但教人種殖，養活全民，而且稟受天命，教人不分彼此，推行農政。

臣工

嗟嗟臣工，❶
敬爾在公。
王釐爾成，❷
來咨來茹。❸
嗟嗟保介，❹
維莫之春。❺
亦又何求？
如何新畬？❻
於皇來牟，❼
將受其明。
明昭上帝，
迄用康年。❽
命我眾人，
庤乃錢鎛，❾

【直譯】

嗟嗟！群臣百官，
慎重你們為公務。
王分賞你們成田，
今來詢問來調度。
嗟嗟！侍衛甲士，
已是遲暮的春天。
大家還有啥心願？
怎樣耕新田熟田？
嗚呼美好的麥籽，
即將獲得它盛產。
光明睿智的上帝，
一直回報大豐年。
下令給我們眾人，
準備你鐵鏟鋤頭，

【注釋】

❶ 嗟嗟，嘆詞。臣工，群臣百官。
❷ 釐，賞賜。成，成田，是說穀物豐熟。
❸ 咨，諮詢。茹，度、商量。
❹ 保介，即田畯、田官。一說：三公以下的眾臣。
❺ 莫，「暮」的古字。
❻ 畬，音「余」，已墾二年的熟田。
❼ 於，同「烏」，嗚呼。嘆詞。來牟，小麥大麥。
❽ 康年，豐年。
❾ 庤，音「至」，具備。乃，你。錢、鎛，都是挖土的農具。

·鎛·

·錢·

奄觀銍艾。❿

同看鐮刀來收穫。

❿奄，全。銍，音「至」，鐮刀。艾，通「刈」，收割。

【新繹】

〈毛詩序〉：「〈臣工〉，諸侯助祭，遣于廟也。」這個題解，說得太簡短，話沒講清楚，所以《鄭箋》忙著補充解釋，不但引用《禮記．月令》的「孟春，天子親載耒耜，措之于參保介之御間」，來說明詩的寫作背景，還一再強調詩中的「保介」，即天子的車右勇力之士。但為什麼天子要親載農具，由被甲執兵的侍衛陪著，去表演耕田的動作呢？《鄭箋》一樣沒講清楚。《禮記．月令》寫的事，對古人而言，是生活中的常識，一提點大家就懂得了，但年遠世異之後，很多古人生活中的常識，都變成後人艱深難懂的學問了。

其實看《禮記．月令》的原文：「孟春之月，天子親載耒耜，措之于參保介之御間，帥三公、九卿、諸侯、大夫，躬耕帝籍」等等，是比較清楚的。籍，就是籍田，是周天子所擁有而由農奴耕種的大片田地。在井田制度中，它由很多農民分擔耕作，而由農官（就是〈豳風．七月〉、〈小雅．甫田〉等篇所說的田畯）負責管理。管理田地的開發、疆界及有關耕作的種種辦法，自有一套規定，就叫「成法」。周天子在每年的孟春正月（周曆孟春正月，也就是夏曆的暮春三月），為了表示重視農業生產，都要由侍衛陪同，率領公卿諸侯大夫去行籍田之禮。他們都要親載農具，表演幾下。通常是先在祖廟裡舉行祭祀，演唱歌舞，禱告神明。然後實地去慰問，不但春耕時要去籍田做些親耕的動作，收穫時也要親自去省視。

了解這種時代背景，再來讀這首詩，很多問題就可以解決了。〈毛詩序〉所謂「諸侯助祭，遣于廟也」，並沒有錯。今文學派的魯詩之說（見王先謙《詩三家義集疏》）主張此詩「諸侯助祭，遣之於廟之所歌也。」說得更好。至於朱熹說：「此戒農官之詩」，也沒有錯，但範圍小了，沒有宗廟祭祀的成分了。姚際恆《詩經通論》問得好：「《集傳》謂戒農官之詩，若是，則當在〈雅〉，何以列于〈頌〉乎？」顯然這是天子遣于廟，不只是戒農官而已。姚際恆還引用明代鄒忠允（字肇敏）之說，認為這是「耕籍而戒農官」之詩。

詩共十五句，結合下篇〈噫嘻〉等詩看，歷來學者多認為詩成於成王或康王之世，而出於史官之手。前八句是周王戒勉臣官及垂詢保介之詞。點明這是籍田之祭，臣官、保介，皆助祭之人。「敬爾在公」，「公」亦指宗廟，見《禮記．曲禮上》。「如何新畬」，指新耕復耕之田，如何整治，宜種何物。後七句是禱告上帝及祈收豐年之詞。用字古奧，很像商周彝器上的銘文。

《朱傳》曾說：「或疑〈思文〉、〈臣工〉、〈噫嘻〉、〈豐年〉、〈載芟〉、〈良耜〉等篇，即所謂〈豳頌〉，亦未知其是否也？」這六篇頌，都是農事詩，大約都作於周初。把這些詩拿來和〈豳風〉的〈七月〉、〈大雅〉的〈楚茨〉、〈信南山〉、〈甫田〉、〈大田〉等篇合看，對於了解當時的社會背景和農業生產，有一定的幫助；對於了解周族的先世，后稷和公劉等，如何重視農事，如何發展農業，也同樣有一定的參考價值。

噫嘻

噫嘻成王，❶
既昭假爾。❷
率時農夫，❸
播厥百穀。❹
駿發爾私，❺
終三十里；
亦服爾耕，❻
十千維耦。❼

【直譯】

聲聲祈禱誦成王，
已經明明請到您。
請帶領這些農夫，
播種那各種穀物。
快快開發你私田，
盡在方圓三十里；
也從事你的耕作，
萬夫成對齊犁地。

【注釋】

❶ 噫嘻，嘆詞。成王，武王之子。
❷ 假，格、至。昭假，神靈昭然降臨。
❸ 時，是、這些。
❹ 厥，其。百，泛稱，言其多。
❺ 駿，疾、快。發，開發、耕。私，私田、民田。一說：即「耜」。
❻ 服，事、從事。
❼ 耦，音「偶」，兩人一起耕作。

【新繹】

〈毛詩序〉：「〈噫嘻〉，春夏祈穀于上帝也。」話很簡短，問題卻很多。從詩的本文看，當然是祈求豐收之詞，但開頭首句禱告的，卻是成王。這個成王，是死後的諡號或生前的稱呼呢？如果是前者，那麼此詩當成於康王之世，如果是後者，合不合乎史實？「既昭假爾」又該怎麼解釋？還有，詩中只出現「成王」，為什麼〈毛詩序〉卻稱他為「上帝」，說是「春夏祈穀于上帝」？

這些問題，從宋代以來，一直爭論不已。現在經過王國維、郭沫若等的研究，已經證明西周尚無謚法，成王在世也可以稱成王，詩中的成王是生號而非死謚；「昭假」的對象，雖然通常是上帝或先公先王，但也可以用於生人。因此，說此詩作於成王之世是可以成立的，說是成於康王之時，那當然更無問題。

〈噫嘻〉應該和〈臣工〉一樣，是在周族宗廟裡載歌載舞的祭歌，宗廟裡既祭祀祖靈，也祭祀上帝。詩中從天上召喚請來的祖靈，祂們平常在天上侍奉上帝，往來天庭祖廟之間，隨時奉命降臨宗廟，接受後代子孫的祭祀，為重視農業生產的子子孫孫帶來許多福祿。無疑的，成王也出現在這載歌載舞的場合裡，為農夫的春耕夏耘，祈求上帝賜福。

詩共八句，前四句寫召喚成王的神靈，祈求上帝教人播種百穀。詩中的「農夫」，有人據《爾雅．釋言》說是指田畯、農官而言。後四句即告戒農官之詞。「駿發爾私」的「私」，有人說是「厶」的假借，意即「耜」字，指農具而言。「三十里」，據《周禮》說合田千畝，可容萬人耕種，是一個農業行政區域，由一個農官管理。此亦正合下文「十千」之數。這樣說來，詩中所寫，似乎又與周代籍田制度有些關係。

振鷺

振鷺于飛，
于彼西雝。❶
我客戾止，❷
亦有斯容。
在彼無惡，❸
在此無斁。❹
庶幾夙夜，❺
以永終譽。❻

【直譯】

振羽白鷺在飛翔，
在那西郊池澤裡。
我們客人已來到，
也有這潔白容儀。
在別處沒人憎惡，
在這裡沒人厭棄。
希望早晚不懈怠，
來長久保持榮譽。

【注釋】

❶ 雝，音「雍」，水澤。古代辟雍泮宮在西郊。
❷ 客，指夏、殷二朝後裔。戾，至。止，語氣詞。
❸ 惡，音「勿」，厭惡。
❹ 斁，音「亦」，厭倦。
❺ 庶幾，表示希望的語氣。
❻ 永、終，皆有長久之意。

【新繹】

〈毛詩序〉：「〈振鷺〉，二王之後，來助祭也。」說得太簡略，真叫人摸不著頭腦。原來結連上二篇，還是在寫有關成王的祭歌。這裡所說的「二王」，指的是夏王、商王的後裔，即西周時杞國和宋國的國君。《鄭箋》就是這樣說的：「二王，夏、殷也。其後，杞也，宋也。」他們在成王祭祀祖廟時，也都以諸侯之禮來助祭。

漢代經師之中，不但古文學派的〈毛詩序〉這樣說，今文學派的三家詩也沒有異議，而且據王先謙《詩三家義集疏》所引的齊詩之說，還說是「王者存二王之後，所以尊其先王而存三統也。」我們知道，武王伐紂滅商之後，為了協和萬邦，實行懷柔政策，曾求夏禹的後裔，得東樓公，封於杞（今河南杞縣附近）；又封紂王之子武庚於殷墟，後來武庚叛亂被殺，又改封紂王庶兄微子於宋（今河南商邱附近）。這就是所謂「存二王」。至於「存三統」，是說同意杞、宋立國，可「使郊天以天子禮，祭其始祖受命之王，自行其正朔服色。」

漢代經師的這種說法，歷唐宋而無爭論，至明代的鄒肇敏、何楷，清代的姚際恆，才對「二王之後來助祭」之說有所質疑。像姚際恆就主張來助祭者惟殷商之後微子一人而已。理由是詩中的白鷺，和商人尚白的觀念相符合等等。不過，大多數的研究者，都還是採信舊說。

〈周頌〉之詩，多用賦筆，此詩卻用白鷺起興，比較特別。西雝，指西郊的辟雍，那是周王及貴族子弟舉行禮樂大典和接受教育的場所。詩只八句，前四句說有客蒞止，潔白如鷺。後四句稱美其德，遠近聞名。最重要的應該是首句「振鷺于飛」，它讓我們彷彿看到了祭祀時，助祭者翩翩的舞姿和潔白的儀容。

豐年

豐年多黍多稌，❶
亦有高廩，❷
萬億及秭。❸
為酒為醴，❹
烝畀祖妣。❺
以洽百禮，
降福孔皆。❻

【直譯】

豐年多小米稻米，
還有高大的糧倉，
數以萬、億達萬億。
用來釀酒做甜酒，
進獻給先祖先妣。
用來配合各祭禮，
神靈降福多又齊。

【注釋】

❶稌，音「途」，稻的總稱。
❷廩，音「凜」，高大的米倉。
❸億，萬萬。秭，音「籽」，十億。一說：萬億。極言收穫之多。
❹醴，音「禮」，甜酒。
❺烝畀，音「爭必」，進獻。祖妣（音「比」），男女祖先。
❻孔，大、多。皆，齊。一說：嘉。

【新繹】

〈毛詩序〉：「〈豐年〉，秋冬報也。」這種題解，實在太簡略，根據《鄭箋》所云：「報者，謂嘗也，烝也。」嘗是秋祭，烝是冬祭，顯然可見〈毛詩序〉是把此詩結合上文〈噫嘻〉篇一起看，以為〈噫嘻〉是寫「春夏祈穀于上帝」，此詩則寫秋冬報成。因此，「秋冬報」可以解釋為：豐收之後，在宗廟裡秋祭冬祭時，報成于上帝。但這樣解釋，核對詩中所寫的「烝畀祖妣」、

「以洽百禮」，似乎還有問題。「百禮」，據《孔疏》說，是指牲、玉、幣、帛等祭品，如果把「百禮」解為「百神」，那麼祭祀的對象，便不止上帝及祖靈，還可以包括其他種種神靈，上至天地，以至方蜡（音「乍」）。唐代以後，很多學者是這樣解釋的。宋代蘇轍《詩集傳》就以為是「秋祭四方，冬祭八蜡」。八蜡，指合祭萬物，包括貓、虎、昆蟲等等。朱熹《詩序辨說》也以為「此非宗廟之詩也」，並且在其《詩集傳》中更主張：「此秋冬報賽田事之樂歌。蓋祀田祖、先農、方社之屬也。」田祖、先農，當指神農、后稷，方社當指社神。明初朱善曾闡而明之：「收入之多，而祭禮之無不備；祭禮之備，而福祿之無不徧。此方社之賜也，而亦田祖先農之力也。秋而報焉，則方社之謂也；冬而報焉，則蜡祭百神之謂也。以其同謂之報祭，故同歌是詩也。」清代方玉潤《詩經原始》更推而廣之，說此詩是寫「秋冬大報」。大報，即大祭天地百神，無所不包。陳喬樅在探索三家詩遺說之餘，也在《魯詩遺說考》中這樣說：「此烝、嘗，非四時宗廟之祭也」、「謂之嘗者，取物成嘗新之義。謂之烝者，取品物備進之義。」意思是說：烝、嘗不一定要解為四時宗廟之祭。陳子展《詩經直解》引用《左傳．僖公十九年》的「周饑，克殷而年豐」，說：「周人創國，驟遇豐年，為之狂喜，而祀祖妣，徧及天地群神」、「最合史實」，大概也有意將此詩獨立來看，賦給它新的意義。

詩無達詁，這是無可奈何之事。筆者透過毛、鄭之說，推尋編詩者之意，仍然以為〈噫嘻〉為春夏祈祭之歌，〈豐年〉為秋冬報祭之歌，而與下文〈載芟〉、〈良耜〉二篇，前後互相呼應。「萬億及秭」以下四句，複見於〈載芟〉篇中，應非偶然。

詩只七句，純用賦筆。前三句言慶豐收，「萬億及秭」極言其多。秭，十億之謂。一說萬億為秭。此句雖誇張，卻有趣。後四句寫報祭上帝之詞。「烝畀祖妣」，依〈噫嘻〉之例，當以祖靈為媒介，禱告於上帝。「以洽百禮」句，無論「百禮」解作神靈眾多或祭品豐盛，皆足以徵見宗廟祭禮中陳設之禮儀及歌舞之扮演，此詩中所未寫者。字句少，正見歌舞音節之舒緩。

有瞽

有瞽有瞽，❶
在周之庭。
設業設虡，❷
崇牙樹羽。❸
應田縣鼓，❹
鞉磬柷圉。❺
既備乃奏，
簫管備舉。
喤喤厥聲，
肅雝和鳴，
先祖是聽。
我客戾止，
永觀厥成。❻

【直譯】

有很多盲人樂師，
在周朝的大廟庭。
擺設鐘磬的版架，
架上掛鉤插彩翎。
小鼓大鼓和懸鼓，
搖鼓石磬和柷圉。
已經擺好就演奏，
排簫管笛都吹起。
宏亮雄放那樂聲，
莊重雍容相和鳴，
祖先神靈來諦聽。
我們客人已來到，
一直看它到禮成。

【注釋】

❶ 瞽，音「古」，盲人。此指樂師。古代樂師多是盲人。

❷ 業，懸掛鐘磬的大版。虡，音「巨」，懸掛鐘磬兩旁的直柱。見〈大雅．靈臺〉篇。

❸ 崇牙，業版上懸掛鐘磬的掛鉤。樹，立起。羽，彩翎的裝飾。

❹ 應，小鼓。田，大鼓。縣，「懸」的古字。

❺ 鞉，音「桃」，亦作「鼗」，一種用木柄搖動發響的小鼓。柷，音「祝」，一種方斗形的木製樂器，用以起樂。圉，音「宇」，通「敔」，一種形狀像伏虎的敲打樂器，用以止樂。

❻ 成，樂終、禮成。

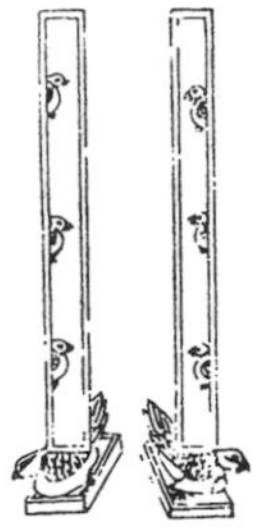

·磬虡·

·鐘虡·

·業·

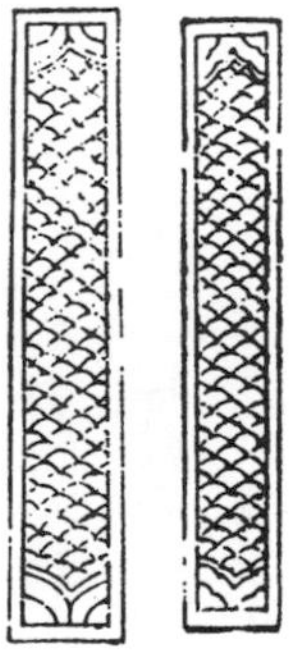

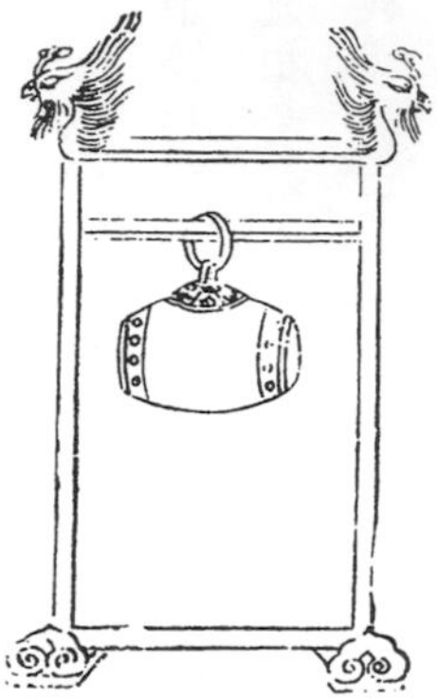

·應鼓·

·崇牙·

·植羽·

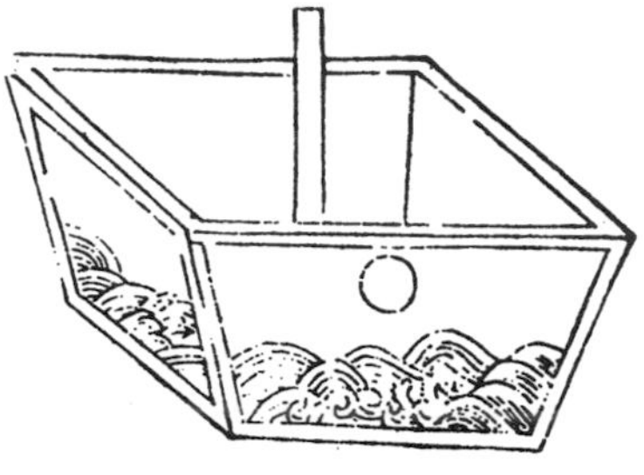

·柷·

·圉·

【新繹】

〈毛詩序〉：「〈有瞽〉，始作樂而合乎祖也。」《鄭箋》補充解釋：「王者始定，制禮功成。作樂合者，大合諸樂而奏之。」這彷彿在說周公制禮作樂之事。所以《孔疏》進一步闡釋，說周公攝政六年，制禮作樂，一代之樂功成，合諸樂器，請樂師奏於太祖之廟，告神以知善否，並請王侯群臣來聽賞。王先謙《詩三家義集疏》所引魯詩之說，也說是：「始作樂，合諸樂而奏之所歌也。」說法相同。核對詩中所寫，也切合詩旨，宋儒如朱熹等人，未見有何異議別解。清儒之中，如姚際恆也以為舊說「近是」，並且加注：「祖，文王也。成王祭也。」認為這是成王祭文王時的樂歌。古人以為：凡樂初成，必薦之祖考，而後譜之樂官，登之郊廟。這正是一個典型的範例。至於〈毛詩序〉所說的「合乎祖」，有人以為是指成王始行祫（音「俠」）祭，亦即「合先君之主於祖廟而祭之」的意思。如此則成王所祭者，不止文王一人而已。

詩共十三句，前二句寫樂師的特徵及其所在的位置。周朝多以盲人為樂師，據《鄭箋》云：「目無所見，於音聲審也。」演奏的位置則在廟庭之中。第三句至第八句，則寫樂器的陳設及種類。先寫上文〈大雅．靈臺〉篇出現過的，掛樂器的大版（業）、木架（虡）和架上掛鈎（崇牙），再寫所懸掛的鼓、磬。柷和圉都是木製的樂器，前者用以起樂，後者用以止樂。另外還有竹製的樂器，如簫、笛之類。第九句至第十一句，寫樂師演奏上述的各種樂器，眾樂齊鳴，既肅穆，又和諧，彷彿一個大型音樂會。可惜詩中只見文字，聽不見現場的樂聲。最後兩句寫在座的王侯群臣，都深受感動，聽到樂曲終了。

潛

猗與漆沮，❶
潛有多魚。
有鱣有鮪，❷
鰷鱨鰋鯉。❸
以享以祀，
以介景福。❹

【直譯】

蕩漾呀漆水沮水，
潛藏有許多魚類。
有鰉魚還有鱘魚，
另外有鰷鱨鰋鯉。
用來上供來祭祀，
用來祈求大福氣。

【注釋】

❶ 猗（音「依」）與，讚嘆之詞。猗，漪。與，歟。漆、沮（音「居」），水名，在陝西境內。

❷ 鱣，音「詹」，鰉魚、鯉魚的一種。鮪，音「偉」，鱘魚。已見〈衛風．碩人〉篇。

❸ 鰷，音「條」，白鯈魚。鱨，音「嘗」，黃顙魚。鰋，音「衍」，鯰魚。已見〈小雅．魚麗〉篇。

❹ 介，丐、求。景，大。

【新繹】

〈毛詩序〉：「〈潛〉，季冬薦魚，春獻鮪也。」《鄭箋》補充解釋：「冬魚之性定，春鮪新來。薦獻之者，謂於宗廟也。」原來詩中所寫的鱣魚、鮪魚等等，都和宗廟祭祀有關。據《禮記．月令》說：「季冬，命漁師始漁。天子親往，乃嘗魚，先薦寢廟。」又：「季春，薦鮪于寢廟。」

可見毛、鄭之說，正與古禮相合。

詩只六句二十四字，是《詩經》短篇之一。篇幅雖短，卻簡勁明快，饒有趣味。前二句寫地點，沮、漆二水，在渭河之北，岐周附近。不直接寫宗廟所在，卻從獻祭宗廟之物的產地寫起。「猗與」即「漪歟」，想見水波蕩漾之貌，蓋其中有魚。魚與熊掌，古人所珍，西北黃土高原地區，殊為難得。冬日天寒，魚多深潛水中，「潛」字韓詩、魯詩皆作「涔」，涔為「槮」之借字，《毛傳》：「潛者，槮也。」據王先謙《詩三家義集疏》云：「列木水中，魚得藏隱，有若池然。」即所謂魚池、魚舍，蓋便於漁師取用。第三第四兩句，以六種大魚渲染魚類之多，與〈小雅・魚麗〉篇可以合看。鱣即鰉魚，鮪即鱘魚，皆長約二丈左右，可稱大魚，為享祭之上品。最後二句，寫以魚祭祀之目的。詩中雖未明言，然據《呂氏春秋・季春紀》云：季春之月「薦鮪于寢廟，乃為麥祈實。」原來在宗廟裡祭獻鮪魚，即詩中所謂「以介景福」，是為了祈求麥子穀物豐收。魚類繁殖快，鮪魚尤為多產盛產之象徵，故季春祭祀時，有此薦諸寢廟之禮儀，有此演奏之樂歌。

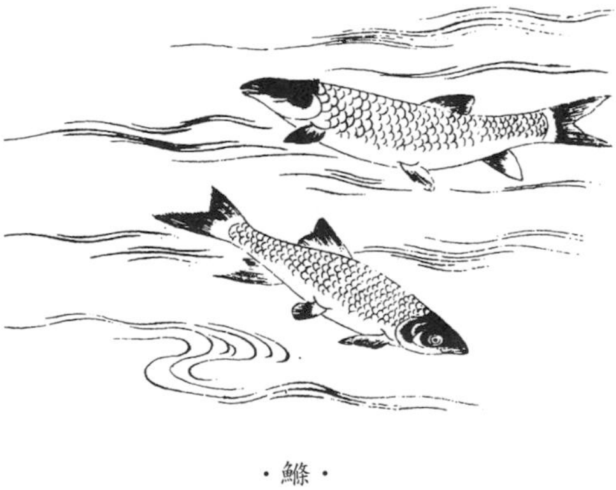

・鰷・

雝

有來雝雝，❶
至止肅肅。❷
相維辟公，❸
天子穆穆。
於薦廣牡，❹
相予肆祀。❺
假哉皇考，❻
綏予孝子。❼
宣哲維人，❽
文武維后。❾
燕及皇天，❿
克昌厥后。⓫
綏我眉壽，⓬
介以繁祉。

【直譯】

有人來安安靜靜，
到這裡恭恭敬敬。
助祭的是眾公侯，
天子肅穆又端正。
啊進獻大公牛時，
幫助我陳列祭物。
降臨吧偉大先父，
來保佑我這孝子。
聰明智慧屬賢臣，
能文能武屬明君。
安定了皇家天下，
能夠昌盛他後嗣。
保佑我秀眉長壽，
求得了很多福祉。

【注釋】

❶ 雝，同「雍」，和順的樣子。
❷ 至止，是說到了祖廟。止，語助詞。
❸ 相，音「向」，助。指助祭者。辟公，諸侯。
❹ 於，同「烏」，嘆詞。廣牡，大公牛。
❺ 相，助。予，我。主祭者自稱。肆，陳列。
❻ 假，格、至。是說神靈降臨。一說：大、美。
❼ 綏，安撫、保佑。予，我、主祭者自稱。
❽ 宣哲，明智。人，人臣。
❾ 后，君王。
❿ 燕，安。

既右烈考，⑬
亦右文母。⑭

既敬享光榮先父，
也敬享文德先母。

⑪ 厥后，其後代子孫。
⑫ 眉壽，長壽。
⑬ 右，通「侑」，勸飲食。考，先父。
⑭ 文母，有文德的先母。

【新繹】

〈毛詩序〉：「〈雝〉，禘大祖也。」禘，指禘祭。禘祭，是大祭，要在圜丘祭天，在方丘祭地，在宗廟祭先祖。這裡說「禘大祖」，自指宗廟的禘祭。大祖，即太祖。但太祖指誰，是后稷或文王，或帝嚳呢？自《毛傳》、《鄭箋》以下，眾說紛紜，迄無定論。《毛傳》以為是后稷，陳奐《詩毛氏傳疏》申其說；《鄭箋》以為是文王，王先謙《詩三家義集疏》證其說；宋儒後學者各有主張，甚或以為指帝嚳。朱熹《詩序辨說》則以為「此詩但為武王祭文王而徹俎之詩，而後通用於他廟耳。」另外，在其《詩集傳》中也引用《周禮．春官．樂師》的「率學士而歌〈徹〉」，和《論語．八佾》篇的「以〈雍〉徹」，來說明此詩〈雝〉又名〈徹〉或〈雍〉，皆祭畢徹俎時所歌。我們看王先謙《詩三家義集疏》所引用的魯詩之說，《後漢書．劉向傳》云：「文王既沒，武王、周公繼政，朝臣和於內，萬國驩（同「歡」）於外，故盡得其驩心，以事其先祖。其詩曰有來雝雝，至此肅肅，……言四方皆以和來也。」可見朱熹之說，言之有據，故從之。

詩共十六句，舊不分章，姚際恆《詩經通論》則分為四章，每章四句，並說：「每句有韻，甚奇」、「前後相關，音調纏綿繚繞，尤為奇變。」特別是開頭二句「有來雝雝，至此肅肅」以對偶起，結尾二句「既右烈考，亦右文母」以排比作結，中間又有「宣哲維人，文武維后」二句，尤其引人注目。至於其結構，前四句言祖廟之內，天子主祭，諸侯公卿助祭，無不儀容肅穆。第五句以下，皆祝祭之詞。「予」、「我」皆天子自稱。「於薦廣牡」見祭物之盛。「假哉皇考」言神靈受祭。以下各句或頌言皇考功德，或祈告神降福祉。最後交代，受祭者不只皇考，先妣亦在其中。

以上依三家詩、《鄭箋》及《朱傳》之說，認為是周武王時祭祀文王所唱的樂歌，但從詩中文字看，並不能得到印證。如依毛詩之說，則陳子展《詩經直解》採陳奐之說，認為這是成王時的禘祭太祖之作，他所說的：「太祖，后稷也」、「皇考，文王也。予，我，予孝子，成王自稱也。烈考，武王也。文母，文王之妃太姒也。」這些說法，可供讀者參考。

載見

載見辟王，❶
曰求厥章。
龍旂陽陽，❷
和鈴央央。❸
鞗革有鶬，❹
休有烈光。
率見昭考，❺
以孝以享，❻
以介眉壽。❼
永言保之，
思皇多祜。
烈文辟公，❽
綏以多福，❾
俾緝熙于純嘏。❿

【直譯】

起先朝見君王時，
說要考求那典章。
交龍旗幟映日光，
和鈴鸞鈴響丁當。
轡頭金飾聲鏘鏘，
美麗有強烈光芒。
相率來見昭王廟，
藉來孝敬來獻享，
來祈求長壽無疆。
永遠說保佑他們，
想要多多大福祥。
武功文德眾公侯，
賜給他們多福祥，
使光明繼續發揚。

【注釋】

❶ 載，始。辟王，君王，指成王。

❷ 龍旂，畫有交龍圖案的旗幟。上公所用。陽陽，鮮明的樣子。

❸ 和，掛在車軾前的鈴。鈴，掛在旗上或車衡上的鈴。已見前。央央，輕巧的聲音。

❹ 鞗（音「條」）革，即鋚勒，馬轡頭上的銅飾。有鶬（音「倉」），即鶬鶬，銅飾相擊聲，鏘鏘作響。

❺ 昭考，皇考、先父。指武王。

❻ 孝、享，皆獻祭之意。

❼ 介，丐、求。眉壽，長壽。

❽ 已見〈周頌．烈文〉篇。

❾ 綏，賜。一說：安。

❿ 緝熙，光明。一說：繼續。純嘏，厚福。

【新繹】

〈毛詩序〉：「〈載見〉，諸侯始見乎武王廟也。」這個解題，是說成王嗣位，諸侯入朝，助祭於武王廟，詩人歌此而作。古今對此沒有異議，但開頭首句「載見辟王」，可能有人會誤以為是指始見武王，所以《鄭箋》注明：「諸侯始見君王，謂見成王也。」《孔疏》說得更清楚：「周公居攝七年而歸政成王。成王即政，諸侯來朝，於是率之以祭武王之廟。詩人述其事，而為此歌焉。」據此，詩應該作於武王禰廟初成、成王免喪執政之時。魏源《詩古微》、陳奐《詩毛氏傳疏》不完全同意《孔疏》的說法，以為時間可以提前幾年，應該是成王三年免喪，武王初入禰廟之時。兩種說法都講得通，也都可以看出周人敬天法祖、慎終追遠的觀念。

詩共十四句，不分章。詩從諸侯朝見成王寫起。成王嗣位，由周公輔政，正興禮儀，故率諸侯公卿見於昭廟。周朝宗廟制度：太祖居中，子孫分列左右。左昭右穆，依序排列。文王為穆，武王為昭。故成王稱武王廟為昭廟，詩中亦稱武王為昭考。前六句寫諸侯來朝成王時的車馬之盛、禮儀之美。第七句以下，寫入廟祭告武王之詞，祈願君臣並受多福。一以顯皇考之功烈，一以彰萬國之歡心。何楷《詩經世本古義》嘗云：「大抵宗廟祭祀，多以諸侯助祭為重。觀此及〈清廟〉、〈雝〉詩可見。」信然！

有客

有客有客，
亦白其馬。❶
有萋有且，❷
敦琢其旅。❸
有客宿宿，
有客信信。❹
言授之縶，❺
以縶其馬。
薄言追之，❻
左右綏之。
既有淫威，❼
降福孔夷。❽

【直譯】

有客有客來歇駕，
也都騎著那白馬。
隨從又多又恭謹，
團團精選那隊伍。
有客一宿又一宿，
有客再宿又再宿。
我來給他繫馬繩，
來繫絆那馬啟程。
急急的我追送他，
左右紛紛慰留他。
既然有此大威儀，
神降福祉真容易。

【注釋】

❶殷人尚白，故來客殷人亦乘白馬。
❷即萋然、且然，皆形容眾多。
❸敦琢，猶言「雕琢」。精選之意。見〈大雅．棫樸〉篇。
❹信，再宿。
❺縶，音「執」，用繩索拴住馬腳。此作名詞，下句「縶」為動詞。
❻追，這裡有「送」之意。
❼淫威，應指周公誅武庚之事。
❽孔夷，甚平易。夷，易，亦有「大」意。

【新繹】

〈毛詩序〉：「〈有客〉，微子來見祖廟也。」《鄭箋》補充說明：「成王既黜殷，命殺武庚，命微子代殷後，既受命來朝而見也。」微子是商紂庶兄，原封於微，及周武王克商，改封於宋。成王時，商湯嗣子武庚叛，周公誅之，成王乃命宋微子代殷之後，奉其先祀，待之如客。此詩寫微子入周助祭祖廟，漢儒無論今古文學派，說法都一致。《孔疏》、《朱傳》亦無異議。《孔疏》還將此詩與〈振鷺〉、〈有瞽〉二篇所寫夏殷二王之後，連在一起，視為同時之事，皆列在成王之世。明代何楷《詩經世本古義》更將此三篇，視為微子一人相關之辭。他說：〈振鷺〉是周成王時，微子來助祭于祖廟，先習射于澤宮；〈有瞽〉是成王大祫也，合諸樂於太廟奏之，微子蓋以客禮來助祭；此篇〈有客〉則微子助祭于周，畢事而歸，王使人燕餞之，而作此詩。何楷的這種說法，多多少少有附會的嫌疑。不過也從明清開始，有些學者以為所謂「來見祖廟」者，應非微子，而是箕子。例如鄒肇敏、姚際恆、方玉潤等人都是。箕子朝周，在周武王生前，事見《史記．宋世家》，謂此詩作於彼時，其實不太可能。何況詩中「左右綏之」、「既有淫威」等句，據吳闓生說：「淫威，猶疾威，指革命而言。謂天既加以大伐，將更降之以平夷之福也。」更有周滅武庚而安撫宋微子之意，因此筆者採信〈詩序〉之說。

此詩共十二句，不分章。姚際恆《詩經通論》卻分為三章，每章四句。第一章言其至也，第二章言其留也，第三章言其去也。層次頗為分明。開頭二句，起得鮮明。「亦白其馬」，點明殷人尚白。最後兩句，結得精彩，如無「降福孔夷」一句，我們幾乎忘了這是王朝祭祀詩，而是餞行贈別之詞了。

武

於皇武王，❶
無競維烈。❷
允文文王，
克開厥後。
嗣武受之，❸
勝殷遏劉，❹
耆定爾功。❺

【直譯】

啊！偉大的武王，
沒人可比是功績。
確有文德的文王，
能夠開導他後裔。
嗣位武王繼承他，
戰勝殷紂止殘虐，
因而奠定您功業。

【注釋】

❶ 於，同「烏」，於皇，歎美之辭。
❷ 無競，無與倫比。烈，功業。
❸ 嗣武，嗣子武王。一說：步武承先。
❹ 遏，制止。劉，虐殺。
❺ 耆，音「止」，「厎」的借字，致、因此。爾，您。

【新繹】

〈毛詩序〉：「〈武〉，奏〈大武〉也。」《鄭箋》：「〈大武〉，周公作樂所為舞也。」可見這是周公制禮作樂時所編訂的舞曲。據《左傳．宣公十二年》所載楚莊王的話：「武王克商，作〈武〉，其卒章曰：耆定爾功」云云，可見武王克商時曾作軍歌，有歌有舞，其名為「武」。周公所編訂的〈大武〉舞曲，應該就是據此而來。《孔疏》也說：「武王伐紂，至于商郊，停止宿夜，士卒皆歡樂歌舞以達旦。」其歌舞名〈武宿夜〉，「即〈大武〉之樂也」。又說：「周公攝政六年之時，象武王伐紂之事，作〈大武〉之樂，既成而於廟奏之。詩人睹其奏而思武功，故述其事而作此歌焉。」因此〈大武〉之樂，一名〈武宿夜〉，簡稱為〈武〉，在當時非常著名，後來用為宗廟祭祀的舞曲。

不過，〈大武〉之樂，原是一套舞曲，不止一章一曲而已。《禮記．樂記》云：「〈武〉樂六成」，《鄭箋》：「成，猶奏也。每奏〈武〉曲，一終為一成。」據何楷《詩經世本古義》考查，〈大武〉之樂，原來確實包括有〈武〉、〈酌〉、〈賚〉、〈般〉、〈時邁〉、〈桓〉六曲。其中〈武〉為六成之始，紀北出伐商之事；〈酌〉象武王滅商之事，一名〈武宿夜〉，相傳周公所作；〈賚〉紀滅殷之後，南還于周，徧封諸侯；〈般〉則述武王巡守之事；〈時邁〉一名〈肆夏〉，寫巡行方嶽之後，周公召公分陝而治之事；〈桓〉則寫武志，復綴以崇，乃天子之所歌。何楷說得不很詳盡，有人以為多牽強附會。後來王國維、陸侃如、高亨等人都續作考證。王國維撰〈大武樂章考〉一文，改以〈武〉、〈桓〉、〈賚〉、〈酌〉、〈般〉、〈我將〉為六成。論證頗為詳審，足供研究者參考。總而言之，恰如《呂氏春秋．古樂篇》所說：「武王即位，以六師伐殷。六師未至，以銳兵克之於坶（牧）野。歸，乃薦俘馘於京太室，乃命周公作為〈大武〉。」可以證明《鄭箋》所說應屬無誤。

此詩只七句，無韻。全篇歌頌武王功業，第三句夾入文王，旨在說明武王能承先業，步武維跡，完成其伐紂克商之志。句短字少，音節舒緩，正便於樂曲之協奏、歌舞之扮演，所謂先歌後舞，曲盡形容也。

閔予小子

閔予小子，❶
遭家不造，❷
嬛嬛在疚。❸
於乎皇考，❹
永世克孝。
念茲皇祖，
陟降庭止。❺
維予小子，
夙夜敬之。
於乎皇王，
繼序思不忘。❻

【直譯】

可憐我年輕小子，
遭到家裡的不幸，
孤獨的在憂病中。
嗚呼偉大的先考，
終身能夠盡孝道。
追念這偉大先祖，
升降王庭顯神靈。
我這個年輕小子，
早晚都該慎重喲。
嗚呼偉大的先王，
繼承先業不敢忘。

【注釋】

❶ 閔，通「憫」，可憐。予小子，周成王自稱。
❷ 不造，不善、不幸。
❸ 嬛嬛，同「惸惸」，俱音「窮」，孤獨的樣子。疚，病痛。
❹ 於乎，嗚呼。下同。考，先父。
❺ 陟降，上下，指神靈來往。止，語助詞。見〈大雅．文王〉篇。
❻ 序，通「緒」，事業。

【新繹】

〈毛詩序〉：「〈閔予小子〉，嗣王朝於廟也。」《鄭箋》：「嗣王者，謂成王也。除武王之喪，將始執政，朝於廟也。」可見這是成王遭逢武王之喪，告於祖廟的詩。如此，則此詩當作於成王三年除喪朝廟之時。《朱傳》即據此立論。但也有人以為它和以下三篇〈訪落〉、〈敬之〉、〈小毖〉自成一組，乃周公追敘之作，成於攝政六年制禮作樂之時，甚且在成王七年，周公致政之後。陳奐《詩毛氏傳疏》即云：「曰嗣王，新辟（君）之詞也。曰朝於廟，免喪之詞也。」推定「此及〈小毖〉四篇，皆事在周公居攝三年。於後六年作樂，乃追敘而歌之。」言之成理，可從。

詩只十一句，在一片惻然哀思之中，卻橫接父祖，由武王而及於文王，有自強圖治之意，最見波瀾。「陟降庭止」，齊詩「庭」作「廷」，或解作皇祖文王之神靈，升降上下之間，皆在朝廷，蓋有隨時監視之意。亦通。至於「於乎皇王」，則純指武王而言。牛運震《詩志》云：「皇考、皇王，俱指武王。言孝則曰皇考，言繼序則曰皇王。」所解最為明切。

訪落

訪予落止，❶
率時昭考。❷
於乎悠哉！❸
朕未有艾。❹
將予就之，❺
繼猶判渙。❻
維予小子，
未堪家多難。
紹庭上下，❼
陟降厥家。
休矣皇考，❽
以保明其身。

【直譯】

諮詢政事開始了，
遵照這先父大道。
嗚呼遠不可及啊！
我年幼沒有閱歷。
扶持我去接任它，
繼續謀畫期光大。
是我年輕小伙子，
不堪家邦多難時。
父靈王庭頻上下，
往來關心他國家。
美哉偉大的先父，
來確保我們自家。

【注釋】

❶訪，詢問。落，開始。止，語助詞。
❷時，是、此。昭考，先父，指武王。見〈載見〉篇。
❸於乎，嗚呼。歎詞。
❹朕，我。艾，音「亦」，通「乂」，閱歷、歷練。
❺將，扶持。就，近、任。
❻猶，同「猷」，謀略。判渙，分散，有擴大之意。
❼紹，「昭」的借字。一說：繼續。
❽休，美、好。

【新繹】

〈毛詩序〉：「〈訪落〉，嗣王謀於廟也。」嗣王，指成王。廟，指武王廟。謀者，正如《鄭箋》所云：「謀政事也」。這和王先謙《詩三家義集疏》所引魯詩之說：「成王謀政於廟之所歌也」，也相契合。又、《尚書・大誥》云：「惟予小子，若涉淵水，予惟往求朕攸濟」、「予造天役，遺大投艱于朕身」等等，亦與詩中「維予小子，未堪家多難」諸語，互為表裡。所以王先謙又引前人之說，謂「三監之變，（周）公親致刑焉，骨肉相殘，正成王所謂家難也。訪落之時，公既未歸，難猶未已。惟其不堪多難，故訪群臣而謀之。」可見此詩與上篇〈閔予小子〉一樣，事在成王三年，周公居攝之時。著成時間，可能是在成王六年或七年，周公制禮作樂時所追記。詩中描寫成王在執政之初，希望群臣襄助，並祈禱皇考於其廟。

這種說法，唐宋以迄明清，大致沒有異議。像朱熹《詩集傳》也說：「成王既朝於廟，因作此詩，以道延訪群臣之意。」姚際恆《詩經通論》也說：「此成王既除喪，將始即政而朝於廟，以咨群臣之詩。」

詩共十二句，不分章，但可以分為三小節看。首二句揭明題旨，言諮詢群臣為政之道。底下六句，是諮詢群臣之詞。言欲遵循皇考武王之道，而自傷年幼無知，又多逢家難。蓋指武王之喪、三監之變、武庚之亂等等。最後四句，祈禱於皇考武王之靈，願保明其身。保明其身者，即保佑周室、安定天下。

敬之

敬之敬之，
天維顯思。❶
命不易哉！
無曰高高在上，
陟降厥士；❷
日監在茲。
維予小子，
不聰敬止。❸
日就月將，❹
學有緝熙于光明。❺
佛時仔肩，❻
示我顯德行。

【直譯】

敬重它呀敬重它，
天道是多明顯啊，
天命不曾改變吧！
莫說天高高在上，
它上下日行其事；
日日就在此監視。
只是我年輕小子，
還不夠聰敏誠敬。
日日接近月月行，
學有累進向光明。
輔弼我挑這重任，
指示我光明德行。

【注釋】

❶ 維，是。顯，昭明，思，語末助詞。
❷ 陟降，升降、上下。士，事。
❸ 不聰，自謙之詞。一說：不聰即丕聰，聽從之意。止，語末助詞。
❹ 日就，日有所成。月將，月有所進。
❺ 緝熙，不斷增加累進。
❻ 佛，音「必」，「弼」的借字，輔助。時，此。仔肩，責任。

【新繹】

此詩解題，歷來有三種不同的說法。一是〈毛詩序〉：「〈敬之〉，群臣進戒嗣王也。」說這是群臣進戒成王之詩。但這與詩中語氣似不契合，詩中「維予小子」、「示我顯德行」，皆成王自謂之詞，不是群臣進戒的口氣。二是《鄭箋》所謂：「王既承其戒，答之以謙曰維予小子。」蓋將一詩斷作雙方問答之詞。姚際恆說得更明白：「此群臣答〈訪落〉之意，而成王又答之也。」這樣說似有道理，但吳闓生卻說以一詩斷作雙方問答之詞，在《詩經》全書中並無此例。三是朱熹《詩集傳》所主張。他說此詩前半乃「成王受群臣之戒而述其言」，後半乃「自為答之之言」。易言之，這是成王一人自述自答之作，「並非兩人語」。配合詩中文字看，第二、三兩種說法，都比較切合詩意，但第一種說法，〈毛詩序〉所說的「群臣進戒嗣王」，也不算錯。因為他是將此詩與上二篇〈閔予小子〉和〈訪落〉視為成王的同時之作，〈閔予小子〉言成王除喪朝廟，追念先德，〈訪落〉言成王諮詢群臣，謀政於武王禰廟，此詩承上而來，即寫「群臣進戒」與成王回答之言，可謂順理而成章。一切盡在讀者善讀之而已。

詩共十二句，不分章。就結構而言，確實可分為二段：前六句係群臣進戒之詞，後六句則成王答覆之詞。「命不易哉」言天命有常，上承「天維顯思」，下接「高高在上」。「日就月將」言日月運行，亦有常道，成王自勵學有緝熙，必能繼承先業，走向光明。

小毖

予其懲而！❶
毖後患。❷
莫予荓蜂，❸
自求辛螫。❹
肇允彼桃蟲，❺
拚飛維鳥。❻
未堪家多難，
予又集于蓼。❼

【直譯】

我應該懲戒自己！
來謹防後患又起。
不要害我捅蜂窩，
自己惹蜂來狠刺。
初以為是那鷦鷯，
翻飛後卻變大鳥。
不堪家國多災難，
我又棲身於苦蓼。

【注釋】

❶ 而，語氣詞。一說：通「爾」，第二人稱、你。
❷ 毖，音「必」，慎防。
❸ 荓，音「憑」，使。
❹ 螫，音「事」，蜜蜂刺人。
❺ 肇允，始信。桃蟲，鷦鷯、小鳥。
❻ 拚，翻。二字一音之轉，今日閩南語猶然。古人以為鷦鷯長大後可成大鵰。
❼ 蓼，水草名。味辛，借喻困苦。

【新繹】

〈毛詩序〉：「〈小毖〉，嗣王求助也。」成王嗣位為政，為何求助？向誰求助？何以題為〈小毖〉？俱未交代。《鄭箋》補充解釋：「毖，慎也。天下之事，當慎其小，小時而不慎，後為禍大。故成王求忠臣輔助己為政，以救患難。」此解題也。名為小毖，意實大戒。《鄭箋》又云：

「始者管叔及其群弟流言于國，成王信之，而疑周公。至後三監叛而作亂，周公以王命舉兵誅之，歷年乃已。故今周公歸政，成王受之，而求賢臣而自輔也。」此說明成王何以求助賢臣也。據此而知成王嘗於周公東征，誅管蔡、滅武庚、平淮夷之初，誤信流言，致疑周公，故此深自懲戒，求助於賢臣。此與《尚書・大誥》所謂「朕言艱日思」、《逸周書》成王四年孟夏所謂「因嘗麥而語群臣求助」者，均相應合。胡承珙《毛詩後箋》因此推定〈閔予小子〉、〈訪落〉、〈敬之〉三篇作於成王三年，而此詩則作於成王四年初夏。吳闓生《詩義會通》更據其語氣，進而推定前三篇「疑皆周公所為，此當為成王自作」。推測之詞，不足深辯，然成王廟前自懲之意，從而見之矣。

詩只八句，不分章。除首二句點題之外，其餘六句俱用比喻。三、四兩句，以莽蜂招螫，比喻誤信流言而自惹禍端；五、六兩句，以桃蟲化鵰，比喻不誅管蔡而留下大患；七、八兩句，以又集于蓼，比喻淮夷繼叛而再陷困境。比喻皆生動而含蓄，與〈周頌〉之詩多用賦筆者，大不相同。

首二句的讀法，或合為「予其懲而毖後患」一句，或斷為「予其懲，而毖後患」，此從段玉裁《毛詩故訓傳定本》：「《疏》於『而』字斷句。各本皆云〈小毖〉一章八句」。「而」字可作語氣詞，如〈齊風・著〉篇「俟我于著乎而」即是。如作為稱代詞，即謂第二人稱「你」，於此則指流言之人。亦通。

・桃蟲・

載芟

載芟載柞，❶
其耕澤澤。❷
千耦其耘，❸
徂隰徂畛。❹
侯主侯伯，❺
侯亞侯旅，
侯彊侯以。❻
有嗿其饁，❼
思媚其婦，
有依其士。
有略其耜，❽
俶載南畝。❾
播厥百穀，
實函斯活。❿

【直譯】

開始除草砍樹根，
他們耕地土濕潤。
千人並耕在除草，
前往低地往田埂。
王侯家長和長子，
王侯次子和隨從，
王侯壯丁和傭工。
享受那送來飯食，
讚美那送飯婦女，
依賴那耕作男士。
鋒利的是那犁頭，
開始翻土耕南畝。
播種那各種穀物，
種籽內在夠充實。

【注釋】

❶載，始。芟，音「刪」，除草。柞，音「作」，砍木。

❷澤澤，田土鬆軟的聲音。

❸耦，二人並耕。耘，除草。見〈噫嘻〉篇。

❹徂，往。隰，音「席」，低濕的田地。畛，音「診」，田界。

❺侯，維。語首助詞。「主」指家長，「伯」指長子，下文「亞」指仲叔，「旅」指子弟。俱見《毛傳》。

❻彊、以，指來助耕的壯丁和傭工。

❼嗿，同「啖」。有嗿，即嗿嗿，吃飯的聲音。饁，音「夜」，送到田地的飯菜。

❽略，鋒利。耜，犁頭。

❾俶，音「觸」，始、起土。

驛驛其達，⑪
有厭其傑。⑫
厭厭其苗，
緜緜其麃。⑬
載穫濟濟，
有實其積，
萬億及秭。⑭
為酒為醴，
烝畀祖妣，
以洽百禮。
有飶其香，⑮
邦家之光。
有椒其馨，⑯
胡考之寧。⑰
匪且有且，⑱
匪今斯今，
振古如茲！⑲

紛紛出土那幼苗，
非常飽滿那新銳。
飽飽滿滿那苗芽，
綿綿密密那禾穗。
開始收穫人到齊，
滿滿穀倉來堆積，
數以萬、億達萬億。
做成美酒做甜酒，
進獻給先祖先妣，
來配合各種禮儀。
有夠濃郁它芳香，
慶賀國家的榮光。
有夠濃郁它香氣，
祝福長壽的安康。
不只此地有此事，
不只如今才如此，
從古以來一直是！

⑩ 實，種籽。函，含、內在充實。
⑪ 驛驛，接連不斷的樣子。達，禾苗破土而出。
⑫ 有厭，即厭厭，茁壯的樣子。傑，先長出的苗。
⑬ 麃，音「標」，禾穗。
⑭ 以下四句，已見〈豐年〉篇。
⑮ 飶，音「必」，芳香。有飶，飶飶，形容香氣襲人。
⑯ 椒，馥。馨，香氣遠聞。
⑰ 胡考，壽考。即長壽年老。
⑱ 匪，非。下同。且，音「居」，此。指豐收。
⑲ 振古，自古。如茲，如此。

【新繹】

〈毛詩序〉：「〈載芟〉，春籍田而祈社稷也。」何謂籍田？上文已稍言及，據《鄭箋》云：「籍田，甸師氏所掌。王載耒耜所耕之田，天子千畝，諸侯百畝。籍之言借也，借民力治之，故謂之籍田。」可見這是西周所推行的一種農耕制度，天子和諸侯名下都可以擁有田地千畝或百畝，平時借民力來耕作，王侯只要春天親載耒耜到田地做做春耕樣子，表示勸農即可，重要的是初夏時要在南郊舉行祭祀，祈求社稷保佑，以期豐收。何謂社稷？社是土神，稷是穀神。陳奐《詩毛氏傳疏》云：「天子有王社王稷，又有大社大稷。大社大稷與天下群姓共之也，在王宮路門內之右。王社王稷在郊，為境內之民人祀之。天子籍田千畝在南郊，社稷之壝，與籍田相近也。祈穀之祭上帝於夏正月，后土於夏二月。后土為社，詩兼言稷者，為五穀，因重之也。《獨斷》云：天子社稷土壇，方廣五丈，諸侯半之。」解釋得很清楚。天子籍田千畝，諸侯籍田五百畝，都在南郊；他們祈禱土神穀神的社稷所在，也就在籍田附近。〈載芟〉詩中寫到「千耦其耘」、「侯主侯伯」（包括伯、亞、旅、士）、「俶載南畝」、「烝畀祖妣」等等，都與「春籍田而祈社稷」這種制度有關。陳奐引文提到的蔡邕《獨斷》，屬三家詩的魯詩之說，可見這也是今古文學派所共同接受的說法。前人或云此詩無籍田社稷之詞，應是死看文字之失。關於這些，有的已在上文〈噫嘻〉、〈豐年〉篇中談過，下篇〈良耜〉亦將涉及，並請參閱。

詩共三十一句，舊不分章，是〈周頌〉中最長的一篇。內容可以分為五節：前四句寫除草伐木，為耕田之始。「千耦其耘」言其耕地之大，所謂一耦一畝，蓋指借民力治田之王侯籍田而言。第五句至第十二句，言王侯之家籍田的概況。第五句「侯主侯伯」以下三句，依《毛傳》的解釋：「主，家長也。伯，長子也。亞，仲叔也。旅，子弟也。」這樣的解釋，似不合乎周代籍田禮的實況，所以有些學者不同意，以為「主」應指祭主，即周王，伯、亞、旅，應指陪祭的諸侯卿大夫之類。這些懷疑是有道理的。「有依其士」之「士」，應指田官而言。「俶載南畝」，王侯籍田之地，應在南郊。第十三句至第二十一句，言播種百穀喜見豐收的情況，其中寫苗芽之出，意象飛動。第二十二句至第二十八句，寫豐收之後，獻祭祖先。穀香酒美，可為邦家增光，亦可使年老之人得以安康。「胡考」，指鬍長髮長之長壽老人。最後三句言此為古俗，非但今日如此。全篇雖無比興，純用賦筆，然以其善於鋪陳，多重字疊詞，蕩漾其間，亦足以動人。

又，根據《國語．周語》周宣王大臣虢文公所談的籍田禮，它的儀式順序大致如下：一、在行禮之前，先由太史和田官確定舉行日期、時間，周王下令司徒通知百官、農人做好準備工作，又命令司空等做好籍田禮的安排，然後周王與出席的百官齋戒三日。二、籍田禮舉行當天，先行饗禮，祭品牲醴等等，都要具備，以示尊重。三、饗禮之後，籍田禮正式開始。由太史引導，周王首先下田做親耕的示範性動作，再由公卿、百官按貴賤高低依次下田，增加勞動量，直到「庶民終于千畝」。典禮過程中，田祖、司徒、太史等在旁監督管理。四、籍田禮耕作儀式結束後，舉行宴會。席位也依職等高低依次排列。

對照來看，〈載芟〉一篇只是反映周代籍田禮的一部分，不夠全面。不過，詩歌就是詩歌，它是文學藝術，不是寫歷史或寫報導，所以也就不能對它求全責備了。

良耜

畟畟良耜，❶
俶載南畝。❷
播厥百穀，
實函斯活。
或來瞻女，❸
載筐及筥，❹
其饟伊黍。❺
其笠伊糾，❻
其鎛斯趙，❼
以薅荼蓼。❽
荼蓼朽止，❾
黍稷茂止。
穫之挃挃，❿
積之栗栗。⓫

【直譯】

鋒鋒利利好農具，
開始耕作郊南地。
播下那各種穀物，
種籽充實有活力。
有人前來探望你，
裝滿方筐和圓筥，
他送的飯是小米。
他的笠帽用繩纏，
他的鋤頭這樣剷，
來剷除田中野草。
等到野草腐爛了，
黍稷也就繁茂了。
收穫它們聲至至，
堆積它們真密實。

【注釋】

❶畟畟，同「測測」，形容犁頭入土深耕的聲音。耜，犁頭。

❷以下三句，已見上篇〈載芟〉。

❸或，有人。女，汝、你，指農人。

❹筐、筥，都是竹製的盛物之器。方的叫筐，圓的叫筥。

❺饟，同「餉」，送來的飯。

❻伊糾，說笠帽是用繩纏結的。

❼鎛，音「博」，鋤類農具。趙，削、剷。

❽薅，音「蒿」，除草。荼蓼，泛指地上及水邊的野草。

❾止，語末助詞。下同。

❿挃挃（音「至」），收割的聲音。

⓫栗栗，眾多的樣子。

其崇如墉，⓬
其比如櫛，⓭
以開百室。
百室盈止，
婦子寧止。
殺時犉牡，⓮
有捄其角。⓯
以似以續，⓰
續古之人。⓱

它們堆高像城牆，
它們排列像梳子，
可以開百間倉庫。
百間倉庫盈滿了，
婦女孩子心安了。
宰殺這隻大公牛，
彎曲的是牠角部。
用來祭祀來延續，
延續祖先的禮俗。

⓬ 墉，城牆。
⓭ 比，密。櫛，木梳。
⓮ 犉，黃毛黑脣的牛。牡，公牛。
⓯ 捄，音「求」，彎曲。有捄，即捄捄、捄然。彎彎曲曲的。
⓰ 似，嗣。
⓱ 古之人，指先祖。

【新繹】

〈毛詩序〉：「〈良耜〉，秋報社稷也。」這和〈載芟〉是姊妹篇，同是〈周頌〉中的長篇，也是農事詩的代表作。《周禮．春官》有云：「祭祀有二時，謂春祈、秋報。」上篇〈載芟〉正寫春祈之事，祭土神穀神，祈其耕作之利；此詩〈良耜〉則寫秋報，秋日豐收之後，祭土神穀神，報其成熟之功。上一篇重在寫耕作，此篇則重在寫收成，詩中雖無祭祀社稷之文字，而春祈秋報之意自在其中。王先謙《詩三家義集疏》所引魯詩之說，亦云：「秋報社稷之所歌也」，可見今古文學派說法一致。《孔疏》、《朱傳》以下，亦多無異議。《朱傳》有云：「或疑〈思文〉、

〈臣工〉、〈噫嘻〉、〈豐年〉、〈載芟〉、〈良耜〉等篇，即所謂豳頌者。」此涉及〈小雅．大田〉等篇，又關乎是否用為樂章的問題，上文已有說明，茲不贅論。

詩共二十三句，舊不分章。其中所寫，頗有與〈載芟〉可對照者。首四句言以良耜耕作，為後文豐收提起。其中三句亦與〈載芟〉重複。第五句至第十二句，鋪陳耕作之事，卻從飯食穿戴農具落筆，不言耕作之苦。第十三句至第十九句，寫收穫之事，亦只以儲藏之多，足令「婦子寧止」，形容豐收之樂。「其崇如墉，其比如櫛」二句，曲盡形容之妙。最後四句，以宰牛獻祭作結。「以似以續，續古之人」，意同〈載芟〉篇「振古如茲」末三句。雖是祭歌，卻無神秘色彩，描寫生動，節奏明快，儼然一幅田家樂圖畫，饒有現實的意義。

清人牛運震《詩志》曾比較此篇與〈載芟〉的異同。先說二篇：「咏田家事，與風雅同，別有一段豁直蒼穆之氣，此所以為頌體也。」這是說明二詩是頌體，與風、雅不同。又說此詩「質而秀，較〈載芟〉神致更充悅」，這是比較二詩風格的不同。最後才說：「〈載芟〉詳耕略耘，〈良耜〉詳耘略耕；〈載芟〉言穫積略，〈良耜〉言穫積詳；〈載芟〉言酒醴，〈良耜〉言牲。此二詩變換處。」這是比較二詩內容所寫的不同。

絲衣

絲衣其紑，❶
載弁俅俅。❷
自堂徂基，❸
自羊徂牛，
鼐鼎及鼒。❹
兕觥其觩，❺
旨酒思柔。❻
不吳不敖，❼
胡考之休。❽

【直譯】

綢衣是那樣潔淨，
戴的禮帽很端整。
從堂上直到牆根，
從祭羊直到祭牛，
還有大鼎和小鼎。
兕角杯那樣彎曲，
甘醇美酒多芳郁。
不喧嘩也不驕傲，
這是長壽的吉兆。

・兕觥・

【注釋】

❶ 絲衣，神尸所穿的白色祭服。紑，音「浮」，潔白。
❷ 弁，冠、禮帽。俅俅，端整的樣子。一說：纏結的樣子。
❸ 徂，往、到。基，堂基、牆根。一說：門檻。
❹ 鼐，音「耐」，大鼎。鼒，音「姿」，小鼎。都是商周常見的炊器。
❺ 兕觥，音「四公」，犀牛角形狀的酒器。已見〈周南・卷耳〉篇。觩，音「求」，彎曲。
❻ 旨，甘、美。思，語詞。
❼ 吳，喧嘩。敖，傲慢。
❽ 胡考，壽考。已見〈載芟〉篇。休，美。

【新繹】

〈毛詩序〉：「〈絲衣〉，繹賓尸也。高子曰：靈星之尸也。」這個題解，可以分為兩段話來解釋。

所謂「繹賓尸」，據《鄭箋》云：「繹，又祭也。天子諸侯曰繹，以祭之明日。卿大夫曰賓尸，與祭同日。」古人祭祀，都要找人扮演受祭的神靈，其名為尸。祭畢，祭祀主人為了酬謝神尸的辛勞，要擺酒席宴請他。如果主人是天子諸侯，是在正祭的次日，這次又祭，就叫繹。如果主人是卿大夫，就在正祭的當天祭畢之後。賓尸，就是主人以尸為賓，宴請他的意思。所以〈絲衣〉應是周王祭祀後次日宴飲神尸的詩。絲衣是尸裝扮神靈受祭時所穿的白色綢衣，弁是他受祭時所戴的禮帽。王先謙《詩三家義集疏》所引魯詩之說，說此詩乃「繹賓尸之所歌也」，王鴻緒《欽定詩經傳說彙纂》也說：「繹禮在廟門，而廟門側之堂謂之塾，今詩云：自堂徂基，則基是門塾之基，蓋謂廟門外西夾室之堂基也。其為繹祭明矣。」可以說都和〈毛詩序〉的說法一致。

所謂「高子曰：靈星之尸也」，是引用高子之言為證。《孟子》曾稱引高子論〈小弁〉之詩，說已見前。據陸德明《經典釋文》引徐整之言，高子是子夏的學生，河間大毛公就是師承他的詩說。靈星，即天田之星，在龍星左角。龍星主雨，靈星主稷，二者都是古人祭社稷時所禱告的對象。周朝以后稷配天，非時不敢祭，故別立靈星以為常祭。〈毛詩序〉引用高子這句話，應該就是說明此詩的尸，即祭靈星之尸。據陳喬樅《三家遺說考》說，劉向《五經通義》就以為「絲衣其紑」乃王者祭靈星公尸所服之衣，與高子之說正合。

詩只九句，不分章。前五句寫祭祀儀式，言尸之敬謹。後四句寫祭祀之後宴飲賓客，言賓主之歡。

傅斯年《詩經講義稿》以為〈載芟〉、〈良耜〉和〈絲衣〉三篇都寫農事，合起來看，有如〈豳風〉的〈七月〉一篇，〈絲衣〉就像〈七月〉的末章，只不過〈七月〉是民歌，〈絲衣〉則是稷田之舞。糜文開、裴普賢的《詩經評注讀本》看法不同，覺得〈絲衣〉更像是〈小雅・楚茨〉篇的縮寫。〈楚茨〉一篇，共六章二百八十八字，其所描寫的重點，〈絲衣〉詩中都可以看得到。〈周頌〉的著成年代比〈小雅〉早，所以他們推測：「〈楚茨〉是〈絲衣〉為骨架而加以血肉來充實了」。其說可從。

酌

於鑠王師，❶
遵養時晦。❷
時純熙矣，❸
是用大介。❹
我龍受之，❺
蹻蹻王之造，❻
載用有嗣。❼
實維爾公，❽
允師！

【直譯】

輝煌啊武王軍隊，
率軍攻取時昏冥。
頓時大放光明了，
因此得勝太幸運。
我被恩寵受天命，
英勇是王的本分，
開動就連續不停。
確實是你的功績，
值得我們來學習！

【注釋】

❶ 於，同「烏」，嗚呼。歎美之詞。鑠，通「爍」，燦美。
❷ 遵，循、順著。養，治。時，是。晦，昧。是說在昏昧中率軍攻取。一說：武王善於養晦待時。
❸ 純熙，大放光明。
❹ 是用，因此。大介，大善。一說大動兵甲。
❺ 龍，「寵」的古字。
❻ 蹻蹻（音「皎」），勇武的樣子。
❼ 有，又。有嗣，接續不停。
❽ 爾，你。指武王。公，功。

【新繹】

〈毛詩序〉：「〈酌〉，告成〈大武〉也。言能酌先祖之道以養天下也。」這兩句話，一從樂章說，一從內容說，要分開解釋才清楚。

所謂「告成〈大武〉也」，是說此詩為〈大武〉六章之一。〈大武〉六章是歌頌武王克商伐紂的樂歌，相傳周公所訂，這在上文〈武〉篇中已約略言及。「告成」的意義，據《鄭箋》云：「周公居攝六年，制禮作樂，歸政成王，乃後祭於廟而奏之。其始成，告之而已。」說明這些樂章是周公制禮作樂，歸政成王之後，才祭於武王之廟，告之已成。因為有六章，所以說大武六成。這篇〈酌〉相傳即六成之一。《左傳．宣公十二年》的記載，只說〈武〉、〈桓〉、〈賚〉三篇在其中，另外三篇未曾交代。王先謙《詩三家義集疏》所引魯詩之說：「〈酌〉，一章九句，告成〈大武〉，言能酌先祖之道，以養天下之所敬也。」顯然和〈毛詩序〉的說法，是相契合的。陳奐《詩毛氏傳箋》說得好：「〈維天之命〉禮成，告文王；此樂成，告武王。樂莫大於〈大武〉，故云告成〈大武〉也。」

〈毛詩序〉所謂「能酌先祖之道以養天下也」，是就詩的內容來說的。詩雖周公所訂，卻成於成王嗣位之時。就成王的觀點，其先父武王之克商伐紂，乃行其先祖文王之道。胡承珙《毛詩後箋》就說得很清楚：「養即經中養字，《傳》訓養為取，〈序〉養天下即取天下。〈大武〉之功，在於取天下。此告成〈大武〉之詩，而篇名〈酌〉者，言酌時之宜。所謂湯伐桀、武王伐紂，時也。曰酌先祖之道者，先祖謂文王。文王之道，三分有二而不取；武王酌其時，八百會同則取之。《孟子》曰：取之而萬民不悅則勿取，文王是也；取之而萬民悅則取之，武王是也。〈序〉以〈大武〉之取天下，為能酌文王之道，即此意也。」把武王能衡量時勢，完成文王伐紂克商的遺志，說得很清楚。元代朱公遷說：「窮兵黷武，不足以為武；違天悖時，不足以成功。可謂頌所當頌矣！」說得真好。

詩只九句，前四句寫武王興師克商伐紂，取得大勝利。有人以為前四句是實寫武王伐紂時，率領大軍「武宿夜」，由暗冥戰到黎明的情景，請參閱上文〈武〉篇；有人則以為只是泛寫武王善於養晦待時，攻取昏君紂王。後五句歌頌武王的英勇，表示要效法他。最後兩句，有人合為一句，但《毛詩》、蔡邕《獨斷》等，皆斷作一章九句，同時「允師」二字獨立成句，也有助於讀者了解，此詩在載歌載舞時，二字有長歌曼舞的必要。因此筆者採用舊說，仍作九句讀。

《禮記．內則》篇說：古人十三歲起學童要「學樂，誦詩，舞勺。成童舞象。」可見詩和樂舞是古代學童必學的項目。朱熹《詩集傳》就以為此詩的篇名「酌」，即指舞勺的「勺」。所謂「舞勺」，即「以此詩為節而舞也」。這是合理的推測。另外，《漢書．禮樂志》云：「周公作〈勺〉，勺言酌先祖之道也。」《禮記．燕禮》亦云：「若舞則勺」。鄭玄注：「勺，〈頌〉篇。告成〈大武〉之樂歌也。萬舞而奏之，所以美王侯、勸有功也。」核對這些資料，大概可以證明：酌即《儀禮》、《禮記》「舞勺」的勺，它是歌頌武王的樂歌，為〈大武〉六成之一。它們合在一起，不但是詩歌，同時可以配合音樂舞蹈演出，成為古代學童必學的項目。

桓

綏萬邦，❶
婁豐年。❷
天命匪解，❸
桓桓武王。❹
保有厥士，❺
于以四方。
克定厥家，
於昭于天，❻
皇以間之。❼

【直譯】

安定了萬國家邦，
常常豐收過新年。
承受天命不懈怠，
威威武武的武王。
要保有他的功業，
於是更經營四方。
能夠安撫他家國，
啊光芒照到天上，
皇天用他代殷商。

【注釋】

❶ 綏，安、平定。
❷ 婁，通「屢」，常、數。
❸ 匪解，非懈、不懈怠。
❹ 桓桓，威武的樣子。
❺ 士，通「事」。或為「土」字之誤。
❻ 於，音「烏」。歎美之詞。已見前。
❼ 皇，皇天。間，讀去聲，替代。

【新繹】

〈毛詩序〉：「〈桓〉，講武類禡也。〈桓〉，武志也。」這個題解，和上篇〈酌〉一樣，它也是〈大武〉六篇之一，包含兩層意義，一指樂章而言，一指詩的內容。

所謂「講武類禡」，《鄭箋》先解釋「類禡」的含義：「類也，禡也，皆師祭也。」師祭，也就是兵祭。簡單講，在軍隊出征前，先祭祀天帝，以事類祭之，就叫類祭；在戰爭過程中，軍隊在駐地或所在之地祭祀，祭造軍法者，或蚩尤，或黃帝，就叫禡祭。類祭和禡祭，一祭上天，一祭軍神，都是講習武事應該知道的事，所以說是「講武類禡」。王先謙《詩三家義集疏》所引魯詩之說：「〈桓〉，一章九句，師祭講武，類、禡之所歌也。」可見漢儒不分今古文學派，對此詩用為祭歌的看法，頗為一致。《孔疏》說得更清楚：「〈桓〉詩者，講武類禡之樂歌也。謂武王時欲伐殷，陳列六軍，講習武事。又為類祭於上帝，為禡祭於所在之地。治兵祭神，然後克紂。至周公、成王太平之時，詩人追述其事而為此歌焉。」〈桓〉篇詩中雖無文字涉及類祭、禡祭，但做為〈大武〉的樂歌之最後一章，在載歌載舞的祭禮中，它真的和類祭、禡祭的儀式，脫離不了關係。

所謂「武志也」，講的是詩的內容。《孔疏》云：「〈桓〉者，威武之志。言講武之時，軍師皆武，故取桓字名篇也。此經雖有桓字，止言王身之武；名篇曰桓，則謂軍眾盡武。謚法：闢土服遠曰桓，是有威武之義。」他的這些說法，都可拿來與經文相對照。

詩只九句，不分章。開頭二句，似與武事無關，實則即上引《孔疏》之所謂「軍師皆武」、「軍眾盡武」。《孔疏》引《左傳·僖公十九年》之「昔周饑，克殷而年豐。」為證，其意恐不在禨祥而在於軍眾兼顧，糧食足則兵力強。中間四句，言武王當年既能「保有厥士」，又能經營四方，此即謚法之所謂「闢土服遠」，故名之為桓。馬瑞辰《毛詩傳箋通釋》謂「保有厥士」應作「保有厥土」，確是高見。最後三句，即頌美武王闢土服遠之志、興周代殷之德。

賚

文王既勤止，❶
我應受之。
敷時繹思！❷
我徂維求定，❸
時周之命。❹
於繹思！❺

【直譯】

文王已夠辛勤了，
我應當來承擔它。
傳布是不能停喲！
我出征是求安定，
這是周王的天命。
啊要延續不停喲！

【注釋】

❶ 勤，勞。止，語末助詞。
❷ 敷，鋪陳。時，是、此。繹，引伸、永續不停。思，語助詞。一說繹思、尋思。
❸ 徂，往、出征。
❹ 時，是。一說：時，通「承」。
❺ 於，音「烏」，感嘆詞。已見前。

【新繹】

〈毛詩序〉：「〈賚〉，大封於廟也。賚，予也。言所以錫予善人也。」《鄭箋》補充說明：「大封，武王伐紂時，封諸臣有功者。」可見這是武王克商回到岐周以後，祭祀文王並大封功臣的樂歌，也是〈大武〉六成之第三章。這在《左傳．宣公十二年》的記載裡，原列〈大武〉的第三章。據王先謙《詩三家義集疏》的引述，三家詩和毛詩一樣，也認為這是寫「大封於廟，賜有德之所歌也。」又據《孔疏》及陳奐《詩毛氏傳疏》等書的引述，大封克商有功之人，包括「諸侯之國四百人，兄弟之國十五人，同姓之國四十人」；大封的時間是伐紂之年，即武王十三年，紂王三十三年；大封的地點是在周朝的太廟。因為根據《禮記．祭統》，「古者明君必賜爵祿於太廟，示不敢專也。」舊說如此。朱熹《詩集傳》曾對此舊說略為修改，認為此詩兼頌文王、武王，所以主張「此頌文、武之功，而言其大封功臣之意也。」卻引來清儒姚際恆、吳闓生等人的批評，可見舊說的傳世之久與入人之深。

詩只六句，是〈周頌〉短篇之一。篇幅雖短，看似簡單，各家讀法卻各有不同。筆者以為前三句一節，意在承先；後三句一節，意在啟後。前者言武王不忘文王之遺志，後者言武王繼述遠征之決心。「我徂維求定」句，王先謙釋為「我自此以往，惟求與汝諸臣共定天下耳」。「時周之命」句，馬瑞辰《毛詩傳箋通釋》釋為「周受天命，而諸侯受封於廟者，又將受命於周。」故有人解作武王又將征伐南國。「敷時繹思」、「於繹思」二句，皆戒勉贊頌之語。思，似作語氣詞為是。

清代牛運震《詩志》評此詩云：「寥寥六語，不必盡其詞，已括諸誓誥之旨。坦白光明中，藏雄武之氣。」

般

於皇時周！❶
陟其高山，❷
嶞山喬嶽，❸
允猶翕河。❹
敷天之下，❺
裒時之對，❻
時周之命。❼

【直譯】

啊偉大的這周國！
登上那高高山坡，
狹長高大的山嶽，
真的順流匯黃河。
普天之下眾神靈，
會合此地來稱頌，
這是周王的天命。

【注釋】

❶於，音「烏」，歎美之詞。皇，大。時，是、此。已見〈賚〉篇。
❷陟，登。
❸嶞，音「墮」，山勢狹長的樣子。喬，高大。
❹猶，通「猷」，順勢。翕，音「係」，合。翕河，匯入黃河。
❺敷，同「普」，全。
❻裒，音「抔」，收集。時，是、此。對，對答、頌揚。
❼時，是。

【新繹】

〈毛詩序〉：「〈般〉，巡守而祀四嶽河海也。般，樂也。」據《左傳．宣公十二年》的記載，這原是〈大武〉六成的第四章，應該也是頌贊武王克商的祭歌。《孔疏》云：「天子巡狩所至，則登其高山而祭之。謂每至其方，告祭其方之嶽也。〈堯典〉及〈王制〉記巡狩之禮，皆言望秩於山川，則知墮山喬嶽、允猶翕河，皆謂秩祭之事。」意思是說：這首詩明寫山嶽河川，實則重點在寫天子巡狩天下，與祭祀有關。陳奐《詩毛氏傳疏》就特別指出，這首詩和上文〈周頌．時邁〉篇，都同樣是寫天子巡狩天下，望祭山川，但〈時邁〉篇寫燒柴祭天，重在柴祭，望秩山川不過連而及之而已，而這首〈般〉詩則未曾提到柴燎，只寫望祀山川。因此，〈時邁〉篇是「頌武王初克商後，巡狩祭告之事」，而〈般〉篇則「似當為既定天下後，時巡四方而作」。這樣說，和上文〈酌〉、〈桓〉、〈賚〉等篇，推論〈大武〉祭歌乃周公制禮作樂、歸政成王後所作，也相契合，沒有牴觸。

這首詩也和〈酌〉、〈桓〉、〈賚〉等篇一樣，都以單字名篇，而且詩中也未曾出現該字字樣。據朱熹《詩集傳》：「疑取樂節之名」，說是因音樂取名，這是合理的推測。編《詩經》成書的人，採取〈大武〉六成的樂章，不照原來的順序，而依詩的內容分類，把六章分別獨立，重新編次，冠以樂節之名，這當然也是合理的推測。

詩只七句，三家詩「時周之命」下，另有「於繹思」一句，與〈賚〉篇同。歷來學者多疑為衍文，不取。今從之。詩不分章，可分兩節：前四句寫巡狩天下，山高河長；後三句寫望祀山川，諸侯陪祭，頌揚周王。此猶高山之有四嶽，眾水之匯黃河。

魯頌解題

〈魯頌〉四篇，是春秋時代的作品。產生的地點，是魯國當時的首都（今山東曲阜）。周成王封周公旦的長子伯禽於魯，即在此地。據鄭玄《詩譜》云：「初，成王以周公有太平制典法之動，命魯郊祭天，三望，如天子之禮。故孔子錄其詩之頌，同於王者之後。」意思是說：成王因周公有致太平、制典法的功勳，所以下令周公後裔伯禽在魯國可以郊祭上天及三望（祭泰山、河、海），比照天子的禮儀。

鄭氏《詩譜》又說：「十九世至僖公，當周惠王、襄王時」，因魯僖公（公元前六五九年至六二七年在位）能遵伯禽之法，養駿馬於坰野，崇禮教於泮水，會諸侯於淮上，修姜嫄之閟宮，只可惜「復魯舊制，未遍而薨」，國人美其功而哀其死，所以季孫行父「請命於周，而作其頌」。〈魯頌〉的這四篇詩，就是這樣來的。

由此可知，鄭玄認為這四篇皆成於魯僖公死後。其中〈閟宮〉一篇，「奚斯所作」一句，奚斯即僖公時人。孔穎達《毛詩正義》（即《孔疏》）又進而考諸《春秋》經傳，發現季孫行父和〈魯頌．駉〉篇的作者史克（所謂「史克作是頌」），都曾在魯文公時供職史官，因此又推知著成年代當在魯文公（公元前六二六年至六〇九年在位）之時。其實這些說法都還有待商榷。

鄭玄《詩譜》還說：因為周朝尊魯若王，所以巡狩述職，不陳其詩。也因此〈國風〉中沒有魯詩；至於臣頌君功，本來是周朝所歡迎的，所以才會有季孫行父「請命於周，而作其頌」的事情。可惜季孫行父犯了大罪，「其有大罪，侯伯監之，行人書之，亦示覺焉。」因此他作的頌，也沒有收入早期的〈雅〉、〈頌〉之中。直到孔子編訂《詩經》之時，才「錄其詩之頌，同於王者之後。」也就是說，到孔子重新編訂時，才把它們附在〈周頌〉的後面。朱熹《詩集傳》也說：「〈魯頌〉四篇、〈商頌〉五篇，因亦以類附焉。」意思也就是說〈魯頌〉、〈商頌〉和〈周頌〉不一樣；它們都未必是宗廟的樂歌。

四篇〈魯頌〉之詩，有人說〈駉〉和〈有駜〉體裁像〈國風〉，〈閟宮〉和〈泮宮〉風格像〈大雅〉，都不是告神之歌，所以它們都和〈周頌〉有所不同。明末鍾惺評點《詩經》曾說：「魯頌〈駉〉、〈有駜〉二篇，不能盡脫風體。〈思樂〉、〈閟宮〉舂容大章，漸開後世文筆之端。」惠周惕《詩說》亦云：「周頌之文簡，魯頌之文繁。周頌之文質，魯頌之文夸。周頌多述祖宗之德，魯頌則稱孫子之功。」另外屈萬里老師《詩經詮釋》也說：「〈國風〉無魯詩，而〈魯頌〉四篇，皆非廟堂祀神之辭；其體實兼風雅，而與頌殊。乃亦列之於頌者，蓋今本三百篇之編定出於魯，等魯於王，所以尊魯也。」這些意見都可供讀者參考。

因此可以這樣說：〈魯頌〉雖稱為〈頌〉，但它的體製和風格，反而近於〈風〉、〈雅〉。

為了便於讀者參考核對，茲據《史記》等史料，列魯僖公前後世系如下：

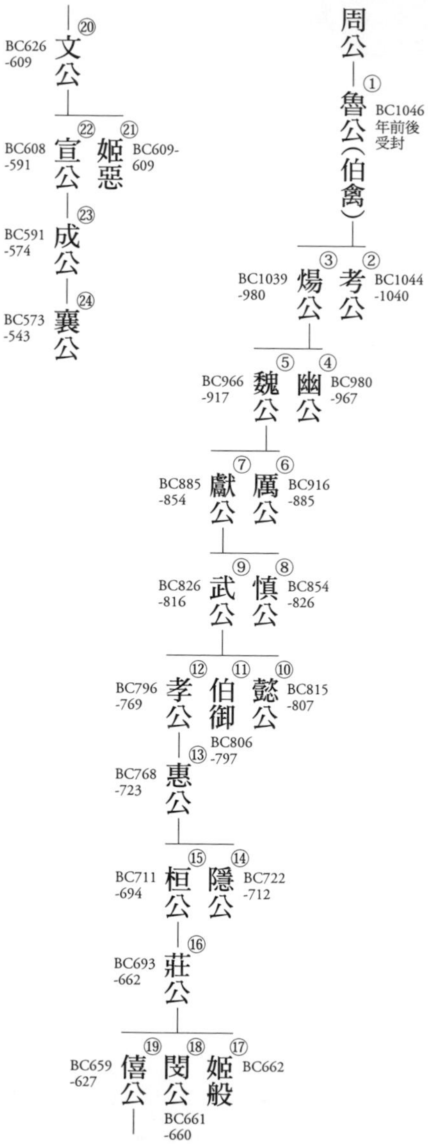
周公
① 魯公（伯禽） BC1046年前後受封
② 考公 BC1044-1040
③ 煬公 BC1039-980
④ 幽公 BC980-967
⑤ 魏公 BC966-917
⑥ 厲公 BC916-885
⑦ 獻公 BC885-854
⑧ 慎公 BC854-826
⑨ 武公 BC826-816
⑩ 懿公 BC815-807
⑪ 伯御 BC806-797
⑫ 孝公 BC796-769
⑬ 惠公 BC768-723
⑭ 隱公 BC722-712
⑮ 桓公 BC711-694
⑯ 莊公 BC693-662
⑰ 姬般 BC662
⑱ 閔公 BC661-660
⑲ 僖公 BC659-627
⑳ 文公 BC626-609
㉑ 姬惡 BC609-609
㉒ 宣公 BC608-591
㉓ 成公 BC591-574
㉔ 襄公 BC573-543

駉

一

駉駉牡馬，❶
在坰之野。❷
薄言駉者：❸
有驈有皇，❹
有驪有黃，❺
以車彭彭。❻
思無疆，❼
思馬斯臧。❽

二

駉駉牡馬，
在坰之野。
薄言駉者：
有騅有駓，❾

【直譯】

肥壯高大的雄馬，
在遠郊的曠野上。
趕快來說肥壯的：
有驈馬還有騜馬，
有驪馬還有黃馬，
用車來駕力氣大。
魯公思慮無限量，
想馬兒這樣強壯。

肥壯高大的雄馬，
在遠郊的曠野上。
趕快來說肥壯的：
有騅馬還有駓馬，

【注釋】

❶ 駉駉（音「坰」），肥壯的樣子。牡，一作「牧」，雄馬。
❷ 坰，遠野牧馬之地。
❸ 薄言，急切言之。《詩經》常用的發語詞。
❹ 驈，音「玉」，白胯的黑馬。皇，黃白毛色的馬。
❺ 驪，純黑色。黃，此指黃毛帶赤的馬。
❻ 彭彭，形容強大的樣子或聲音。
❼ 思，思慮。一說：發語詞。下同。
❽ 臧，善。
❾ 騅，音「追」，蒼白雜毛的馬。駓，音「丕」，黃白雜毛的馬。

有騂有騏，⑩
以車伾伾。⑪
思無期，
思馬斯才。

有騂馬還有騏馬，
用車來駕不疲倦。
魯公思慮無期限，
想馬兒這樣能幹。

三

駉駉牡馬，
在坰之野。
薄言駉者：
有驒有駱，⑫
有駵有雒，⑬
以車繹繹。
思無斁，⑭
思馬斯作。⑮

肥壯高大的雄馬，
在遠郊的曠野上。
趕快來說肥壯的：
有驒馬還有駱馬，
有駵馬還有雒馬，
用車來駕相連續。
魯公思慮無厭棄，
想馬兒這樣奮起。

四

駉駉牡馬，
在坰之野。

肥壯高大的雄馬，
在遠郊的曠野上。

⑩ 騂，赤黃色的馬。騏，青黑相間有格紋的馬。

⑪ 伾伾（音「丕」），強大有力的樣子。

⑫ 驒，音「駝」，青黑色有白鱗紋的馬。駱，黑鬣的白馬。已見〈小雅．四牡〉篇。

⑬ 駵，音「留」，黑鬣的赤馬。雒，白鬣的黑馬。

⑭ 斁，厭倦。

⑮ 作，奮起。

薄言駉者：
有駰有騢，⓰
有驔有魚，⓱
以車祛祛。⓲
思無邪，
思馬斯徂。

趕快來說肥壯的：
有駰馬還有騢馬，
有驔馬還有魚馬，
用車來駕力無比。
魯公思慮無邪僻，
想馬兒這樣奔馳。

⓰ 駰，音「因」，灰白雜毛的馬。騢，音「遐」，赤白雜毛的馬。
⓱ 驔，音「店」，背脊生黃毛的黑馬。魚，此指眼眶有白圈的馬。
⓲ 祛祛（音「屈」），強健的樣子。

【新繹】

〈毛詩序〉：「〈駉〉，頌僖公也。僖公能遵伯禽之法，儉以足用，寬以愛民，務農重穀，牧于坰野，魯人尊之。於是季孫行父請命于周，而史克作是頌。」這個題解，不僅說明這首詩是歌頌魯僖公的作品，而且還交代詩的寫作背景。

魯僖公是周公的後裔。周公的長子伯禽，被周成王封於魯，因為勤政愛民，務農養馬，備受人民愛戴，朝廷對他也特別重視。在西周時，魯國本為大國，可是到了春秋時卻淪為次等之國。傳到魯閔公時，又遭慶父之亂，宗國傾覆，幸賴齊桓公救而存之，遂立魯僖公。僖公像伯禽一樣勤政愛民，能務農重穀以興禮教，養馬強兵以伐淮夷，復伯禽之業，如大國之制，贏得國人的尊敬。所以魯大夫季孫行父向朝廷請命，請錫爵僖公，並獻上史克對僖公的頌美之作。

〈毛詩序〉這樣的解釋，對於讀者了解此詩的背景，當然有很大的幫助。《鄭箋》說季孫行父即季文子，史克為魯國史官；《孔疏》說魯文公六年，行父始見於《春秋》經，十八年史克才見於《左傳》，表示頌美僖公之作，當在文公之世。這些補充，對讀者當然也大有幫助。可是，古文學派的〈毛詩序〉，說作頌的是史克，今文學派的三家詩，卻根據〈魯頌．閟宮〉中的「奚斯所作」，說作頌的是奚斯。奚斯，是魯公子。王先謙《詩三家義集疏》還舉例證認為史克作頌之說，只見於〈毛詩序〉，沒有旁證，應以奚斯所作為是。其實「奚斯所作」反而是有問題的，關於這些，請見〈閟宮〉篇的補充說明。

〈毛詩序〉的背景說明，與經文直接有關係的是牧于迴野一句。《毛傳》：「坰，遠野也。邑外曰郊，郊外曰野，野外曰林，林外曰坰。」《鄭箋》：「必牧於坰野者，避民居與良田也。」注解都非常恰當。避開民居與良田，與務農愛民有關，牧馬於坰，則與強兵備戰有關。馬是古代戰爭的必要軍備之一，所以寫僖公的牧馬之多，即寫魯國當時的武力之強。

詩共四章，每章八句。重章疊句，反復歌詠，其體頗似〈國風〉。四章前二句前後一致，皆以牧馬於坰起筆；中間四句則複疊之中，列舉十六種可以用來駕車驅馳的雄馬，就視覺上之毛色加以區別：驈是白胯黑身，皇是黃白雜色；驪是純黑色，黃是黃紅色；騅是蒼白雜毛，駓是黃白雜毛；騂是赤黃相間，騏是青黑相間；驒是青黑中有白鱗紋，駱是白馬有黑鬣尾；駵是黑鬣的赤馬，雒是白鬣的黑馬；駰是灰白雜毛，騢是赤白雜毛；驔是背脊生黃毛，魚是眼眶有白圈。歷舉十六種毛色駁雜的駿馬之後，復以「彭彭」、「伾伾」、「繹繹」、「祛祛」形容其強健有力。不僅言馬之多，亦言馬之壯。最後兩句則頌僖公之善於養馬，反復以「思無疆」、「思無期」、「思無斁」、「思無邪」，形容僖公之深謀遠慮。真所謂「美盛德之形容」也。

有駜

一

有駜有駜，❶
駜彼乘黃。❷
夙夜在公，
在公明明。❸
振振鷺，
鷺于下。
鼓咽咽，
醉言舞。
于胥樂兮！❹

二

有駜有駜，
駜彼乘牡。❺
夙夜在公，

【直譯】

有夠肥壯夠肥壯，
肥壯的那四匹黃。
從早到晚在公堂，
都在公堂公事忙。
展翅飛翔的白鷺，
白鷺飛翔往下方。
伴著鼓聲淵淵響，
喝醉還說舞一場。
啊大家樂洋洋啊！

有夠肥壯夠肥壯，
肥壯的那四雄馬。
從早到晚在公堂，

【注釋】

❶ 有駜（音「必」），駜駜，馬肥壯的樣子。
❷ 乘，音「聖」，一車四馬。黃，馬名，見上篇。
❸ 明明，同「勉勉」，勤勉的樣子。
❹ 于，同「吁」，發聲詞。胥，皆、都。
❺ 牡，此指公馬。

在公飲酒。
振振鷺，
鷺于飛。
鼓咽咽，
醉言歸。
于胥樂兮！

三

有駜有駜，
駜彼乘駽。❻
夙夜在公，
在公載燕。❼
自今以始，
歲其有，❽
君子有穀，❾
詒孫子。❿
于胥樂兮！

都在公堂勸客觴。
展翅飛翔的白鷺，
白鷺成群在飛翔。
鼓聲淵淵真喧嘩，
醉了還說要回家。
啊大家樂無涯啊！

有夠肥壯夠肥壯，
肥壯的那四匹駽。
從早到晚在公堂，
都在公堂同飲宴。
就從今年來開始，
年年都是大豐年。
君子有米穀俸祿，
可以傳子子孫孫。
啊大家樂無垠呀！

❻駽，音「泫」，鐵青色的馬。
❼載，則、就。燕，同「宴」，宴飲。
❽有，富有、豐收。
❾穀，通「祿」。
❿詒，音「遺」，留給。孫子，子孫。

·鷺·

【新繹】

〈毛詩序〉：「〈有駜〉，頌僖公君臣之有道也。」這個說法，大概是結合上篇〈駉〉一起來看的，否則詩中只寫飲宴之樂而無勸戒之辭，要讀者看出君臣有道，恐怕不容易。朱熹《詩序辨說》就說：「此但燕飲之詩，未見君臣有道之意。」在《詩集傳》中也只說一句「此燕飲而頌禱之辭也」而未加引申。詩中寫「夙夜在公」之餘，第二、三兩章竟然繼之曰「在公飲酒」、「在公載燕」，尤為今人所不能理解。不過，思想觀念會隨時代地區的不同而改變，所謂君臣之道也可以有不同的解釋。夙夜在公，夙夜匪懈，君臣互相勸勉，固然是君臣之道，但政事清簡、白日無何，君臣無事，互相宴樂，其實也可說是君臣之有道。如果同意後者，那麼此詩雖是「燕飲而頌禱之辭」，〈毛詩序〉說它「頌僖公君臣之有道」，也就不成問題了。歷來學者或據《春秋》僖公三年經傳魯國久旱而雨為說，或疑此詩乃僖公飲酒泮宮而作，種種曲解附會，皆大可不必。

此詩三章，每章九句，重章疊句，層層遞進，反復詠唱。句式參差有變化，韻律亦諧暢可誦。尤可貴者，每章除第三第四兩句言「夙夜在公」如何如何之外，皆用比興之筆，襯托君臣相得之樂。由「在公明明」而「在公飲酒」而「在公載燕」，由忙碌而轉為宴樂。除此之外，各章前兩句，言君臣乘馬之肥壯。「黃」亦馬名，已見上篇。「駽」即鐵驄，鐵青色。寫馬之肥壯，即喻君臣之強而有力。《毛傳》云：「馬肥強則能升高進遠；臣強力則能安國。」第一、二兩章的「振振鷺」二句，寫白鷺之飛，見君臣公餘閒適之情。朱熹《詩集傳》說「振振鷺」是寫鷺羽之舞，「舞者所持，或坐或伏，如鷺之下也」、「舞者振作鷺羽如飛也」，想像極為活潑。「鼓咽咽」兩句則寫鼓聲伴奏，君臣醉而起舞，醉而言歸，見太平宴飲之歡。第三章「自今以始」以下，句式變化而為頌禱豐年之辭。「自今以始」二句，真似與僖公三年久旱而雨有關。前人更注意到它的句法，與後代興起的七言詩有關。例如明代孫鑛《批評詩經》即云：「此明是七言兩句，上四下三。後來七言句法多本此。」最後，美頌善禱，各章末句「于胥樂兮」貫穿全篇，皆以君臣和樂作結。

宋代輔廣《詩童子問》曾分析說：「自今以始，歲其有」，是「為庶民之慮切矣」；「君子有穀，詒孫子」，是「為後世之慮深矣」。結論是：「此可謂善頌善禱也」。

此所謂「頌僖公君臣之有道」乎？

泮水

一

思樂泮水，❶
薄采其芹。
魯侯戾止，❷
言觀其旂。❸
其旂茷茷，❹
鸞聲噦噦。❺
無小無大，
從公于邁。❻

二

思樂泮水，
薄采其藻。
魯侯戾止，
其馬蹻蹻。❼

【直譯】

想起遊樂泮水旁，
快去採取那水芹。
魯侯已經來到了，
我看見那交龍旗。
他的旗幟在飄揚，
鸞鈴聲音響丁當。
官職小大無須論，
都隨魯公去遠征。

想起遊樂泮水邊，
快去採取那水藻。
魯侯已經來到了，
他的乘馬很健矯。

【注釋】

❶泮（音「判」）水，魯國水名。泮水上的宮室叫泮宮。一說：古代諸侯的學宮叫泮宮。
❷戾，至。止，語末助詞。
❸旂，通「旗」，旗面畫龍並懸掛鸞鈴。已見前。
❹茷茷，同「旆旆」，旗幟飛揚的樣子。
❺鸞，指鸞鈴。噦噦，同「嘒嘒」，鸞鈴聲。
❻于邁，出征、遠行。
❼蹻蹻（音「皎」），矯健的樣子。

其馬蹻蹻，
其音昭昭。❽
載色載笑，❾
匪怒伊教。❿

三

思樂泮水，
薄采其茆。⓫
魯侯戾止，
在泮飲酒。
既飲旨酒，
永錫難老。
順彼長道，
屈此群醜。⓬

四

穆穆魯侯，
敬明其德。

他的乘馬很健矯，
他的聲音很明嘹。
臉色又好又含笑，
不是生氣是指導。

想起遊樂泮水裡，
快去採取那蓴菜。
魯侯已經來到了，
在泮宮喝酒開懷。
已經喝了美味酒，
永久賜他不老邁。
順著那條大道走，
征討這群醜八怪。

端莊肅穆的魯侯，
慎重表現他美德。

❽ 昭昭，清亮。
❾ 載，則、就、又。色，臉色。
❿ 匪，非。伊，是。
⓫ 茆，音「卯」，水草名，即蓴菜。
⓬ 屈，征服。群醜，指淮夷。

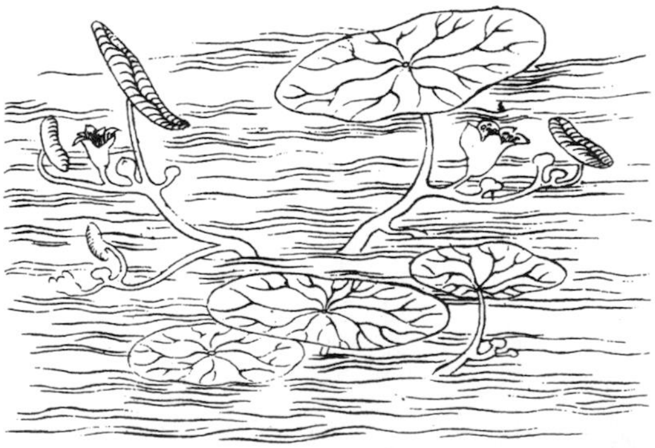

·茆·

敬慎威儀，
維民之則。
允文允武，
昭假烈祖。⑬
靡有不孝，⑭
自求伊祜。⑮

五

明明魯侯，
克明其德。
既作泮宮，
淮夷攸服。
矯矯虎臣，
在泮獻馘。⑯
淑問如皋陶，⑰
在泮獻囚。

慎重注意他威儀，
做為人民的準則。
確實文武都具備，
明告眾功烈先祖。
沒有不效法祖先，
自然求得他幸福。

勤勤勉勉的魯侯，
能夠修明他道德。
已經興建了泮宮，
淮夷蠻族都歸服。
矯健如虎的將士，
在泮宮獻上敵首。
審問如古代皋陶，
在泮宮獻上俘虜。

⑬ 昭假，昭告請來神靈。烈祖，指周公、伯禽等。
⑭ 孝，通「效」，效法。
⑮ 伊祜，是福。
⑯ 泮，此指泮宮。馘，音「國」，割下敵人左耳以計戰功。
⑰ 淑，善。皋陶，音「高堯」，舜的賢臣，善於聽訟審案。

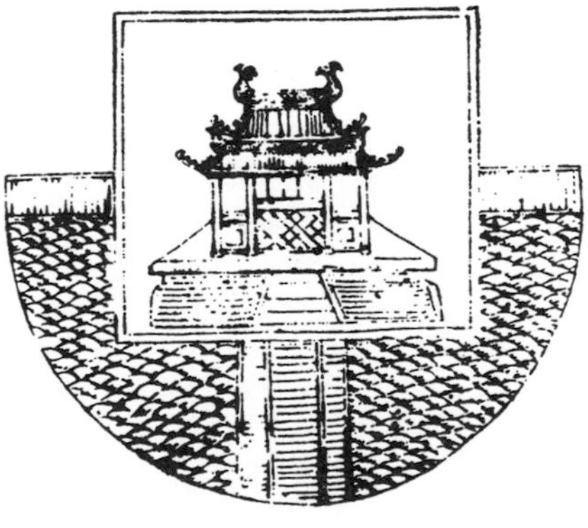
·諸侯泮宮圖·

六

濟濟多士，
克廣德心。
桓桓于征，⑱
狄彼東南。⑲
烝烝皇皇，⑳
不吳不揚。㉑
不告于訩，㉒
在泮獻功。

七

角弓其觩，㉓
束矢其搜。㉔
戎車孔博，
徒御無斁。
既克淮夷，
孔淑不逆。㉕
式固爾猶，㉖

人材濟濟多賢士，
能夠推廣道德心。
威威武武去長征，
翦除那東南敵人。
美哉盛哉眾賢將，
不喧嘩也不張揚。
不嚴懲也不興訟，
在泮宮獻上戰功。

角弓那樣的彎曲，
成捆的箭那樣多。
兵車非常多又大，
步兵駕駛不懶惰。
已經收服了淮夷，
他們很好不叛逆。
靠的就是你謀略，

⑱桓桓，勇武的樣子。于，往。
⑲狄，通「剔」，剔除、平定。
⑳形容聲勢浩大。
㉑吳，吴（音「話」）的訛字，喧嘩。揚，高聲。
㉒告，窮究。訩，音「凶」，訟。是說爭功興訟。
㉓角弓，飾以牛角的弓。見〈小雅・角弓〉篇。觩，音「求」，彎曲。
㉔搜，同「搜」，眾、多。一說：強勁。
㉕孔淑，甚善。不逆，不違命令。
㉖猶，同「猷」，謀略。

淮夷卒獲。

八

翩彼飛鴞，㉗
集于泮林。
食我桑黮，㉘
懷我好音。
憬彼淮夷，㉙
來獻其琛：㉚
元龜象齒，㉛
大賂南金。㉜

淮夷終於能征服。

飛翔的那貓頭鷹，
群棲在泮宮樹林。
吃了我們的桑葚，
回報我們好聲音。
已醒悟的那淮夷，
來貢獻他們奇珍：
有大玄龜和象牙，
還有大貝和南金。

㉗ 鴞，音「消」，貓頭鷹。一說：紅嘴藍鵲。

㉘ 黮，同「葚」，桑果。

㉙ 憬，覺悟。

㉚ 琛，音「嗔」，珍寶。

㉛ 元龜，玄龜，大龜。象齒，今稱象牙。

㉜ 大賂，多所獻納。賂，貝殼。一說：通「璐」，寶玉。

【新繹】

〈毛詩序〉：「〈泮水〉，頌僖公能修泮宮也。」《毛傳》云：「泮水，泮宮之水也。天子辟雍，諸侯泮宮。」辟雍、泮宮分別是古代天子和諸侯學宮的代稱。《鄭箋》補充說明：「言已思樂僖公之修泮宮之水，復伯禽之法而往觀之，采其芹也。」意思是說：魯僖公重視禮教，恢復他祖先伯禽的泮宮舊制。采芹，亦進學之意。

古文學派毛詩的這些看法，三家詩並無異義。但從宋代以後，卻有些學者認為泮水是山東泗水境內的水名，伯禽和僖公在旁修建學宮，做為行政宣教、祭祖祀神之所。宮即水為名，是可能的，但不宜說是「修泮宮之水」。其實反過來思考，因先有泮宮，故將附近水名命為泮水，也不無可能。

其實爭論這個問題，意義不大。因為詩中屢言「穆穆魯侯，敬明其德」等等，足見魯僖公崇尚禮儀，重視教化，其興復學宮乃必然之事。王應麟即嘗言春秋諸侯急攻戰而緩教化，其留意於學校者，唯魯僖公、衛文公而已。重要的是此詩後半皆頌僖公平淮夷之功，而〈毛詩序〉中卻隻字未提。豈詩人所頌平淮之功，真是言過其實的溢美之詞？

據《春秋》經傳所載，魯國當時為弱國，魯僖公雖亦尊王攘夷，但齊桓公、宋襄公、晉文公相繼稱霸，平定淮夷之功，魯僖公不可能主其事。例如魯僖公十年、十三年、十六年，僖公皆嘗從齊桓公會于淮，一度還為淮夷所執。故前人考稽史實，或謂此詩以醜為美，於魯僖公多溢美之詞。歐陽修《詩本義》即謂此詩服淮夷事，疑為妄作。

筆者以為：即使史實如此，亦不妨詩人頌僖公時，多「美德之形容」。蓋頌者，頌其功德而夸言之，何況此詩寫僖公之收服淮夷，重在文德而不在武功，重在泮宮之化而不在車馬之攻。淮夷之來魯，應非無中生有之事，故詩中有曰：「既作泮宮，淮夷攸服」。可以解釋為：魯僖公在諸侯克服淮夷之後，在泮水釋菜而儐賓。釋奠釋菜不歌舞，故詩中只頌誦而不及樂舞。

詩共八章，每章八句。就內容論，前四章言修泮宮，後四章言平淮夷。就風格論，前三章近乎〈國風〉，後五章則近乎〈雅〉。前三章皆以「思樂泮水」起興，寫魯侯由遠而近，前來泮宮，先見其旂而聞其鸞聲，後見其馬而聞其言語，見其人而辨其容色，至第三章始言君臣飲酒頌禱。第四章承上啟下，言頌禱孝祖者，乃為下文征服淮夷張本。第五章言魯侯以德服人。寫在泮獻左耳，獻俘虜，蓋皆言泮宮之化，文德之盛。第六章言魯多賢士，雖勝不驕，「不告于訩，在泮獻功」，亦言文德之盛，泮宮之化。第七章言平淮夷有功，端在魯侯之謀略。其謀略在於懷柔以德。第八章以淮夷來獻方物作結。章首四句以飛鴞集于泮林起興，比喻淮夷之來歸，皆由於僖公之德、泮宮之化。此被劉勰《文心雕龍》引為「夸飾」的例證。劉大櫆《詩經讀本》曾評此詩「雍容大雅，為兩漢作者開先。」又說：「魯頌平衍，魏晉人四言詩多似之。」立意大致相同。

鄭玄注解《周禮》，曾說：「頌之言誦也，容也。誦今之德，廣以美之。」有人說用在〈周頌〉上，未必正確，但用在這篇〈魯頌〉上，卻非常合適。

閟宮

一

閟宮有侐，❶
實實枚枚。
赫赫姜嫄，❷
其德不回。❸
上帝是依，
無災無害，
彌月不遲。❹
是生后稷，
降之百福。
黍稷重穋，❺
稙穉菽麥。❻
奄有下國，
俾民稼穡。
有稷有黍，

【直譯】

緊閉神廟夠靜寂，
非常鞏固又細密。
顯赫光明的姜嫄，
她的德性不邪僻。
上帝對她是依恃，
沒有災難沒疾病，
懷孕足月不延誤。
就這樣生下后稷，
降給他各種福氣。
黍稷包括早晚熟，
先種後種的豆穀。
擁有天下的邦國，
教給人民耕種事。
有了穀粱有黃米，

【注釋】

❶ 閟，音義同「閉」。閟宮，追祀姜嫄的神廟。有侐（音「序」），侐然，清靜的樣子。
❷ 姜嫄，周始祖后稷之母。見〈大雅・生民〉篇。
❸ 回，邪曲。
❹ 彌，滿。謂姜嫄懷孕滿十月而生子。
❺ 穀物先熟叫「穋」（音「陸」），晚熟叫「重」。見〈豳風・七月〉篇。
❻ 植物先種叫「稙」，後種叫「穉」。穉，同「稚」。菽，豆類的總稱。

有稻有秬。
奄有下土，
纘禹之緒。

二

后稷之孫，
實維大王；❼
居岐之陽，❽
實始翦商。
至于文武，
纘大王之緒。
致天之届，❾
于牧之野。
「無貳無虞，❿
上帝臨女。」⓫
敦商之旅，⓬
克咸厥功。
王曰叔父：

有了稻米有黑黍。
擁有天下的土地，
繼承大禹的業績。

后稷的後代子孫，
其實說的是太王；
住在岐山的南方，
他開始削弱殷商。
到了文王和武王，
繼承太王的事業。
執行上天的刑令，
征伐於牧野之地。
「莫有二心莫疑慮，
上帝在天監視你。」
擊潰殷商的軍隊，
終能完成那功績。
成王稱周公叔父：

❼ 大，同「太」。太王，文王的祖父。
❽ 陽，山南水北。
❾ 致，執行。届，通「殛」，誅罰。
❿ 無，勿、莫。貳，二心。見〈大雅．大明〉篇。
⓫ 臨，面對。女，汝、你。指武王部將。二句武王誓師之詞。
⓬ 敦，治、攻伐。旅，軍隊。

建爾元子，⑬
俾侯于魯；⑭
大啟爾宇，
為周室輔。

三

乃命魯公，⑮
俾侯于東。⑯
錫之山川，⑰
土田附庸。⑱
周公之孫，
莊公之子。
龍旂承祀，⑲
六轡耳耳。⑳
春秋匪解，㉑
享祀不忒。㉒
皇皇后帝，
皇祖后稷。

建立您的嫡長子，
使他稱侯於魯國；
大大開拓您疆土，
做為周朝的輔佐。

於是下令給魯公，
讓他稱侯在東方。
賜給他名山大川，
田地和附近城邦。
周公的裔孫僖公，
原是莊公的兒子。
他以龍旗承祭祀，
駟馬六轡多華麗。
春秋四時不懈怠，
祭祖祀天沒過失。
偉大光明的上帝，
偉大的遠祖后稷。

⑬ 元子，長子。指伯禽。
⑭ 俾侯，使他稱侯。開國之意。
⑮ 魯公，指伯禽。
⑯ 東，魯國在周之東。
⑰ 錫，賜。
⑱ 附庸，附近的諸侯小國。庸，同「墉」，城牆。
⑲ 龍旂，古代諸侯及上公所用的旗幟。見〈周頌・載見〉篇。
⑳ 耳耳，華盛的樣子。
㉑ 春秋，指四時祭祀。匪，非、不。解，同「懈」。
㉒ 忒，音「特」，差錯。

四

享以騂犧，㉓
是饗是宜，㉔
降福既多。
周公皇祖，
亦其福女。㉕
秋而載嘗，㉖
夏而楅衡；㉗
白牡騂剛，㉘
犧尊將將。㉙
毛炰胾羹，㉚
籩豆大房。㉛
萬舞洋洋，㉜
孝孫有慶。㉝
俾爾熾而昌，
俾爾壽而臧。
保彼東方，
魯邦是常。

獻祭用赤色牲口，
神來享用來接受，
降下福祥已很多。
周公及偉大先祖，
也都將降福給你。
秋天要開始嘗祭，
夏天就關牛欄裡；
白牛雄壯赤牛強，
牛形酒樽響鏘鏘。
毛豬炰熟作羹湯，
竹籩木豆大銅房。
表演萬舞喜洋洋，
奉祀裔孫有福享。
使您富貴更興旺，
使您長壽更安康。
保衛那東方王國，
魯國山河是久長。

㉓騂，純赤色。周人尚赤。犧，牲口，指牛。

㉔宜，是說神來享用祭品。

㉕女，汝，指僖公。

㉖嘗，秋祭名。

㉗楅（音「福」）衡，在牛角上綁上橫木，關進牛欄，以防觸人。

㉘騂剛，赤色公牛。剛，同「犅」，公牛。

㉙犧尊，牛形的飲酒器。

㉚毛炰，連毛裹泥燒烤。胾，音「自」，大的肉片。

㉛大房，祭祀時盛牛羊肉塊的銅盤禮器。形如堂屋。

㉜萬舞，一種大型的舞蹈。包括文舞和武舞。見〈邶風・簡兮〉篇。

㉝孝孫，此指僖公。

不虧不崩，
不震不騰。
三壽作朋，㉞
如岡如陵。
公車千乘，
朱英綠縢，㉟
二矛重弓。㊱
公徒三萬，㊲
貝冑朱綅，㊳
烝徒增增。
戎狄是膺，
荊舒是懲，㊴
則莫我敢承。
俾爾昌而熾，
俾爾壽而富。
黃髮台背，㊵
壽胥與試。
俾爾昌而大，

不虧損也不崩潰，
不震搖也不動蕩。
三種長壽做朋友，
像山岡丘陵一樣。
魯公兵車有千輛，
大紅矛纓綠弓繩，
車立雙矛人雙弓。
魯公步兵三萬人，
貝飾頭盔紅線綴，
眾多步兵一層層。
西戎北狄能對抗，
南蠻荊舒能擊破，
就沒人敢抵擋我。
使您興旺更長久，
使您長壽更富有。
即使髮黃背已駝，
也要相與比長壽。
使您興旺更光大，

㉞ 三壽，古人稱八十歲以上為長壽。分上中下三壽，上壽一百二十歲。近人則解為壽如參星之高。

㉟ 朱英，紅纓。指長矛矛頭的飾物。縢，音「騰」，束弓的綠繩。

㊱ 人備二矛二弓，其一備用。

㊲ 公，指僖公。徒，步兵。

㊳ 冑，頭盔。綅，音「侵」，用絲線縫綴。

㊴ 荊，即楚國。舒，楚的屬國。

㊵ 台，通「鮐」。以鮐魚體有斑紋，形容老人。

俾爾耆而艾。㊶
萬有千歲，
眉壽無有害。㊷

五

泰山巖巖，
魯邦所詹。㊸
奄有龜蒙，
遂荒大東。㊹
至于海邦，
淮夷來同。㊺
莫不率從，
魯侯之功。

六

保有鳧繹，㊻
遂荒徐宅。㊼
至于海邦，

使您年老更安養。
活到萬年又千歲，
即使高壽無災殃。

泰山積石多高峻，
魯國人們所瞻仰。
覆蓋了龜山蒙山，
於是延伸大東方。
一直到海邊諸邦，
淮夷也前來會同。
沒有不相率服從，
這是魯侯的武功。

保有鳧山和繹山，
於是涵蓋舊徐國。
一直到海邊諸邦，

㊶ 耆，七十歲以上。
㊷ 眉壽，長壽。
㊸ 詹，通「瞻」。仰望。
㊹ 荒，延及。是說擁有龜山、蒙山周圍的廣大土地。
㊺ 同，朝會、會同。
㊻ 鳧、繹，皆山名。在山東魚台縣及嶧縣。
㊼ 徐宅，徐人所居，即徐國。

·泰山圖·

淮夷蠻貊。48
及彼南夷，
莫不率從。
莫敢不諾，
魯侯是若。49

七

天錫公純嘏，50
眉壽保魯。
居常與許，51
復周公之宇。
魯侯燕喜，52
令妻壽母。53
宜大夫庶士，54
邦國是有。55
既多受祉，
黃髮兒齒。56
包括淮夷和蠻貊。
推及那南夷荊楚，
沒有不相率服從。
沒有人敢不承諾，
魯侯的話都認同。
天賜魯公大福祚，
長眉高壽保魯國。
住到常邑和許邑，
恢復周公的疆域。
魯侯宴飲真喜樂，
賢妻壽母同慶賀。
善待大夫眾卿士，
國家於是有依恃。
已經多多受福祉，
願返黃髮生童齒。

48 蠻貊，蠻夷之人。古代統治者對東南少數民族的通稱。
49 若，順。
50 錫，賜。純嘏，厚福。
51 常、許，皆魯國邑名，曾為他國侵占，後歸於魯。
52 燕，通「宴」，安。
53 令妻，賢妻。
54 宜，適合、善待。
55 是有，因此而保有。
56 兒，「齯」的借字。老人齒落，又長新牙。

八

徂徠之松，57
新甫之柏，58
是斷是度，
是尋是尺。59
松桷有舄，60
路寢孔碩。61
新廟奕奕，62
奚斯所作。63
孔長且碩，
萬民是若。64

徂徠山上的松樹，
新甫山上的柏木，
這樣砍斷和測度，
或是八尺或一尺。
松木作椽夠粗實，
宮室正寢真寬碩。
新建神廟很高大，
公子奚斯所創作。
非常曼長而寬碩，
萬民於是都謳歌。

57 徂徠，山名。在今山東泰安縣東。
58 新甫，山名。鄰近泰山。有人疑指梁甫山。
59 尋，八尺。
60 桷，音「決」，方形屋椽。有舄，舄舄，粗大的樣子。
61 路寢，君王處理政事的正室。
62 奕奕，形容廣大、接連的樣子。
63 作，創建、監造。
64 若，順、順從。

【新繹】

〈毛詩序〉：「〈閟宮〉，頌僖公能復周公之宇也。」意思是說：詩是用來歌頌周僖公能夠振興魯國，恢復周公時的疆土。此用詩第七章意，三家詩雖無異議，終嫌不夠全面。詩第七章開頭四句云：「天錫公純嘏，眉壽保魯。居常與許，復周公之宇。」常與許，魯國二邊邑名，常在南境，許在西境。周公之時，二邑皆屬魯國所有，後常邑為齊國侵佔，許邑為鄭國所借，至魯僖公時才歸還。因此所謂「頌僖公能復周公之宇」，亦即表示此詩作於僖公之時。

又，詩末章結尾曰：「新廟奕奕，奚斯所作」，新廟，《毛傳》謂閔公廟，《鄭箋》謂翻新姜嫄之廟。二者或為一事。閔公，周公裔孫，魯莊公之子。莊公之子有二，一為閔公，一為僖公。閔公在位二年，即由僖公嗣位，詩中第三章所云：「周公之孫，莊公之子。」應指僖公而言。則此詩之作，蓋在僖公嗣位之後，請奚斯為閔公立廟，或同時翻修姜嫄之舊廟，詩人詠之，皆推本其祖，蓋出乎姜嫄、后稷。故詩中溯自姜嫄、后稷寫起。

「奚斯所作」一語，尤為此詩關鍵句。奚斯即公子魚，魯大夫，見《左傳・閔公二年》，正是僖公之臣。然「奚斯所作」一語，歷來解讀不一，或屬上讀，謂奕奕之新廟，乃奚斯所作；或屬下讀，則謂此「孔長且碩」之頌，乃奚斯之詩。名儒鴻學，各有所主，互為爭論。另外，亦有依鄭氏《詩譜》之說，定為史克所作者，此不贅述。《毛傳》云：「有大夫公子奚斯者，作是廟也。」觀其上下文氣，當以奚斯作此新廟為是。作，翻新修建之謂。《朱傳》云：「時蓋修之，故詩人歌詠其事，以為頌禱之詞。而推本后稷之生，而下及于僖公耳。」

另外，有人稽考史實，以為魯僖公並無大功，詩中所言乃誇大其事而為頌禱之辭。這也值得讀者參考。

此詩共八章，一百二十句，四百九十二字，為《詩經》最長詩篇。各章多寡不均，雜亂無次，各家分章不同，自《朱傳》後，多分為九章，此依毛詩只分八章。

首章言閟宮深靜，推本僖公之祖，出自姜嫄、后稷。第二章言魯所以立國之由來。自太王、文、武二王相繼成業寫起，克商平亂之後，成王乃封周公長子伯禽於魯，輔佐周室。中間「無貳無虞」二句，乃武王伐紂誓師之詞，以此為轉折。第三章言魯公伯禽受封，禮擬天子，可以郊祭上帝，配以后稷，遞及僖公嗣位，莫不如此。第四章三十八句，前半至「如岡如陵」為止，言僖公祭天祀祖之虔誠及盛況，以「白牡騂剛」二句寫牛形犧尊之狀，以「毛炰胾羹」二句寫籩豆銅盤所盛之物，形象突出；後半自「公車千乘」至「眉壽無有害」為止，言僖公出兵戎狄荊蠻，兵強勢盛，征服蠻夷。國之大事，在祀與戎，二者僖公皆獲神靈降福保佑。此章合上章各家分法不同，多分為三章，頗見雜亂。第五第六兩章，每章八句，言魯國幅員之廣，重複頌美僖公「能復周公之宇」。第七第八兩章，每章十句，以「居常與許」指實僖公恢復疆土之功，並以「令妻壽母，宜大夫庶士」言其「邦國是有」之福。最後以「奚斯所作」之奕奕新廟作結，既明祭天祀祖之誠，亦與篇首四句相呼應。

清代劉大櫆《詩經讀本》云：「此詩氣極縱橫，詞（極）絢爛。序世系必自姜嫄、后稷以及大王、王季，而後至周公、魯公。序祭祀必縷陳郊天，配后稷、周公、皇祖，以及龍旂、六轡、犧尊、萬舞之盛。且以僖公嘗從伐楚，又將公徒、甲胄旗捐番，下遂極陳震鄰、服遠、拓土、展疆、眉壽、保魯，以終頌禱昌熾留壽之意。末仍收到新廟，與起二句相應。總之，不過以僖公能新其廟，而廟乃毫釐之地，故侈陳而大言耳。」所評得當，不愧是桐城大家。

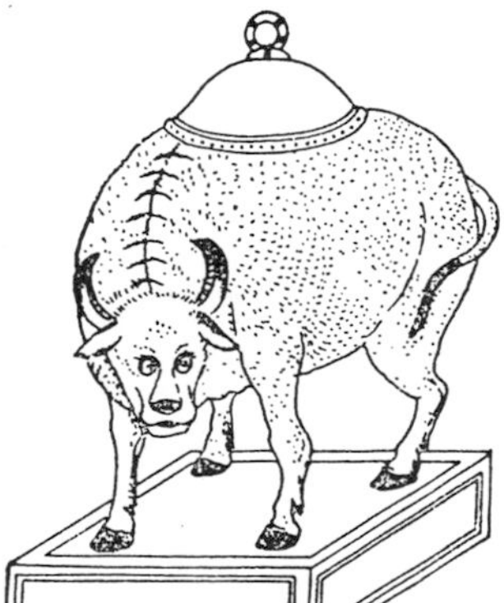

・犧尊・

商頌解題

《詩經》所收詩篇，按時代先後，自以〈商頌〉為最早。〈商頌〉據說原有十二篇，傳至春秋之世，因為禮崩樂壞，已有殘缺。目前所能看到的五篇，是否商人所作，或已經後人增飾，一直眾說紛紜，沒有定論。

〈商頌〉五篇的著成年代，歷來主要有兩種不同的說法。據鄭玄《詩譜》說，是商代詩人歌頌「三王有受命、中興之功」的作品。所謂三王，指受命伐夏桀、定天下的商湯，以及不敢荒寧、號稱中興的中宗太戊和高宗武丁。他們三人都是商人崇拜的君王，所以當時即「有作詩頌之者」。可是，據《史記．宋微子世家》的記載：「襄公之時，修行仁義，欲為盟主。其大夫正考父（一作「甫」）美之，故追道契、湯、高宗、殷所以興，作〈商頌〉。」可見司馬遷以為〈商頌〉乃正考父頌美宋襄公之作。宋襄公在位期間是公元前六五〇年至六三七年，如此則〈商頌〉之詩，自當作於春秋之世。

宋襄公是宋微子的後裔，春秋五霸之一。宋微子是商紂之兄，上文已經說過，他在武王伐紂、周公平亂之際，代武庚為殷商後嗣，其封地在豫州盟豬之野，即今河南商丘（同「邱」）一帶。《史記．宋微子世家》說宋襄公修行仁義，曾追隨齊桓公，想繼承霸業，當諸侯盟主，因而其大夫正考父美之，為作〈商頌〉。後來學者競相引用，以為〈商頌〉即宋頌。唯宋襄公與正考父二人年輩不相及，因而此說能否成立，尚待論定。馬瑞辰《毛詩傳箋通釋》即云：正考父曾佐宋戴公、武公、宣公，見於《左傳》，「襄公去戴、武、宣時甚遠」，相去約一百三十年，「正考父安得作頌以美襄公」？雖然後來有人力證二人可以同時，但問題還是存在的。

〈毛詩序〉有云：「微子至于戴公，其間禮樂廢壞。有正考甫者，得〈商頌〉十二篇於周之太師，以〈那〉為首。」這是說宋微子七世而至戴公之時，正考父「得」〈商頌〉十二篇於周朝之太師，首篇為〈那〉。言下之意，這些作品俱非正考父所「作」。正考父為孔子之祖先，當時已有「禮樂廢壞」之嘆。此一記載對照《國語．魯語下》所云：「昔正考父校商之名頌十二篇於周大師，以〈那〉為首。」曰「校」而非「作」，其意可知。正考父以〈那〉為首的〈商頌〉十二篇，因宋國禮崩樂壞，傳本有誤，故須就正於周朝太師之本。亦由此可知，正考父所「校」者，重在演唱的曲調，乃「商」之頌而非「宋」之頌。據此，今傳〈那〉等五首〈商頌〉，雖亡佚七篇，已有殘缺，即或經過後人校訂修改，但其中仍應保存〈商頌〉若干原有風貌，殆無疑問。

現代有些學者認為：今傳〈商頌〉五篇，〈那〉、〈烈祖〉、〈玄鳥〉前三篇為祭祀樂歌，不分章；〈長發〉、〈殷武〉後二篇皆分章，且多襲用〈周頌〉、〈大雅〉辭語。可以推測其中有部分保留了古代〈商頌〉的原樣，有的則確實出於春秋之世，宋人之手。我們核對殷周甲骨文等古文字資料，也不敢相信這些詩篇真著成於殷商之時。它們必然經過後人的增飾或刪訂。關於這些問題，尚有待研究者作進一步的論定。至於這些作品何以入〈頌〉？鄭玄《詩譜》說是孔子編入的。孔子是正考父的後代，將這些亡國之餘的商人詩歌，編入《詩經》，高其位置，溯其淵源，有人以為這也是人情之常。

為了便於讀者參考核對，茲據《史記・殷本紀》及現代中日學者考古等資料，列商王先公、先王世系如下：

（先公）契—昭明—相土—昌若—曹圉—冥（季）—振（王亥）—（上甲）微—報丁（甲骨文以下次序作：報乙、報丙、報丁）—報乙—報丙—主壬（甲骨文主作示）—主癸

（先王）湯（天乙）—太丁—太甲（太宗）—沃丁
外丙
中壬
太甲（太宗）—太庚—小甲
雍已
太戊（中宗）—仲丁
外壬
河亶甲—祖乙—祖辛—祖丁
沃甲—南庚
祖丁—陽甲
盤庚（遷殷）
小辛
小乙—武丁（高宗）—祖庚
祖甲—廩辛
康丁—武乙—文武丁—帝乙—啟（宋國之祖）
帝辛（紂）—武庚

又，據《史記・宋微子世家》等等資料，列宋微子至宋襄公世系如下：

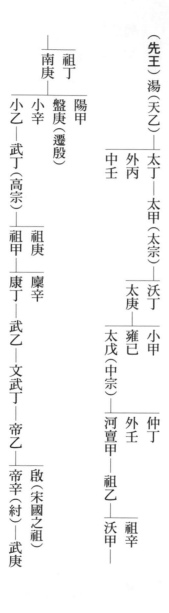

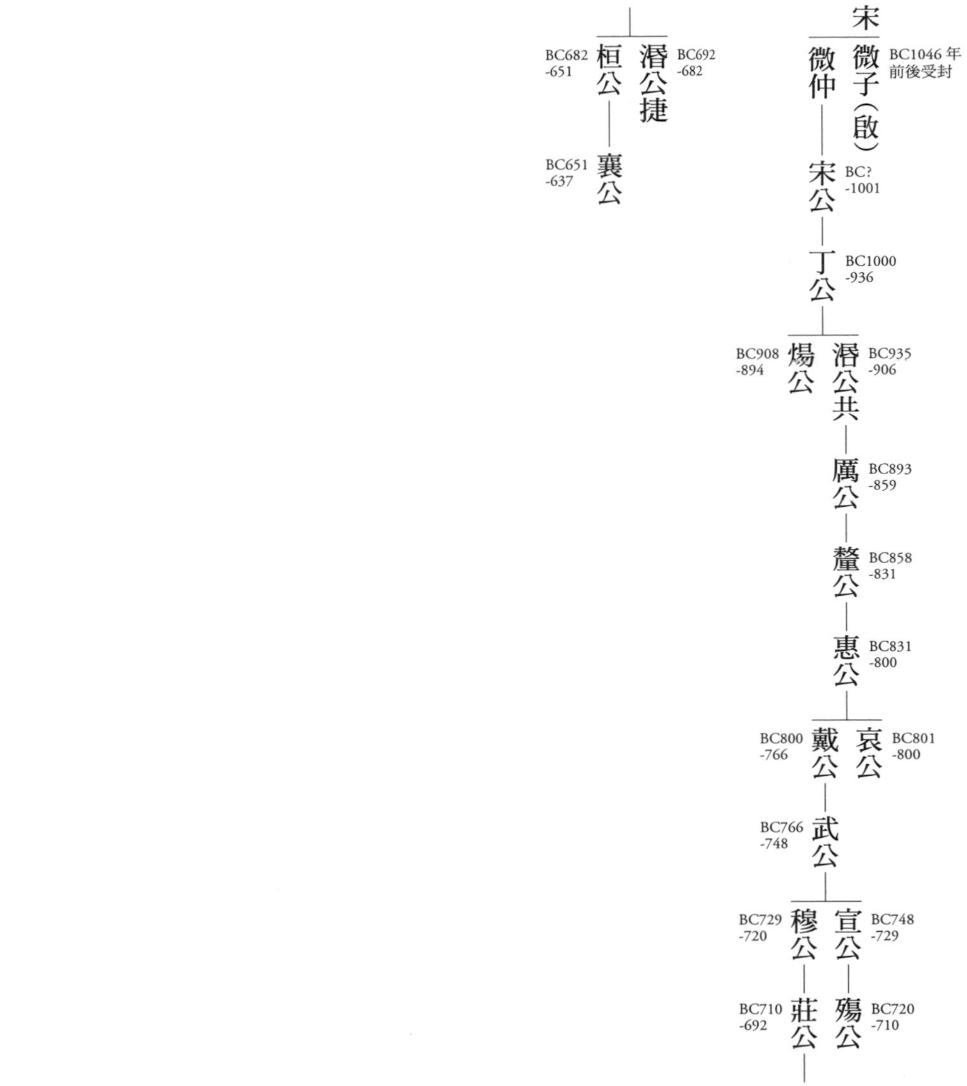
宋
微子(啟)
BC1046年前後受封
微仲
宋公
BC?-1001
丁公
BC1000-936
湣公共
BC935-906
煬公
BC908-894
厲公
BC893-859
釐公
BC858-831
惠公
BC831-800
哀公
BC801-800
戴公
BC800-766
武公
BC766-748
宣公
BC748-729
穆公
BC729-720
殤公
BC720-710
莊公
BC710-692
湣公捷
BC692-682
桓公
BC682-651
襄公
BC651-637

那

猗與那與，❶
置我鞉鼓。❷
奏鼓簡簡，❸
衎我烈祖。❹
湯孫奏假，❺
綏我思成。❻
鞉鼓淵淵，❼
嘒嘒管聲。❽
既和且平，
依我磬聲。
於赫湯孫，❾
穆穆厥聲。❿
庸鼓有斁，⓫
萬舞有奕。⓬

【直譯】

搖哪動哪多歡娛，
樹立我們的搖鼓。
敲打鼓聲冬冬響，
歡迎我功烈先祖。
商湯孝孫迎神到，
安享我們奏樂成。
搖鼓聲音響沉沉，
清亮的是管樂聲。
不但和諧又均勻，
伴隨我們擊磬聲。
啊顯赫的湯孝孫，
和和穆穆那樂聲。
大鐘大鼓齊奏鳴，
跳起萬舞有精神。

【注釋】

❶猗，音「倚」，那，音「挪」，都是搖動的意思。與，歟。

❷置，立。鞉，音「桃」，同「鼗」，搖鼓。見〈周頌・有瞽〉篇。

❸簡簡，鼓聲。

❹衎，音「瞰」，和樂。烈祖，光榮的祖先。指成湯。

❺奏，進。假，至。奏假，禱告神來到的意思。是說上告神靈到來。

❻綏，安。成，備。是說樂備禮成。

❼淵淵，鼓聲。

❽嘒嘒（音「慧」），管樂聲。

❾於，音「烏」，嘆詞。已見前。

❿穆穆，美和。厥，其、那。

⓫庸，通「鏞」，大鐘。有斁，即「斁斁」，宏大的樣子。

我有嘉客，
亦不夷懌。⑬
自古在昔，
先民有作。⑭
溫恭朝夕，⑮
執事有恪。⑯
顧予烝嘗，⑰
湯孫之將。⑱

我有助祭的嘉賓，
也大大鼓舞歡欣。
從古代，在以前，
先民一定都經歷。
溫和恭敬早晚見，
執行任務夠縝密。
光顧我冬祭秋祭，
湯孫這樣盡力。

⑫ 有奕，奕奕，盛大、飽滿的樣子。
⑬ 不，丕。夷懌（音「亦」），喜悅。或作疑問句，即不亦樂乎。
⑭ 作，作為。
⑮ 朝夕，早晚、整天。
⑯ 有恪，恪恪，小心、周到。
⑰ 烝，冬祭。嘗，秋祭。
⑱ 將，進奉。見〈周頌．我將〉篇。

【新繹】

〈毛詩序〉：「〈那〉，祀成湯也。微子至于戴公，其間禮樂廢壞。有正考甫者，得〈商頌〉十二篇於周之大師。以〈那〉為首。」正考甫即正考父。這段話可以分為兩個部分來了解，所謂「祀成湯」，說的是詩的內容主題；所謂「微子至于戴公」以下文字，說的是詩的產生背景。

祀成湯，是說此乃祭祀殷商先祖成湯的樂歌。成湯，相傳是契的後代，子姓，名履，又稱天乙。他推翻夏桀，是商朝的開國之君。詩中的「烈祖」，就是指他而言。詩中的「湯孫」，自指祭祀成湯的後代子孫，即主祭者。《鄭箋》云：「烈祖，湯也。湯孫，太甲也。」太甲恰好是成湯的嫡長孫，但也有人說是武丁，甚至有人說是宋襄公。綜觀全篇，確是後代商王祭祀先祖成湯之作，至於誰是主祭者，則是另一個問題。

「微子至于戴公」以下文字，說的是正考甫和〈商頌〉十二篇的關係。宋微子為殷商後嗣，正考甫則是孔子的祖先。〈商頌〉原有十二篇，以〈那〉為首，〈毛詩序〉說是宋大夫正考甫得之於周朝太師，但據《國語・魯語下》所引閔馬父之言，正考甫的「得」，其實只是「校」而非「作」，而且從司馬遷的《史記・宋微子世家》開始，早已有正考父為頌美宋襄公而作〈商頌〉的說法（參見上文〈商頌解題〉）。加上正考父的生卒年代不能確定，前後可以相差一百多年，因而漢代以後，關於〈商頌〉的產生時代，就有兩種說法爭持不下。基本上，古文經學派毛詩主張是西周後期宋大夫正考父，得自周太師，歸以祀其先王，後來孔子重訂古本《詩經》時，只剩五篇，全是殷商作品；今文經學派三家詩則主張〈商頌〉即〈宋頌〉，是春秋時期正考父歌頌宋襄公霸業的作品。清代中葉以後，很多學者如魏源、皮錫瑞、王先謙以及王國維等，都力主〈商頌〉即〈宋頌〉之說，說〈商頌〉全是宋襄公時正考父所作或所改訂。但最近這幾年，又有學者力主舊說，認為〈商頌〉確是殷商之詩，正考父頂多只是對照傳本加以校訂而已，更何況宋襄公雖倡行仁義，但對楚泓地一戰，大敗而歸，不久即亡，似乎不值得歌頌。值不值得歌頌，是另一問題，但這些詩篇究竟是否殷商舊作，倒是值得重新商榷討論。

詩共二十二句，不分章。前四句言奏鼓以迎祖靈，第五句以下備陳殷商音樂舞蹈之盛。修辭用韻，在〈周頌〉、〈大雅〉之間。或許真如前賢所言，詩曾經正考父校改而後周太師合樂，亦未可知。詩中「烈祖」指商湯，「湯孫」指主祭者，為商湯之裔孫，不待言。《禮記・郊特牲》嘗云：「殷人尚聲。臭味未成，滌蕩其聲。樂三闋，然後出迎牲。聲音之號，所以詔告于天地之間也。」此詩先奏鼓迎神，然後再寫吹管擊磬，鐘鼓齊鳴，伴以萬舞，最後才由主祭者獻祭而告禮成。確實呈現出「殷人尚聲」的特色。這和下篇〈烈祖〉一樣，都是可以拿來與《禮記》對照合看的。

鍾惺評點《詩經》曾云：「〈商頌〉文簡奧嚴峻，雍雍歌舞中，讀之有殺氣。」又云：「雅以樂洽百禮，頌以溫恭作樂，見禮樂合一之旨。」雅頌和禮樂的關係，是古今學者一再強調的。但相關的評論，卻很容易流於主觀。例如現代學者有人說此篇「為祭祀用樂之始」，就是見仁見智的例子。

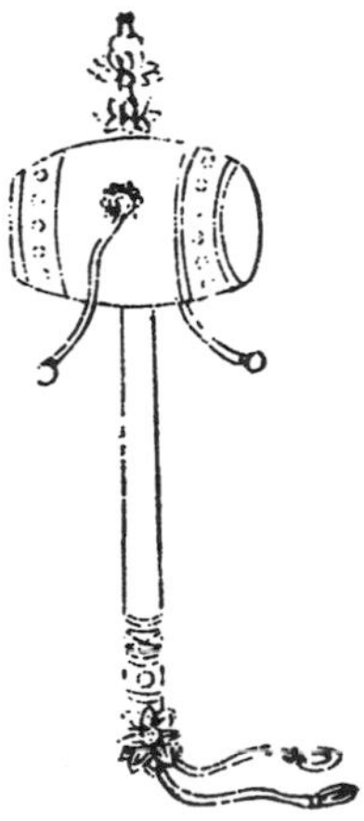

・鼗鼓・

・鏞・

烈祖

嗟嗟烈祖，❶
有秩斯祜。❷
申錫無疆，❸
及爾斯所。❹
既載清酤，❺
賚我思成。❻
亦有和羹，
既戒且平。❼
鬷假無言，❽
時靡有爭。❾
綏我眉壽，❿
黃耇無疆。⓫
約軧錯衡，⓬
八鸞鶬鶬。

【直譯】

唉唉顯赫的先祖，
齊整的這些福氣。
再三賞賜沒界限，
一直到您這疆域。
已經擺好了清酒，
賞賜我樂備禮成。
也有調和的羹湯，
已經具備又溫順。
禱告神到沒話說，
這時沒人有爭論。
賜給我長眉高壽，
黃髮高壽樂無疆。
紅皮車轂花車衡，
八個鸞鈴丁當響。

【注釋】

❶嗟嗟，嘆美之詞。
❷有秩，秩秩、秩然，大而齊整的樣子。祜，福。
❸申，重、再三。錫，賜。
❹爾，您。所，所在。
❺酤，音「沽」，酒。
❻賚，音「賴」，賜。思成，樂備禮成。見〈那〉篇。有降福之意。
❼戒，備。平，順口。
❽鬷（音「宗」），奏、進。鬷假，奏假、禱告神降臨。見上篇注❺。
❾靡，無。
❿眉壽，豪眉長壽。長壽者眉毛長。
⓫黃，黃髮。耇，音「苟」，背彎而面有皺紋。皆長壽的象徵。

以假以享，⓭
我受命溥將。⓮
自天降康，
豐年穰穰。⓯
來假來享，
降福無疆。
顧予烝嘗，⓰
湯孫之將。

用來迎神來獻享，
我受天命廣又長。
從上天降下安康，
豐年收成無盡藏。
用來降臨來享用，
降下福祥沒限量。
光顧我冬烝秋嘗，
湯孝孫這樣祭饗。

⓬ 以下二句，已見〈小雅・采芑〉篇。約，纏束。軝，車轂。錯，有花紋。衡，轅前横木。此為諸侯車制。
⓭ 假，至，神至、迎神。享，獻祭。
⓮ 溥，大。將，長。
⓯ 穰穰，收成豐多。
⓰ 以下二句，已見上篇。

【新繹】

〈毛詩序〉：「〈烈祖〉，祀中宗也。」《鄭箋》補充說明：「中宗，殷王太戊，湯之玄孫也。有桑穀之異，懼而修德，故表顯之，號為中宗。」中宗修德之事，見《史記・殷本紀》。

不過，從宋代開始，很多學者因為此詩緊接〈那〉篇，內容文辭又多相關，所以常將二詩相提並論，以為都是祭祀成湯之詩。朱熹《詩序辨說》云：「詳此詩，未見其為祀中宗，而末言湯孫，則亦祭成湯之詩耳。」王質《詩總聞》亦云：「前詩，聲也，所言皆音樂；此詩，臭也，所言皆飲食也。商尚聲，亦尚臭，二詩當是各一節。〈那〉奏聲之詩，此薦臭之詩也。」臭，也就是味，指飲食而言。他們都以為此乃祀成湯之樂，非祀中宗太戊。清代姚際恆《詩經通論》除中述此意之外，還引輔廣之言曰：「〈那〉與〈烈祖〉皆祀成湯之樂，然〈那〉詩則專言樂聲，至〈烈祖〉則及于酒饌焉。商人尚聲，豈始作樂之時則歌〈那〉，既祭而後歌〈烈祖〉歟？」這個意見頗為後來學者所沿用。然而「祀成湯之樂」是一回事，此詩是否後人用「祀成湯之樂」來祭祀中宗太戊，甚至是否如《史記》所言，是春秋時代的正考父用來頌宋襄公比美「三王」之作，又是另一回事。從王先謙《詩三家義集疏》所引皮錫瑞等人的主張看，〈商頌〉乃正考父頌美宋襄公之作的說法，也同樣得到不少學者的支持。

因此受祭之先祖，究竟是中宗或成湯，主祭者是哪一個「湯孫」，迄無定論。究竟是否正考父頌美宋襄公之作，也有待論定。

詩共二十二句，不分章，唯三換韻，文雖古樸，韻頗和諧。前四句用「魚」部韻，先言受福，以見奉祭之事。次節第五至第十句，用「耕」部韻，言以酒食奉祭而受祜獲壽。「賚我思成」一句，總領下文所述。最後十二句，重言奉祭受福。「綏我眉壽」以下，十一句連用「陽」部韻，句句入韻，所謂黃鐘大呂，足以引人注意。有人以為：其中「約軝錯衡，八鸞鶬鶬。以假以享，我受命溥將」四句，所言乃諸侯車制，助祭者應為諸侯，故主祭之商王，才會自稱「我受命溥將」。同樣的一篇詩歌，同樣的一些詩句，同樣的清代學者，卻各有不同的體會。像牛運震說這些詩句「簡質」，可以想見商人古樸的餘韻，意思是不反對此乃〈商頌〉舊作，而皮錫瑞、王先謙等人，則以上述諸侯車制，力主三家詩之說，定為必屬春秋時代宋襄公無疑。此亦今古文學派爭論之一證。

玄鳥

天命玄鳥，❶
降而生商，❷
宅殷土芒芒。❸
古帝命武湯，❹
正域彼四方；❺
方命其后，❻
奄有九有。❼
商之先后，
受命不殆，❽
在武丁孫子。❾
武丁孫子，
武王靡不勝。
龍旂十乘，❿
大糦是承。⓫

【直譯】

上天命令黑燕子，
降下卵而生下商，
住在殷地野茫茫。
天帝命令武王湯，
征服界定那四方；
遍告授命那成湯，
擁有九州做君王。
殷商的先公先王，
接受天命不懈怠，
今有武丁子孫在。
武丁子孫真賢能，
像武王無不勝任。
龍旗兵車有十輛，
大量祭品來供應。

【注釋】

❶玄鳥，燕子。
❷商，指商朝始祖契。
❸宅，居、住。芒芒，茫茫。
❹武湯，武王成湯。武，稱其武德。
❺正，征、治。域，疆界。一說：通「有」。見下文注❼。
❻方，通「旁」，廣、遍。后，君，此指諸侯。
❼奄有，擁有。九有，即九州。有，通「域」。
❽殆，通「怠」。
❾武丁，成湯十世孫。即殷高宗。
❿龍旂，已見前。此指武王子孫驅車祭祖。
⓫糦，音「赤」，通「饎」，酒食。大糦，盛饌。供大祭用。

邦畿千里，
維民所止。
肇域彼四海，
四海來假；⑫
來假祁祁，⑬
景員維河。⑭
殷受命咸宜，
百祿是何。⑮

國都王畿方千里，
都是人民所聚集。
開始拓闢那四海，
四海諸侯來朝拜；
前來朝拜人太多，
景山周圍是黃河。
殷王受命都適合，
所有福祿都承荷。

⑫ 假，同「格」，至。
⑬ 祁祁，形容眾多。
⑭ 景，山名，商都所在。員，幅員、疆域。河，黃河。
⑮ 何，通「荷」，負荷，承擔。

【新繹】

〈毛詩序〉：「〈玄鳥〉，祀高宗也。」說這是祭祀殷高宗武丁的詩，話太簡略了，所以《鄭箋》補充說明：「祀，當為祫。祫，合也。高宗，殷王武丁，中宗玄孫之孫也。有雊雉之異，又懼而修德，殷道復興，故亦表顯之，號為高宗云。崩而始合祭於契之廟，歌是詩焉。古者君喪三年，既畢，禘於其廟，而後祫祭於太祖。明年春，禘于群廟。自此之後，五年而再殷祭，一禘一祫，《春秋》謂之大事。」鄭玄的補注，一是解釋這裡「祀高宗」的「祀」，指的是祫祭，也就是在高宗武丁死後，與列祖列宗合祭於太祖之廟的一種祭典；一是解釋高宗武丁，是中宗太戊的孫子，他和中宗一樣，都是商湯之後的中興之主。

古人說：國之大事，在祀與戎。祭祀和戰爭是古代帝王治國的兩件大事。祭祀依階級地位和親疏長幼的不同，訂立很多不同的儀式，不但今人不懂，古人也多不知其詳，所以鄭玄才會在此解釋祫祭和禘祭的不同。由於他的解釋，我們才知道這是祫祭高宗武丁於祖廟的詩歌，所以詩中不但提到「武丁孫子」，而且還遠溯到殷商的先祖契。這牽涉到「天命玄鳥」感應而生的傳說。契的生母名叫簡狄，是有娀氏的長女。《毛傳》云：「玄鳥，鳦也。春分，玄鳥降。湯之先祖，有娀氏女簡狄，配高辛氏帝，帝率與之祈于高禖而生契。故本其為天所命，以玄鳥至而生焉。」《鄭箋》則云：「天使鳦而生商者，謂鳦遺卵，娀氏之女簡狄吞之而生契。為堯司徒，有功，封商。」鳦即玄鳥，也就是燕子。這個簡狄吞玄鳥之卵而生商契的傳說，也見於《楚辭．天問》和《史記．殷本紀》等古文獻。它和〈大雅．生民〉篇寫周朝先祖后稷，是他母親姜嫄履帝之跡感應而生一樣，都帶有濃厚的神話色彩。

這首商人祭祀祖先的樂歌，〈毛詩序〉等古文經學派以為是「祀高宗」，今文經學派三家詩則以為是春秋時代宋國追祀其先祖的樂歌，甚至認為是宋襄公「祀中宗」，「明係烝嘗時祭之所用」。二說一直爭論不休。

詩共二十二句，不分章。可以分為兩節，前十句言高宗武丁能承其先德，像始祖契和成湯那樣，接受天命不懈怠。「在武丁孫子」的「孫子」，原是殷人後裔子孫之通稱，但因《鄭箋》說高宗武丁是中宗太戊的「孫子」，所以有人據此認為這是「祀中宗」之作。後十二句言高宗武丁不但能「承先」，而且能「啟後」，能「貽其孫謀」。不但能中興衰落的商朝，而且擴及四海，使各地諸侯都來朝拜，助祭而受福。周「叔夷鐘」也有銘文說：「咸有九州，處禹之堵」，可與此詩合看。「龍旂十乘」二句，龍旂大輅，天子諸侯皆得用之，固可指高宗武丁承黍稷而祀先祖，亦可指後之嗣位者或助祭者，合祀而祭之。有人以龍旂必限諸侯所用，恐怕不對。

元代朱公遷云：「此詩首尾皆以天命為重。謂先王因天命而得天下，故有以詒子孫之福；後王因天命而不失乎地利，故天下諸侯皆畏威而助祭者，即先王所詒之福。」合祭列祖列宗於太祖之廟者，道理在此。鄭玄箋注詩中「古帝命武湯」一句云：「古帝，天也。天帝命有威武之德者成湯。」此即所謂「天命」也。

長發

一

濬哲維商，❶
長發其祥。
洪水芒芒，❷
禹敷下土方。❸
外大國是疆，❹
幅隕既長。❺
有娀方將，❻
帝立子生商。❼

二

玄王桓撥，❽
受小國是達，
受大國是達。
率履不越，❾

【直譯】

睿智賢明是商王，
久已呈現他禎祥。
洪水泛濫白茫茫，
禹平定天下四方。
畿外大國來分界，
幅員廣大又綿長。
有娀氏正當少壯，
帝立其女生契商。

商契玄王真英明，
受封小國能行政，
受封大國能行政。
遵循禮法不越軌，

【注釋】

❶ 濬，通「睿」，明智。
❷ 芒芒，茫茫。見上篇。
❸ 敷，治、平。下土方，天下四方各地。
❹ 外、疆，皆作動詞用。大國，指王畿以外的夏禹諸侯。
❺ 幅隕，今作「幅員」，版圖、疆域。
❻ 有娀（音「松」），古國名。在今山西永濟一帶。方將，始壯。
❼ 子，女。指有娀氏之女簡狄。
❽ 玄王，商契的尊稱。桓撥，武勇。
❾ 率履，循禮。越，踰越、越軌。

遂視既發。⑩
相土烈烈，⑪
海外有截。⑫

三

帝命不違，
至于湯齊。⑬
湯降不遲，
聖敬日躋。⑭
昭假遲遲，⑮
上帝是祗，⑯
帝命式于九圍。⑰

四

受小球大球，⑱
為下國綴旒，⑲
何天之休。⑳
不競不絿，㉑

到處巡視才施行。
孫子相土更強盛，
海外諸侯都聽命。

上帝命令不違抗，
直到商湯都一樣。
商湯降生不嫌遲，
聖敬之德日向上。
禱告上帝能持久，
對上帝如此恪守，
帝令立法於九州。

授受小玉或大玉，
都為諸侯立楷模，
承受上天的福祚。
不爭逐也不營求，

⑩ 遂視，遍察。發，感應、施行。
⑪ 相土，人名。契的孫子。烈烈，威武。
⑫ 有截，截然，齊整。
⑬ 齊，一致。
⑭ 躋，音「基」，升、登。
⑮ 昭假，請神降臨。遲遲，長久。
⑯ 祗，音「之」，敬。
⑰ 式，法式、楷模。九圍，九州。
⑱ 受，授。球，美玉。古為信物，比喻法制。
⑲ 下國，畿外的諸侯各國。綴旒，表章、表率。
⑳ 何，荷。休，美、福。
㉑ 絿，音「求」，急、乞求。

不剛不柔。
敷政優優，22
百祿是遒。23

五

受小共大共，24
為下國駿厖，25
何天之龍。26
敷奏其勇，
不震不動，
不戁不竦，27
百祿是總。

六

武王載旆，28
有虔秉鉞。29
如火烈烈，
則莫我敢曷。30

不剛愎也不柔弱。
施行政令多寬和，
各種福祿來會合。

授受小法或大法，
都為下國做義工，
承受上天的恩寵。
施展表現他英勇，
不震撼也不搖動，
不懼怕也不驚恐，
各種福祿來彙總。

商湯起兵豎軍旆，
勇猛的手持斧鉞。
像火一般的猛烈，
沒人對我敢阻絕。

22 敷政，施政。優優，溫和的樣子。
23 遒，音「求」，聚集。
24 共，「珙」的借字，亦信物。喻國法。
25 厖，同「龐」。駿厖，一作「恂蒙」，即庇護、護法。
26 何，荷。龍，「寵」的古字。
27 戁，音「難」，竦，音「聳」，皆驚懼之意。
28 武王，指成湯。載旆，立旗用兵，準備攻戰。
29 有虔，虔然，勇武。秉，持。鉞，斧類的兵器。
30 曷，古「遏」字，阻擋。

·鉞·

芭有三櫱，31
莫遂莫達。32
九有有截，33
韋顧既伐，34
昆吾夏桀。35

七

昔在中葉，36
有震且業。37
允也天子，
降予卿士。38
實維阿衡，39
實左右商王。40

樹根常有三枝芽，
莫使成長莫使大。
九州重整歸一統，
韋國顧國已消滅，
還有昆吾和夏桀。

以前在殷商中葉，
有武力又有功業。
確實啊天之驕子，
賜給我們好卿士。
這就是伊尹阿衡，
是輔弼商王賢臣。

31 芭，樹根。櫱，砍後再生的枝芽。
32 遂，生長。達，長大。
33 九有，九州。有截，截然，齊整的樣子。
34 韋、顧，二國名，皆在今河南省。夏桀同盟國。
35 昆吾，在今河南許昌，亦夏桀之同盟國。
36 中葉，中世。指成湯將興未興之際。
37 震，同「振」。驚動。業，危殆。
38 降，賜與。予，我。卿士，執政大臣。
39 阿衡，官名。指伊尹。
40 左右，即「佐佑」，輔佐。

【新繹】

〈毛詩序〉：「〈長發〉，大禘也。」大禘，古祭名。《鄭箋》云：「大禘，郊祭天也。《禮記》曰：王者禘其祖之所自出，以其祖配之。是謂也。」可見禘祭是古王祭其始祖，並配以烈祖的一種祭祀儀式。《禮記・祭法篇》云：「殷人禘嚳而郊冥，祖契而宗湯。」可見殷人所舉行的禘祭，通常是郊禘大祭，除了祭祀始祖契，詩中所謂「玄王」，和詩中所謂「武王」的商湯之外，還要祭祀「其祖之所自出」，即此詩和上篇〈玄鳥〉詩中所提到的契母簡狄。她原是有娀氏的長女，配高辛氏而生契。高辛氏即帝嚳。言娀女，即言帝嚳。因此殷人的郊禘大祭，除了祭商契和商湯之外，還要祭帝嚳和簡狄的在天之靈。也因此，此詩的前二章，即從有娀氏之女簡狄和玄王商契說起，然後才歌頌武王商湯。「郊冥」配享的「冥」，指契的六世孫，忠於職守而被水淹死。列於此，應有代表其他先公遠祖的意義。

郊禘大祭，除了祀天祭祖之外，也可以配祀功臣。《公羊傳・文公二年》就說：「禘所以異於祫者，功臣皆祭也。」意思是：祫是合祭帝王，禘則可兼祀功臣。祫祭、禘祭，皆為大祭，合稱殷祭。陳子展的《詩經直解》和《詩三百演論》引述《尚書》的〈盤庚〉、〈君奭〉等篇，來證明殷商常以先王配天、功臣從享，論證非常明確，可供讀者參考。也因此，這首詩的末章結尾，在歌頌商湯的武功之餘，還特別提到伊尹是輔弼商湯的良臣。

詩共七章，第一章即以「濬哲維商，長發其祥」開端，點醒題旨。言玄王商契乃有娀之女簡狄所生，其睿智殆為天授。第二章言契有治國才略，其孫相土尤為傑出，足可號令諸侯。以上寫成湯以前殷商之烈祖，以下五章專頌商湯，明其號為武王之故。亦足見商湯乃此禘祭之主要對象。第三章言成湯得受天命而撫有九州。「至于湯齊」一句，說成湯以前殷商傳十三世之先公先王，皆不違帝命。第四章、第五章分別以玉球以國法說明商湯善於治國敷政。章太炎〈葑漢閒話〉云：「《毛傳》球訓玉，共訓法，自有據。蓋玉以班瑞群后，法以統制諸侯。共主之守，莫大於此。是以受之則為下國綴游，為下國駿厖矣。」詩中之綴旒、駿厖，猶今語之模範、表率。第六章言商湯之武功。「苞有三蘖」，借喻夏桀有同黨昆吾、韋、顧等三國。第七章言殷商自玄王契至武王湯凡十四世，至湯而興，「有震且業」，有武功又有政績。既說明上有天帝先祖之保佑，呼應開端之「濬哲維商，長發其祥」，又說明下有賢臣伊尹之襄助，始得完成功業。此即所謂大禘祭中之先王配天，功臣從享。

這首詩和下一篇〈殷武〉一樣，又分章又諧韻，和〈商頌〉的前三篇，在形式表現上，有很明顯的差異，應是後起的作品。如果說這是正考父頌美之作，筆者信而無疑。

殷武

一

撻彼殷武，❶
奮伐荊楚。❷
罙入其阻，❸
裒荊之旅。❹
有截其所，❺
湯孫之緒。❻

二

維女荊楚，❼
居國南鄉。
昔有成湯，
自彼氐羌，❽
莫敢不來享，
莫敢不來王，

【直譯】

勇猛那殷王武丁，
奮力去討伐荊楚。
深入它險阻之地，
俘虜荊楚的將士。
重劃他們的疆域，
這是殷王的功績。

就是你荊楚之邦，
居於中國的南方。
從前殷王有成湯，
從那西北的氐羌，
沒有敢不來進貢，
沒有敢不來朝王，

【注釋】

❶ 撻，音「踏」，勇猛。
❷ 荊楚，即楚國。春秋之前，或稱楚為荊。
❸ 罙，音「迷」，深。阻，險阻之地。
❹ 裒，音「抔」，「捊」的借字，取。旅，兵眾。
❺ 有截，截然，齊整的樣子。
❻ 湯孫，湯的後代子孫。緒，功業。
❼ 女，你、你們。
❽ 氐、羌，古代西北的游牧民族。

曰商是常。❾	都說殷商該崇尚。

三

天命多辟，❿	天子下令眾諸侯，
設都于禹之績。⓫	建都城在禹九州。
歲事來辟，⓬	歲時有事來朝王，
勿予禍適，⓭	不要讓我責過錯，
稼穡匪解。⓮	耕種收穫不懈惰。

四

天命降監，⓯	天子下令來察看，
下民有嚴。⓰	天下人民很謹嚴。
不僭不濫，⓱	不敢越禮不浮濫，
不敢怠遑。⓲	也不敢懈怠偷閒。
命于下國，	下令給天下諸侯，
封建厥福。⓳	封地建立他福祚。

❾ 常，通「尚」，尊崇、輔助。
❿ 多辟，諸侯。辟，君長。
⓫ 禹之績，夏禹足跡所及之地。績，跡。
⓬ 來辟，來朝見。
⓭ 禍適，責過。禍，罪、過。適，通「謫」，譴責。
⓮ 匪，非。解，通「懈」。
⓯ 降監，下察人民。
⓰ 有嚴，嚴然，敬謹的樣子。
⓱ 僭，音「建」，越禮、超過本分。
⓲ 遑，暇、偷懶。
⓳ 封建，大立、分封諸侯。

五

商邑翼翼，⑳
四方之極。㉑
赫赫厥聲，
濯濯厥靈。㉒
壽考且寧，
以保我後生。㉓

商都整齊又繁榮，
四方諸侯的準繩。
顯顯赫赫他名聲，
明明亮亮他神靈。
長壽年老又安寧，
可以保佑我子孫。

六

陟彼景山，㉔
松柏丸丸。㉕
是斷是遷，
方斲是虔。㉖
松桷有梴，㉗
旅楹有閑，㉘
寢成孔安。㉙

登上那景山山巔，
松樹柏樹都團團。
於是鋸斷又搬遷，
於是斧鑿又刀砍。
松木方椽有夠長，
成列楹柱夠粗圓，
寢廟建成很安全。

⑳ 商邑，即宋都商丘。今河南商丘。
㉑ 極，中、標的。
㉒ 濯濯，光明的樣子。
㉓ 後生，後代子孫。
㉔ 景山，山名。在商都所在，今河南商丘附近。一說，景，大。
㉕ 丸丸，形容樹幹圓而直。
㉖ 方，乃。斲，砍。虔，鋸削。
㉗ 桷，音「決」，方形的屋椽。有梴，梴梴，直長的樣子。
㉘ 旅楹，堂前成列的楹柱。旅，眾。有閑，閑閑，粗壯的樣子。
㉙ 寢，寢廟。孔，甚。

【新繹】

〈毛詩序〉：「〈殷武〉，祀高宗也。」高宗，就是殷商後期的中興之主武丁。他是小乙之子、盤庚之侄。據《尚書．無逸》篇說：他「舊勞于外，爰暨小人」，因為早年勞役于外，深知民間疾苦，因此即位之後，「三年不言」，「不敢荒寧」，是個有作為的殷王。據《史記．殷本紀》說：武丁起用傅說為相，修政行德，天下咸歡，因而殷道復興。武丁崩，後人立廟為祀。《孔疏》說得更切合詩旨：「高宗前世，殷道中衰，宮室不修，荊楚背叛。高宗有德，中興殷道，伐荊楚，修宮室。既崩之後，子孫美之，追述其功，而歌此詩也。」《孔疏》並分析各章大義云：「經六章。首章言伐楚之功。二章言責楚之義。三章四章五章述其告曉荊楚。卒章言其修治寢廟，皆是高宗生存所行，故於祀而言之，以美高宗也。」可見此為殷人立廟以祀高宗武丁之樂歌。

不過，有人以為商時無楚國之名，遂謂此詩當為春秋時宋人所作。例如王先謙《詩三家義集疏》即引漢儒韓詩之說，以為宋襄公「去奢即儉」，又曾伐楚，與此詩所述更相契合，因而主張這是殷商後裔宋襄公祭祀殷高宗之作。甚至有人以為就是歌頌宋襄公。然而，恰如上文所述，今文學派三家詩以為〈商頌〉即宋頌之說，持論尚未公允周到，因此又有人起而排之，反而信從舊說。例如清末民初吳闓生《詩義會通》即已引述蘇轍之言：「考〈商頌〉五篇，皆盛德之事，非宋之所宜有。且其詩有邦畿千里、惟民所止，肇域彼四海，命于下國、封建厥福等語，此類非復諸侯之事。」因而認為：「〈序〉說無可疑者。」今人陳子展《詩經直解》等書，闡述尤為詳明。這些意見，仍然值得參考，不宜矯枉過正，一概擯而斥之。

古人云：「詩無達詁」，此為無可奈何之事。筆者以為雖無達詁，仍可參酌經傳故訓，取其近乎情而合乎理者，為後學者作一入門取徑之參考。與其放言作入主出奴之論，不如細讀原典，字斟而句酌，方有多品知味之可能。例如此〈殷武〉與上篇〈長發〉二詩，既分章，又諧韻，與前三篇實有不同；併此〈商頌〉五篇以對照〈周頌〉、〈魯頌〉，終覺〈商頌〉不如〈周頌〉之簡古，又不似〈魯頌〉之繁富，豈今傳之〈商頌〉五篇，或真有正考父依舊本而改定者耶？此有待高明論定。

至於此詩章法，上引《孔疏》所論，至為簡明，所可補充者：第一章稱伐楚之功，「湯孫之緒」，湯孫泛指商湯裔孫，武丁，其中之一，故譯為「殷王」。第二章述戒楚之詞，「曰商是常」，意同「唯商是尚」。第三章言諸侯來服。「設都于禹之績」，禹平洪水，定九州，故禹之績指九州而言。第四章言萬民歸順。「下民有嚴」，能謹守禮法，故天子「命于下國，封建厥福。」此即所謂高宗中興。第五章言商都之所在，為四方諸國之中心；殷王之威靈，足可庇佑其子子孫孫。第六章承上章，言採商都附近景山之松柏，斫砍以為樑柱，立寢廟以祀殷王。筆意與〈魯頌·閟宮〉末章略同，蓋頌高宗武丁能復商湯之功業。

新繹《詩經》全書畢，時二〇一六年七月七日深夜，尼伯特颱風來襲時。風雨如晦，雞鳴不已。其斯之謂乎！二〇一七年三月十二日補訂。

詩經新繹

雅頌編：大雅、三頌

作者：吳宏一
主編：曾淑正
企劃：叢昌瑜
內頁設計：Zero
封面設計：丘銳致

發行人：王榮文
出版發行：遠流出版事業股份有限公司
地址：台北市南昌路二段八十一號六樓
郵撥：0189456-1
電話：（02）23926899
傳真：（02）23926658

著作權顧問：蕭雄淋律師
二〇一八年三月一日 初版一刷（印數：二五〇〇冊）
售價：新台幣三六〇元

缺頁或破損的書，請寄回更換
有著作權・侵害必究 Printed in Taiwan
ISBN 978-957-32-8226-6（平裝）
ylib 遠流博識網 http://www.ylib.com
E-mail: ylib@ylib.com

國家圖書館出版品預行編目（CIP）資料

詩經新繹・雅頌編：大雅、三頌／
吳宏一著. -- 初版. -- 臺北市：
遠流，2018.03
面； 公分
ISBN 978-957-32-8226-6（平裝）

1. 詩經 2. 注釋

831.12 107001514